dtv
Reihe Hanser

Kommissar Fors wird überfallen. Schlimmer noch: Seine Dienstwaffe wird gestohlen und einige Tage später fallen in der Schule Schüsse aus dieser Waffe. Alle Zeugen sind schockiert, die Ermittlungen führen in die falsche Richtung. Die Stadt und ihre Polizeibeamten suchen einen Mörder und finden am Ende einen Täter, der selber Opfer ist: Was er aus blinder Wut angerichtet hat, hat er selber nicht gewollt.
Wahls Roman ist die düstere, messerscharfe Analyse einer Gesellschaft, in der Feigheit und Bequemlichkeit der Erwachsenen dazu führen, dass die Gewalt unter Jugendlichen eskaliert.

Mats Wahl, geboren 1945 auf der insel Gotland, zählt zu den großen skandinavischen Jugendbuchautoren. Er studierte Literaturgeschichte, Anthropologie und Pädagogik und arbeitete 19 Jahre lang als Lehrer für schwer erziehbare Jugendliche. Seine Romane wurden mehrfach ausgezeichnet, u. a. mit dem Deutschen Jugendliteraturpreis. In der *Reihe Hanser* sind bereits die beiden ersten Bände mit Kommissar Fors erschienen: ›Der Unsichtbare‹ (dtv 61164), ›Kaltes Schweigen‹ (dtv 62244) und ›Die Rache‹ (dtv 62396).

Mats Wahl

Kill

Ein Fall für Kommissar Fors

Roman

Aus dem Schwedischen von
Angelika Kutsch

Deutscher Taschenbuch Verlag

Mats Wahl in der *Reihe Hanser* bei dtv:
Därvarns Reise (dtv 62013)
Emma und Daniel (dtv 62096)
So schön, dass es wehtut (dtv 62102)
Emmas Reise (dtv 62132)
Der Unsichtbare (dtv 62164)
Kaltes Schweigen (dtv 62244)
Schwedisch für Idioten (dtv 62298)
Die Rache (dtv 62396)

Das gesamte lieferbare Programm der *Reihe Hanser*
und viele andere Informationen finden Sie unter
www.reihehanser.de

6. Auflage 2011
2006 Deutscher Taschenbuch Verlag GmbH & Co. KG,
München
© 2002 Mats Wahl
Titel der Originalausgabe: ›Kill‹
(Brombergs Bokförlag in Stockholm)
© 2005 der deutschsprachigen Ausgabe:
Carl Hanser Verlag München
Umschlagbild: Peter-Andreas Hassiepen
Gesetzt aus der Garamond 11/13˙
Satz: Greiner & Reichel, Köln
Druck und Bindung: Druckerei C. H. Beck, Nördlingen
Gedruckt auf säurefreiem, chlorfrei gebleichtem Papier
Printed in Germany · ISBN 978-3-423-62277-6

1

Wenn kleine Kinder wissen, dass sie sterben müssen, haben sie keine Angst vorm Tod, denn sie können ihn sich nicht vorstellen. Kleine Kinder, die wissen, dass sie sterben müssen, haben Angst, allein gelassen zu werden.

Der Mann, der aus dem grünen Golf stieg, trug Jeans und ein helles Leinenjackett, er war mittelgroß und braun gebrannt. Er betrat den Laden, der auch abends geöffnet hatte, und das Mädchen hinterm Tresen sah ihn zu den gekühlten Waren gehen, eine Glastür öffnen und eine Packung Milch herausnehmen. Das Mädchen fragte ihn, ob er eine Tüte für die Milch haben wollte, und er nickte. Sie steckte die Packung in eine Tüte und reichte sie ihm.

Der Mann hatte kurz geschnittene graue Haare. Er zog seine Brieftasche aus der Gesäßtasche seiner Hose, nahm einige Scheine Wechselgeld entgegen und hatte die Brieftasche noch in der Hand, als er wieder hinaus auf die Straße trat. Er hatte sein Auto am Fußgängerüberweg geparkt und wollte die Brieftasche gerade in die Gesäßtasche stecken, als ihn der Tritt im Nacken traf. Er fiel gegen das Auto und kippte mit dem Oberkörper über den Kühler. Ihn traf noch ein Tritt, diesmal an der Wange. Er fiel neben dem Vorderrad des Autos auf die Knie und bekam mehrere schnelle Tritte gegen Rücken, Arme und Brustkorb und noch einen gegen den Kopf.

Bevor er das Bewusstsein verlor, hörte er: »Das Messer, nimm das Messer!«

Im Krankenwagen kam er wieder zu sich. Ihm war schlecht und er übergab sich in eine Pappschale, die man ihm unters Kinn hielt. Er hörte zu, wie man sich über Funk über seinen Blutdruck unterhielt. Im Krankenhaus wurde er in ein Untersuchungszimmer gerollt und eine Ärztin mit rabenschwarzen Haaren und einem unaussprechlichen Namen kümmerte sich um ihn. Die Wunde über seinem Auge wurde genäht und Fors bat telefonieren zu dürfen. Er rief bei der Kripo an. Stjernkvist meldete sich.

»Hallo, hier ist Fors.«

»Grüß dich, hast du nicht frei?«

»Ich bin überfallen worden.«

Stjernkvist verstummte und Fors sah auf seine Armbanduhr.

»Halb zehn, vor dem Laden im Ugglevägen. Sie haben mir die Pistole geklaut.«

»Sie haben dir die Pistole geklaut«, wiederholte Stjernkvist. »Wo bist du?«

»In der Notaufnahme, hier bin ich seit fast einer halben Stunde. Warum ist niemand von der Schutzpolizei hier?«

»In Skäggesta brennt es.«

»Gib eine Fahndung raus wegen der Pistole. Und schick jemanden in den Ugglevägen.«

»Hast du sie gesehen?«

»Einige Tritte, und dann wurde alles schwarz. Ich hab absolut nichts gesehen. Auf der anderen Straßenseite standen Leute bei der Würstchenbude. Jemand muss es gesehen haben.«

»Ich fahr selbst hin«, sagte Stjernkvist. »Und ich unterrichte Hammarlund – nein, der ist in Sälen. Also benachrichtige ich Nylander. Wie geht es dir?«

»Ich muss gleich kotzen«, sagte Fors.

Dann legte er das Handy weg, und die Schwester hielt ihm wieder eine Pappschale hin. Fors erbrach Galle.

»Wie haben Sie geschlafen?«, fragte die Schwester, die das Frühstück brachte.

»Danke, gut. Aber ich glaube, ich möchte nichts essen. Wie spät ist es?«

»Halb neun.«

»Ihr müsst mir ein starkes Schlafmittel gegeben haben. Es ist lange her, dass ich mal bis nach acht durchgeschlafen habe.«

»Im Flur sind ein paar Herren, die Sie sprechen wollen.«

»Lassen Sie sie rein«, sagte Fors. »Ich möchte nur ein Glas Wasser. Nehmen Sie den Kaffee bitte wieder mit. Von dem Geruch wird mir übel.«

Die Frau nickte und nahm das Tablett. Sie stieß die Tür mit der Schulter auf und verschwand. Die Tür hatte sich kaum geschlossen, da wurde sie von der anderen Seite geöffnet und Molgren und Kranz von der zentralen Ermittlung kamen herein. Molgren trug Jeans, eine Jeansjacke und ein blendend weißes T-Shirt, Kranz einen schlammfarbenen Kordanzug. Das Jackett trug er überm Arm. Sie nickten Fors zu und Kranz nahm auf dem einzigen Stuhl Platz. Molgren schaltete das Tonbandgerät ein und stellte es auf den Tisch neben Fors.

»Armer Kerl«, sagte Molgren. »Wie geht es dir?«

»Mir ist schlecht.«

»Musst du länger hier drin bleiben?«

»Die Ärztin von der Notaufnahme meint, ich sollte vielleicht zur Beobachtung bleiben. Aber heute hab ich noch keinen Arzt gesehen.«

»Auf der Backe kriegst du ein wunderschönes Veilchen«, sagte Kranz. »Ist die Wunde unter dem Pflaster groß?«

Fors zog eine Grimasse. »Drei Stiche.«

»Jetzt erzähl mal von Anfang an«, schlug Molgren vor und verschränkte die Arme.

»Wer ist für die Ermittlung verantwortlich?«, fragte Fors.

»Svensson.«

Oberstaatsanwalt Christer Svensson war meistens für die Ermittlungen zuständig, die von der zentralen Ermittlungsgruppe bearbeitet wurden, der Gruppe, die in Fällen ermittelte, die darauf hindeuteten, dass ein Polizist ein Verbrechen oder einen Dienstfehler begangen hatte. Fors kannte Christer Svensson aus dem Fliegenfischer-Club, in dem sie beide Mitglied waren.

»Erzählst du jetzt von Anfang an?«, bat Molgren erneut.

Fors lehnte sich gegen die Kissen und musterte seine Kollegen.

»Natürlich nur, wenn du das Gefühl hast, du schaffst es«, sagte Kranz.

»Klar«, sagte Fors.

Kranz sah auf seine Armbanduhr und beugte sich zu dem Aufnahmegerät. »Verhör mit Kriminalkommissar Harald Fors wegen verlorener Dienstwaffe. Verhörsleiter ist Kriminalinspektor Lars Kranz. Verhörszeuge ist Kriminalinspektor Felix Molgren. Ort ist die Notaufnahme des Allgemeinen Krankenhauses.«

Dann nannte Kranz Uhrzeit und Datum und lehnte sich zurück.

Fors räusperte sich einige Male und meinte, seine eigene Stimme nicht zu erkennen: »Wir haben beim Motorclub in Vebe zugegriffen und hatten den ganzen Tag gearbeitet. Auf dem Heimweg wollte ich einen Liter Milch kaufen. Ich parkte vor dem Laden im Ugglevägen, der abends geöffnet hat. Es war ungefähr halb neun, ich betrat den Laden und kaufte mir Milch. Als ich wieder herauskam, hatte ich die Milch in der einen und die Brieftasche in der anderen Hand. Ich war schon fast beim Auto, da traf mich ein Stoß in den Nacken. Ich fiel vornüber auf den Kühler. Dann bekam ich einen Tritt gegen den Kopf und mehrere gegen den Körper. Ich weiß, dass ich über den Kühler rutschte und noch dachte, dass ich versuchen müsste, mich aufzurichten, aber es ging nicht. Dann lag ich auf dem Boden und hörte jemanden sagen: ›Nimm das Messer.‹ Jetzt ist es aus, dachte ich und verlor das Bewusstsein.«

»Was hast du gesehen?«, fragte Kranz.

»Nichts.«

»Nichts?«

»Nicht das Geringste.«

»Und vorher?«

»Bei der Würstchenbude auf der anderen Straßenseite standen mehrere Leute, aber an die hab ich nicht gedacht. Im Laden war ein Mädchen hinter dem Tresen. Vielleicht hat sie was gesehen.«

»Du hast nicht gesehen, wie viele es waren?«

»Mindestens zwei. Sie haben mich von beiden Seiten getreten, als ich auf dem Kühler lag. Vielleicht waren es drei, aber das weiß ich nicht. Ich hab nichts gesehen.«

»Keine Hosenbeine, keine Schuhe?«

»Nichts.«

»Und die Stimmen?«

»Klangen wie Jungenstimmen.«

»Wie alt?«

»Jungs eben, unter dreißig.«

»Kein Akzent?«

»Das Einzige, was ich gehört habe, war: ›Nimm das Messer.‹ Kein Akzent, kein Dialekt.«

»Haben sie dich geschnitten?«

Fors zeigte zum Schrank an der Längswand.

»Hol mal die Hose.«

Molgren ging zu dem Schrank, auf den Fors zeigte, öffnete ihn und holte Fors' Jeans hervor. In den Schlaufen hingen die Reste eines breiten Ledergürtels mit vernickelter Schnalle. Molgren gab Kranz die Hose.

»Sie haben die Hose aufgeschnitten, um an das Holster zu kommen.«

»Ja«, sagte Fors. »Anders wären sie nicht an die Waffe herangekommen, also mussten sie die Hose aufschneiden.«

»In jedem Fall hatten sie ein scharfes Messer«, sagte Molgren und musterte die Schnittkante.

»Wir nehmen deine Hose mit«, sagte Kranz.
Fors starrte ihn an.
»Und wie stellst du dir bitte vor, soll ich dann von hier wegkommen? Wie eine Art heiliger Depp in Boxershorts und Jackett auf dem Weg ins Zentrum, um die Täter zu jagen, die seine Waffe geklaut haben?«
»Wir sorgen dafür, dass du eine andere Hose bekommst«, sagte Kranz. »Was genau haben sie ergattert?«
»Die Dienstwaffe mit acht Patronen im Magazin, ein Nokia-Handy und eine schwarze Brieftasche aus Leder. Darin waren vier Scheckkarten, ein Bibliotheksausweis und einige private Fotos. Vierhundert Kronen in Scheinen. Das ist alles.«
»Und du hast wirklich nichts gesehen?« Molgren sah ihn misstrauisch an.
»Nicht das Geringste«, sagte Fors. »Entschuldigt bitte, ich glaub, ich muss kotzen.«
Molgren und Kranz entfernten sich vom Bett. Molgren trat ans Fenster und schaute auf den Parkplatz.
»Heute wird es genauso warm wie gestern«, sagte er seufzend.
»Meine Tochter fährt morgen nach Griechenland«, sagte Kranz. »Ihre erste Auslandsreise ohne Eltern. Und hier ist es wärmer als in Athen.«
Fors würgte, ohne dass etwas hochkam. Er stellte die Pappschale auf den kleinen Tisch. Kranz drehte sich zu ihm um, ohne näher ans Bett zu treten.
»Du warst nicht im Dienst, als du die Milch gekauft hast. Warum warst du bewaffnet?«
»Wegen der Motorradgang in Vebe«, antwortete Fors.

»Dort haben wir im Frühling ermittelt. Ich bin mehrere Male bedroht worden und Hammarlund hat angeordnet, dass ich auch außerhalb des Dienstes die Waffe trage und sie in meiner Wohnung verwahre.«

»Hast du das schriftlich?«, fragte Molgren.

»Hammarlund hat das Original, die Kopie ist in meinem Büro.«

Molgren nickte und Kranz fragte: »Und du hast nicht an der Waffe herumgespielt?«

»Was meinst du damit?«

»Den Druckpunkt verändert oder sowas.«

»Nein.«

»Und du benutzt Sicherheitsmunition?«

»Ja.«

»Hattest du kein Reservemagazin?«, fragte Molgren.

»Nein.«

»Hat deine Waffe besondere Merkmale?«

»Nein.«

»Und im Lauf steckte keine Kugel?«

»Nein.«

Molgren und Kranz sahen sich an.

»Tja«, sagte Kranz, »es scheint unkompliziert zu sein. Du bist beraubt worden. Deine Waffe ist weg. Du hattest Order, bewaffnet zu sein und die Waffe in der Wohnung zu verwahren. Du hast nichts mit der Waffe angestellt und sie auch nicht mit unerlaubter Munition geladen?«

»Nein«, sagte Fors.

»Sauber«, sagte Kranz. »Ganz sauber. Hoffentlich bist du bald wieder auf dem Damm. Wir werden jetzt mit Leif Holmberg reden. Kennst du den?«

»Nicht näher als nötig.«

Kranz nickte. »Heute ist der Tag, an dem wir uns alle Sündenregister vorknöpfen. Aber das mit Holmberg ist ein paar Nummern größer.«

»Kann ich mir denken«, sagte Fors.

Polizeiinspektor Leif Holmberg hatte sich vor einigen Wochen zusammen mit zwei Kollegen eines betrunkenen Mannes angenommen. Die Polizeistreife hatte sich gezwungen gesehen, dem Betrunkenen die Hände auf den Rücken zu fesseln. Trotzdem hatten sich die drei bis an die Zähne bewaffneten Polizisten von dem zweiundsechzigjährigen Mann bedroht gefühlt. Dieser wurde bäuchlings auf den Bahnhofsboden gelegt, und Holmberg hatte ihm mit solcher Kraft ein Knie zwischen die Schulterblätter gestemmt, dass eine Rippe brach. Die Rippe hatte einen Lungenflügel punktiert, und der Mann wäre fast gestorben.

»Wir sehn uns«, sagte Kranz. Molgren schaltete das Tonbandgerät aus und nahm es unter den Arm.

»Dir geht's doch ganz gut hier drinnen«, tröstete er Fors. »Hier ist es wenigstens kühl.«

»Gute Besserung«, sagte Kranz.

Dann waren sie weg. Und mit ihnen Fors' Hose.

Die Ärzte kamen um elf. Der eine war in Fors' Alter, der andere ein sehr junger, sehr großer und dünner Mann, der dritte war eine Frau um die dreißig mit schönen, weichen Händen. Der ältere Mann verhielt sich passiv, der Jüngere leuchtete Fors mit einer Lampe in die Augen und fragte ihn, wie es ihm gehe. Die Frau legte nur kurz die Hand auf seine Stirn, und er wünschte, sie würde sie eine Weile dort liegen lassen, doch das tat sie nicht.

»Wie fühlen Sie sich?«, fragte sie, nachdem sie die Hand zurückgezogen hatte.

»Ein bisschen besser. Heute Morgen musste ich mich übergeben.«

»Sie sollten möglichst ruhig liegen bleiben«, sagte die Frau. »Wir machen noch ein paar Tests, und wenn das Ergebnis nicht beunruhigend ist, können Sie heute Nachmittag nach Hause gehen. Haben Sie jemanden, bei dem Sie wohnen können?«

»Ich bin erwachsen«, sagte Fors. »Ich kann alles allein machen, aufs Klo gehen, die Zähne putzen und telefonieren.«

Die Frau musterte Fors eine Weile, den Kopf schief gelegt. »Wenn man krank ist, sollte man sich ruhig von jemandem pflegen lassen.«

Ihr Akzent war kaum merklich, aber nicht zu überhören. Fors versuchte ihren Namen auf dem Schild an ihrem Kittel zu entziffern, aber sie stand zu weit entfernt.

»Haben sie die Räuber geschnappt?«, fragte der Ältere.

»Nein«, antwortete Fors, »noch nicht.«

»Aber man wird sie doch schnappen?«, fragte die Frau. »Ich meine, wie findet man sie denn? Haben Sie sie vielleicht gesehen?«

»Ich habe sie nicht gesehen«, sagte Fors. »Aber wir werden sie kriegen.«

Die Frau seufzte und legte wieder den Kopf schräg. Sie hatte nicht nur schöne Hände, sie hatte auch schöne Augen. Der Große, Dünne notierte sich etwas auf einem Block, der ältere Arzt sagte: »Wir nehmen die Blutproben sofort, dann wissen wir bald, ob Sie nach Hause können.«

»Vielleicht möchten Sie lieber noch bleiben?«, fragte die Frau.

»Ich geh gern nach Hause«, sagte Fors.

Um halb vier kam Carin Lindblom und holte Fors' Schlüssel, und eine halbe Stunde später kehrte sie mit schwarzen Jeans zurück. Sie verließ das Zimmer, während Fors sich anzog, und dann gingen sie zusammen zu ihrem weißen Skoda hinaus.

Der Himmel war blau und wolkenlos, und es war sehr warm.

»Ich hatte am Fußgängerüberweg geparkt«, sagte Fors. »Den Golf haben sie vermutlich abgeschleppt.«

»Wahrscheinlich«, antwortete Carin. »Das wird teuer.«

Fors hob den linken Arm und betrachtete seinen Jackettärmel. »Ein Loch«, sagte er. »Guck mal.« Er zeigte ihr den Ellenbogen. »Neu, erst im Mai in Bologna gekauft.«

»Vielleicht übernimmt das die Versicherung«, sagte Carin, während sie die Autotür an der Fahrerseite öffnete und sich hinters Steuer setzte.

»Wohl kaum«, sagte Fors.

Als Carin Lindblom vom Parkplatz des Krankenhauses fuhr, begegnete sie einem Volvo. Auf dem Rücksitz saßen zwei etwa siebenjährige Mädchen. Die beiden waren zusammen mit der Mutter des einen Mädchens auf dem Weg zum Baden am Långsee.

Die Kinder bemerkten Carin Lindblom und Fors in dem weißen Skoda nicht. Auch Fors und Lindblom bemerkten die Kinder in dem Volvo nicht. Sie fuhren aneinander vorbei und waren sich für einen Moment fast nah.

Wenn Carin Lindblom und Fors die beiden Mädchen auf Fotos sehen würden, die man ihnen später auf einem Tisch des Polizeipräsidiums vorlegte, würde das eine Mädchen tot sein und das andere im Sterben liegen.

2

Fors hatte das Bett verlassen und sich, nur mit einem Laken bedeckt, auf die Couch im Wohnzimmer gelegt. Er hatte Kopfschmerzen und überlegte, ob er noch eine Tablette nehmen sollte. Carin hatte ihm etwas aus der Apotheke geholt, eine Dose mit schmerzstillenden Tabletten und ein Schlafmittel.

Aber er konnte nicht schlafen.

Was ihn wach hielt, war das Gefühl, sich selbst überlassen zu sein, ohne etwas anderes tun zu können, als sich mit Übelkeit und Kopfschmerzen herumzuplagen. Es würde sich ändern, sein Zustand würde sich bessern, es würde anders werden, allmählich.

Darauf wartete er.

Ganz allein.

Ihn quälte der Gedanke an die verlorene Waffe. Eine unangenehme bohrende Vorahnung beschlich ihn, dass sie von jemandem benutzt werden würde, der seinen Mitmenschen nichts Gutes wollte.

Er sah die Täter im Geist vor sich und wusste, dass es falsch war, die inneren Bilder zuzulassen und sein eigenes Verhalten zu verteidigen, aber er konnte sie nicht abschalten. Er wusste nichts von den Tätern, dennoch entwickelte er Bilder von ihnen, Bilder vom Verlauf der Ereignisse, eine zusammenfantasierte Erzählung in seinem Innern.

Die Fantasien bauten auf Erfahrungen auf, die er lose zusammensetzte. Vorurteile konnten eine Ermittlung total verderben. Niemand wusste das besser als Fors. Er war sein ganzes erwachsenes Leben lang Polizist gewesen und hatte gelernt, Fakten zu suchen und sich von Vermutungen so fern wie möglich zu halten.

Doch jetzt vermutete er und gab sich seinen Fantasien hin.

Es waren drei gewesen, drei Jungen in Jeans und Hemden, die über der Hose hingen. Er stellte sich vor, dass sie kurzärmelige Hemden getragen hatten.

Warum?

Er hatte sie nicht gesehen. Woher kam diese Vorstellung von den Hemden? Er sah die Jungen in ihren großen Turnschuhen hinter sich auftauchen.

Wo hatten sie ihm aufgelauert?

Hatten sie hinter der Hausecke gewartet und ihn durch die Fensterscheibe beobachtet? Hatten sie gesehen, wie er Milch kaufte, wie die Packung in eine Tüte gesteckt wurde und er danach seine Brieftasche hervorgezogen hatte? Konnten sie seine Waffe durchs Fenster sehen?

Er trug die Pistole rechts, wie die meisten seiner Kollegen. Das Mädchen hinterm Tresen hatte die Waffe möglicherweise gesehen, als er das Jackett beiseite schob, um mit der rechten Hand die Brieftasche rauszuholen, aber dem Fenster, durch das er beobachtet werden konnte, hatte er die linke Seite zugewandt. Die Täter konnten nicht wissen, dass er bewaffnet war.

Wenn sie es gewusst hätten, hätten sie ihn dann auch überfallen? Wären sie davor zurückgeschreckt, einen Polizisten zu überfallen? Vermutlich waren sie hinter Geld her gewesen. Ein Raubüberfall auf einen Polizisten könnte die Sache kompliziert machen. Polizisten mögen es nicht, wenn ihre Kollegen angegriffen werden. Unter Polizisten herrscht eine starke Gruppenloyalität, und das wird unangenehm, wenn man gegen Kollegen ermitteln muss wie im Fall des Vergehens, das Polizeiinspektor Holmberg begangen hatte. Aber der Beruf brachte es mit sich, dass man sich enger zusammenschloss, und einzelne Polizisten schienen manchmal die letzte Verteidigungslinie gegen etwas Unerhörtes auszumachen.

Manchmal hatte Fors versucht zu begreifen, was es war, dieses Unerhörte, gegen das sich manche seiner Kollegen meinten verteidigen zu müssen, nicht nur gegen die Gesellschaft, sondern auch gegen sich selber. Er hatte darüber zum Beispiel vor einem Jahr nachgedacht, als ein Kriminalinspektor verhaftet wurde, nachdem er Tochter und Frau krankenhausreif geschlagen hatte.

Malmström hieß der Inspektor. Fors hatte sich

manchmal mit ihm über die Entwicklung der Gesellschaft unterhalten. »Die Entwicklung der Gesellschaft«, hatte Malmström kopfschüttelnd gesagt, »wo soll das bloß enden? Trägheit und Desinteresse überall, Betrug und Sich-Davonstehlen als Lebensstil, was sehen wir da für eine Entwicklung in der Gesellschaft?«

Malmström hatte seiner Frau zwei Zähne ausgeschlagen und seiner Tochter ein blaues Auge und eine geschwollene Lippe verpasst. Und er war nicht einmal betrunken gewesen. Er war Antialkoholiker.

Es hieß, in Polizistenehen gehe es am schlimmsten zu – Kindesmisshandlung war in den Ehen, wo beide Polizisten waren, so alltäglich, dass man etwas dagegen unternehmen müsste. Man müsste Aufklärungsprogramme entwickeln, Hilfseinsätze organisieren. Aber es geschah nichts weiter, als dass von der Polizei eine Broschüre gedruckt und verteilt wurde.

Fors wünschte, der Schlaf würde kommen, aber er kam nicht. Seine Gedanken mahlten weiter und die inneren Bilder wollten ihn nicht in Ruhe lassen.

»Das Messer, nimm das Messer!«

Das Holster eines Polizisten ist so konstruiert, dass es einem Fremden nicht gelingt, die Waffe an sich zu reißen und sie auf den rechtmäßigen Besitzer, den Polizisten, zu richten. Man musste den Handgriff kennen, mit dem man die Waffe aus dem Holster löst.

In den USA hatte man Versuche mit Holstern gemacht, die im Bruchteil einer Sekunde den Fingerabdruck des Polizisten identifizieren konnten und sich nur für den öffneten, der das Recht hatte, die Waffe zu benutzen. Es war ein Problem in den USA, dass einzelne Polizisten bedroht, angeschossen oder mit ihren eigenen Dienstwaffen umgebracht wurden. Fors konnte sich nicht erinnern, ob je ein schwedischer Polizist mit seiner eigenen Waffe getötet worden war, aber hin und wieder berichtete ein Kollege, dass eine Person nach der Festnahme versucht hatte, die Waffe des Polizisten an sich zu reißen.

»Das Messer, nimm das Messer!«

Mit zehn hatte Fors sein Messer verloren. Es war ein finnisches Messer gewesen, mit einer kurzen Klinge und einem Metallknopf am Birkenschaft. Über den Metallknopf konnte man eine Schlaufe legen, damit das Messer fest in der Scheide steckte. Das Messer hatte ihm sein Vater geschenkt, Straßenmeister Fors, als dieser von einem Schachturnier in Pargas zurückkehrte.

Die Jungen hatten Borkenschiffchen geschnitzt. Es war im Frühling gewesen, vielleicht an einem der letzten Apriltage. Das graugrüne Eis auf dem See war gerade gebrochen. Vögel zogen in dunklen Linien über den hellen Frühlingshimmel. Unter einigen Tannen lagen noch grobkörnige Schneehaufen, die teilweise mit braunen Nadeln bedeckt waren.

Er hatte das Messer verloren und konnte sich an seine Verzweiflung erinnern. Die Freunde waren in ihr Spiel vertieft, die Boote wurden zurechtgeschnitzt und in den Bach gesetzt.

»Ich hab mein Messer verloren! Es ist weg!«
Und dann das einsame Suchen.
Vergeblich.
Weinend war er nach Hause gelaufen. Er hatte um

sein Messer getrauert, als wäre es sein kostbarster Besitz gewesen. Und vielleicht war es auch so.

»Warum weinst du?«, hatte Straßenmeister Fors gefragt.

»Das Messer«, hatte der Junge, der er damals gewesen war, geschluchzt. »Ich hab das Messer verloren.«

Straßenmeister Fors hatte vom Schachbrett aufgeschaut.

»Na, na, das ist doch kein Grund zu weinen.«

»Jetzt kann ich nicht mehr mitspielen. Wir schnitzen Schiffchen. Ich hab kein Messer mehr.«

Straßenmeister Fors hatte seinem Sohn durch die Haare gewuschelt.

»Ich leih dir meins, es hängt in der Abstellkammer, du weißt schon, wo. Aber sei vorsichtig. Es gehört mir schon lange und ich möchte es gern wiederhaben.«

Und der Junge hatte das Messer des Vaters geholt. Es hatte eine schmale, rasiermesserscharfe Klinge, einen Schaft aus Rentierhorn und es steckte in einer kleinen Scheide. Unzählige Male hatte er dem Vater zugeschaut, wie er das Messer benutzte, wenn sie an Juliabenden mit selbst gebastelten Fliegen am Bach, dort, wo er sich zu einem kleinen See staute, Lachsforellen angelten, Mückenschwärme waren wie eine schwarze Wolke um ihre Köpfe und es gab einen aufgeregten Biber, der hin und wieder mit dem Schwanz schlug. Das Klatschen klang wie Pistolenschüsse.

Und dann hatte er das Messer seines Vaters verloren.

Er erinnerte sich an sein Verstummen und seine Verzweiflung, wie er dort am Bach vor den gleitenden Borkenschiffchen stand und nach dem Messer tastete.

Es hätte an seiner Schlaufe am Gürtel hängen sollen, aber es war weg.

Vielleicht hatte er es nicht ordentlich befestigt?

Die bodenlose Trauer. Jetzt trauerte er nicht mehr um sein Messer. Jetzt war es das verlorene Vertrauen. Auf ihn konnte man sich nicht verlassen. Dabei hatte Straßenmeister Fors doch ständig gesagt: »Harald, das ist ein zuverlässiger Junge.«

Und während er es sagte, hatte die große Hand das Haar seines Sohnes verwuschelt.

Da war wieder das Gefühl, wie sich damals, vor langer Zeit, sein Magen zusammengekrampft hatte, vor mehr als vierzig Jahren.

Jetzt war es dasselbe Gefühl, dasselbe unangenehme Gefühl, versagt zu haben. Die Erwartungen nicht erfüllt zu haben, nichts wert zu sein.

Es war dieses Gefühl, das ihn viele Jahre davon abgehalten hatte, sich um den Dienstposten eines Kommissars zu bewerben. Erst als Hammarlund ihm erzählt hatte, dass er die Nachfolge von Polizeichef Lönnergren antreten würde, hatte Fors sich überwunden und einen Antrag gestellt, aber immer noch mit der Einstellung, dass er eigentlich nicht gut genug sei, nicht den Erwartungen entsprechen würde, dass er aus zu schwachem Holz geschnitzt war.

Er erinnerte sich an die Augen des Vaters, als er nach Hause kam und von dem verlorenen Messer erzählte.

»Zwei verlorene Messer in so kurzer Zeit, das ist nicht gut.«

Und Straßenmeister Fors hatte ihn angesehen und dann seinen Kopf an seine Brust gedrückt.

»Nicht weinen, ist ja schon gut, jeder kann mal ein Messer verlieren. Man kann sogar zwei verlieren. Als Kind hab ich auch einige verloren.«

Aber diese Behauptung stimmte nicht. Straßenmeister Fors war auf einem kleinen Bauernhof groß geworden, der sich gerade selbst versorgen konnte, wo man gar nichts verlor, am allerwenigsten Messer oder andere nützliche Gegenstände.

Am nächsten Tag waren sie zum Eisenwarenladen gefahren in dem roten Opel Kadett, den Straßenmeister Fors selbst lackiert hatte. Die Lackoberfläche fühlte sich unter den Fingern wie ein Sandstrand an.

Das Messer, das Fors an jenem Tag bekommen hatte, lag immer noch in dem Kasten, in dem er auch die Schraubzwinge aufbewahrte, mit deren Hilfe er seine Fliegen selber herstellte. Das Messer nahm er nicht mehr mit nach draußen. Er ließ es zu Hause, und beim Angeln benutzte er ein scharf geschliffenes Ding, das er für achthundert Kronen in einem Geschäft für Jagdzubehör in Stockholm gekauft hatte.

Was das Messer, das sein Vater ihm geschenkt hatte, gekostet hatte, wusste er nicht. Vielleicht waren es sechs Kronen gewesen oder sieben.

Aber es war unendlich wertvoller als das Messer aus Spezialstahl von Al Mar.

Dann dachte er wieder an die kurzärmeligen Hemden. Wieso stellte er sich eigentlich vor, dass die Jungen, die ihn niedergeschlagen und seine Waffe gestohlen hatten, kurzärmelige Hemden getragen hatten?

3

Als die Schüsse fielen, befanden sich vierundfünfzig Kinder und sechs Erwachsene im Speisesaal der Schule. Dem ersten Schuss folgten unmittelbar vier weitere, alle Schüsse wurden innerhalb von vier, fünf Sekunden abgegeben.

Die Kinder im Speisesaal fingen schon beim ersten Knall an zu schreien, obwohl noch keine Folgen der Schüsse zu sehen waren. Die vierte Kugel traf Birgitta Winblad in den linken Mundwinkel, sie streifte den Unterkiefer und trat durch die Wange unterhalb des linken Ohrläppchens wieder aus.

Birgitta Winblad, die seit zweiundzwanzig Jahren in der Essensausgabe arbeitete, hob eine Hand zur linken Wange und sah, wie Blut von der Hand zum Ellenbogen rann. Gleichzeitig sah sie den Jungen auf der anderen Seite des Tresens vornüber zu Boden fallen.

Eine Lehrerin mit einem weißen Pu-der-Bär-T-Shirt hatte einige Achtjährige zu Boden gerissen. Sie schob die Kinder unter den Tisch, an den sie sich gerade setzen wollten.

Die Lehrerin hieß Filippa Ernblad. Sie war frisch verheiratet und in der zehnten Woche schwanger. Vier Jahre lang war sie bei der Luftwaffe gewesen und wusste, wie es klingt, wenn geschossen wird. Sie war mit Schusswaffen vertraut. Als Jugendliche hatte sie beschlossen, sich bei der Luftwaffe zu bewerben, um Truppenausbilderin zu werden. Stattdessen war sie Lehrerin geworden. Sie war achtundzwanzig Jahre alt, als sie an diesem Augusttag Birgitta Winblad zu einem

Stuhl wanken und darauf niedersinken sah, die linke Hand gegen die Wange gepresst. Blut spritzte hervor und bildete vor ihren Füßen auf dem Boden eine Lache.

Die Kinder um Filippa herum schrien und klammerten sich an sie. Die Augen der Kinder waren schwarz von einem Entsetzen, das sie noch nie in den Augen schwedischer Kinder gesehen hatte.

Filippa tastete nach ihrem Handy und wählte den Notruf.

Sie kam nicht durch. Die Nummer war besetzt.

Unter einem anderen Tisch sah sie ihre Kollegin, die gleichaltrige und hochschwangere Lina Hult, an ihrem Telefon fingern. Filippa rief Lina zu:

»Besetzt! Ruf zu Hause an!«

Nach dem fünften Schuss schien Stille einzutreten, obwohl es keineswegs still war. Kinder weinten und schrien, Lehrer riefen ihren Schülern zu, sie sollten ruhig liegen bleiben, nach einer Weile verstummten die Schreie und nur noch Schluchzen und Rufe nach den Lehrern waren zu hören.

Filippa rief ihre Freundin in der Bank an.

Die Freundin, Karin Landmark, nahm das Gespräch entgegen, während sie für eine runzlige Frau mit dicken Brillengläsern und wackelndem Kopf ein Formular ausfüllte.

»Landmark«, meldete sich Karin Landmark. »Einen Augen ...«

»Karin!«, rief Filippa. »In der Schule wird geschossen!«

Karin Landmark drehte sich mit ihrem Bürostuhl,

so dass sie der alten Frau mit den dicken Brillengläsern und dem wackelnden Kopf den Rücken zukehrte.

»Was!?«

»In der Schule wird geschossen. Jemand ist ins Gesicht getroffen worden und auf dem Fußboden liegt ein Junge.«

»Wo bist du?«

»Unter einem Tisch im Speisesaal. Ich komm nicht durch beim Notruf. Kannst du es bitte versuchen!«

Filippa beendete das Gespräch und setzte sich kriechend in Bewegung, und sechs ihrer achtjährigen Schüler folgten ihr, alle kriechend, genau wie die Lehrerin.

Filippa drehte sich um.

»Bleibt unter dem Tisch!«, rief sie. Und das Mädchen, das Ebba hieß, blieb unter dem Tisch, als ginge es um ein Spiel, in dem man sich ganz still verhalten musste, sobald die Lehrerin einen ansah. Filippa fiel ein, dass Ebbas Mutter Polizistin war. Filippa streckte Ebba das Telefon hin, doch ehe das Mädchen es ergreifen konnte, zog sie es zurück.

»Welche Telefonnummer hat deine Mama?«

Ebba, mit einer Gesichtshaut wie Zeitungspapier und dünnen, farblosen Lippen, ratterte die Nummer herunter. Filippa wählte.

»Polizeiassistentin Högberg«, meldete sich eine Frauenstimme auf der schlechten Handyverbindung.

»Hallo, hier ist Filippa Ernblad, Ebbas Lehrerin. Jemand schießt in der Schule, ich komme beim Notruf nicht durch. Hier gibt es einen Idioten, der auf Kinder schießt!«

Und Filippa merkte, dass sie ihren Blick starr auf den Jungen gerichtet hatte, der am Tresen gestanden hatte. Der Junge lag auf dem Rücken und bewegte eine Hand, langsam, als wäre er unendlich müde.

»Wo ist Ebba?«, fragte die Stimme aus dem Telefon. Da begann Filippa zu weinen.

»Sie ist hier, neben mir. Ihr fehlt nichts.«

»Mama«, flüsterte Ebba.

4

Als der Notruf um elf Uhr dreiundzwanzig einging, hatten schon viele konstatiert, dass dieser Tag mindestens genauso warm werden würde wie der gestrige. Eine ganze Woche lang war es genauso warm gewesen wie in Athen. Alle hatten davon geredet, dass es nicht natürlich war, so sollte es nicht sein.

»Diese verdammte Hitze!«, seufzte Polizeiinspektor Berggren, ein stattlicher, leicht angegrauter Mann, der in dem Volvo hinterm Steuer saß, den die Polizeibehörde ihm für die Streife gegeben hatte. Neben ihm saß Polizeiassistentin Hedvig Nordenflycht, so getauft nach einer Schriftstellerin, mit der sie entfernt verwandt war. Hedvig Nordenflycht war Turmspringerin gewesen und zur Polizei gegangen, weil sie einen Job wollte, bei dem ein Teil der Arbeit aus körperlichem Training bestand. Hedvig hatte ihre hellen Haare zu einem Schwanz hochgebunden.

»Ich kaufe eine Melone«, sagte Hedvig Nordenflycht. »Schinken und Melone, was hältst du davon?«

Berggren war jetzt ein halbes Jahr mit Nordenflycht auf Streife und hatte immer noch nicht herausgefunden, wie sie zu ihm stand. Er war gut zehn Jahre älter als sie, hatte schon leicht Fett angesetzt und graue Schläfen und konnte sich nicht vorstellen, dass sie ihn attraktiv fand. Aber ausschließen konnte er es auch nicht.

»Schinken mit Melone, genau das Richtige bei der Hitze anstelle von einem Mittagessen.«

»Anstelle von einem Mittagessen?«, echote Nordenflycht. »Schinken und Melone sind das perfekte Mittagessen bei dem Wetter.«

Da kam der Notruf über Funk:

»In der Vikingaschule wird geschossen, Elsa Beskows väg 35. Der Täter könnte sich noch auf dem Gelände befinden. Mehrere Verletzte. Vorsichtig nähern. Der Krankenwagen ist unterwegs.«

»Herr im Himmel«, sagte Berggren und schaltete Blaulicht und Sirene ein. »Plötzlich ist hier der Teufel los.«

Die Vikingaschule bestand aus drei niedrigen Gebäuden mit Klassenzimmern, Lehrerzimmer und Speisesaal. Auf der anderen Seite des Rückgebäudes gab es einen asphaltierten Schulhof und eine rot geklinkerte Sporthalle. Neben der Sporthalle war ein Parkplatz, auf dem an die zwanzig Personenwagen standen, und neben dem Parkplatz ein Fahrradgestell voller Räder, die fast alle noch ganz neu wirkten. Hinter der Sporthalle lag der See.

Das Polizeiauto näherte sich von Westen. Wenn man

von dort kam, musste man erst über eine Hügelkuppe, bevor man den Parkplatz erreichte. Auf dem höchsten Punkt schalteten sie die Sirene und das Blaulicht ab und hielten an.

Von hier aus hatten sie den ganzen Parkplatz und einen Teil des Schulhofs, der zwischen dem dritten Gebäude und der Sporthalle lag, im Blick. Hinter der Sporthalle waren an die vierzig Kinder und drei Erwachsene zu sehen, die sich gegen die Klinkermauer drückten. Eine der Erwachsenen hatte das Polizeiauto entdeckt und zeigte eifrig auf das Schulgebäude. Sonst schien sich niemand zu bewegen.

»Da liegt jemand auf dem Asphalt«, sagte Nordenflycht, und im selben Moment spürte sie, wie ihr Mund trocken wurde.

»Ein Kind«, sagte Berggren.

Nordenflycht zog die Waffe aus dem Holster. Berggren startete mit quietschenden Reifen und schoss mit hoher Geschwindigkeit auf den Parkplatz zu. Er fuhr im Zickzack zwischen zwei geparkten Volvos hindurch und bremste jäh. Das Auto kam genau zwischen dem Schulgebäude und dem kleinen Mädchenkörper auf dem Asphalt zum Stehen.

Es hielt kaum, da war Nordenflycht schon hinausgesprungen, kauerte sich neben den Kühler und hielt ihre Waffe mit beiden Händen auf das knapp zwanzig Meter entfernte Schulgebäude gerichtet. Gleichzeitig öffnete Berggren die Tür auf seiner Seite, lief geduckt um das Auto herum und kniete sich neben das, was wie ein liegendes Kind aussah. Erst als er sich darüberbeugte, sah er, dass es zwei Kinder waren.

»Jesus!«, flüsterte Berggren, der selbst mehrere Kinder hatte.

Und dann begann er zu weinen.

Das oben liegende Mädchen trug einen rot karierten Baumwollrock und ein hellblaues Pikee-Shirt. Die kurzen Zöpfe wurden von mehreren farbigen Gummibändern zusammengehalten. Die Haare hatten diese helle Farbe, die im Sommer fast weiß wurde. Das Mädchen hatte eine Wunde am Hals. Ihre hellblauen Augen waren weit geöffnet, ihre Lippen farblos. Aus der Wunde war viel Blut geflossen.

Berggren nahm ihre Hand.

»Kleines, jetzt werden wir dir helfen.«

Dann schob er eine Hand unter den Nacken des Mädchens und die andere unter ihren Rücken, zog sie zur Seite und legte sie flach auf den Asphalt. Unter ihr lag noch ein Kind. Es hatte genauso helle Haare wie das erste und trug rote Shorts und ein weißes T-Shirt. Dort, wo das rechte Auge sein sollte, hatte es einen dunklen, blutigen Fleck. Getrocknetes Blut von dem Mädchen, das auf ihr gelegen hatte, bedeckte das Gesicht und klebte in den Haaren.

Berggren schaute zu dem Mädchen im Rock. Er bildete sich ein, dass es seine Bewegungen mit dem Blick verfolgte.

»Kleines, wir helfen dir«, sagte er wieder und die Tränen strömten ihm über die Wangen.

Weit entfernt hörte er Sirenen.

Berggren erhob sich, ging zum Auto, holte den Erste-Hilfe-Kasten hervor. Als er wieder bei dem Mädchen war, hatte er den Kasten bereits geöffnet. Er bereitete einen Druckverband vor, da hielt schon der erste Krankenwagen neben dem Polizeiauto, und die Sanitäter sprangen heraus.

»Das Mädchen im Rock«, sagte Berggren zu einer rothaarigen Frau in grüner Hose und einem grünen kurzärmligen Baumwollhemd. »Das andere ...«

Er beendete den Satz nicht.

Die beiden Sanitäter kauerten bei dem Mädchen im Rock. In dem Augenblick, als das zweite Polizeiauto auf der Hügelkuppe auftauchte, kam der Hubschrauber über den Wald und begann sich auf die Wiese hinter der Sporthalle zu senken.

Berggren lehnte sich gegen das Autodach neben Nordenflycht. Beide spähten zum Schulgebäude.

»Was siehst du?«

»Nicht das Geringste«, antwortete Nordenflycht.

In dem Augenblick tauchte eine Frau an einem offenen Fenster auf. Sie winkte mit dem rechten Arm und rief: »Hier drinnen gibt es Verletzte!«

Berggren warf einen Blick über die Schulter. Neben dem Krankenwagen hielt der zweite Polizeiwagen. Hansson und Frändberg stiegen aus, und aus dem Fond stieg der Chef der Schutzpolizei, Kommissar Nylander. Er kam sofort auf Berggren zu. Ihm gefiel es nicht, dass Berggren geweint hatte und dass ihm immer noch Tränen über die Wangen liefen.

»Rapport«, kommandierte Nylander und sah Berggren an.

Nordenflycht beachtete er mit keinem Blick, denn Nylander gehörte zu den Polizisten, die der Meinung waren, dass Frauen nichts bei der Polizei zu suchen hatten. Und wenn sie unbedingt Polizistinnen sein wollten, sollten sie sich gefälligst der Verkehrspolizei und der Sitte widmen. In seinem Bereich wollte er sie nicht haben.

»Hier ist geschossen worden. Wir wissen nicht, wer der Schütze war. Kein Schuss mehr, seit wir vor einigen Minuten gekommen sind«, berichtete Berggren. Er wandte sich halb ab und zeigte auf den Krankenwagen.

»Ein Kind ist ins Auge getroffen worden und war vermutlich sofort tot. Das andere hat viel Blut verloren.«

»Wir gehen rein«, sagte Nylander. »Nordenflycht bleibt hier und deckt die Fenster. Hansson und Frändberg gehen von der westlichen Seite rein, Berggren und ich von der anderen Seite.«

Hinter ihnen liefen die Sanitäter mit einer Trage auf den Hubschrauber zu, der hinter der Sporthalle zu hören war.

Hansson und Frändberg zogen ihre Waffen und liefen auf die eine Schmalseite des Schulgebäudes zu. Berggren und Nylander zogen ebenfalls die Waffen und setzten sich in die andere Richtung in Bewegung.

Als Berggren und Nylander die Tür erreichten, stand dort eine Frau. Sie trug eine pfifferlingsgelbe Schürze und zeigte ins Innere des Gebäudes. Nylander sah sie an.

»Haben Sie jemanden schießen sehen?«
Die Frau schüttelte den Kopf.
»Wie viele Verletzte sind da drinnen?«
Die Frau schluckte, ehe sie antwortete. »Zwei, glaube ich.«

»Und Sie wissen nicht, wer geschossen hat?«

Die Frau gab einen Laut von sich wie ein junger Hund, dem man aus Versehen auf den Schwanz getreten hat.

Nylander nickte Berggren zu. »Ich geh voran, du gibst mir Deckung.«

Dann bewegte er sich an der Wand entlang, die ausgestreckte Waffe vor sich auf den Boden gerichtet. Berggren folgte ihm, den Blick ständig nach hinten gerichtet. Die winselnde Frau vor der Tür war auf dem Fußgitter niedergesunken und in Tränen ausgebrochen.

Nylander erreichte die Schulküche, ging an Wagen voller Tabletts und an der Ablage für das schmutzige Geschirr vorbei, wo ein neonfarbener Wasserschlauch einen Teller spülte, der zuvorderst in einem Gestell mit einer Reihe gleichartiger Plastikteller stand. Er ging zu der Schwingtür mit den kreisrunden Fenstern in Kopfhöhe, stieß sie auf und war im Speisesaal.

Sofort begegnete er dem Blick einer jungen Frau, die ein Pu-der-Bär-Shirt trug. An ihre Beine klammerte sich ein halbes Dutzend Kinder, keins war älter als acht, mehrere weinten. Die Pu-der-Bär-Frau zeigte auf einen Jungen, der auf dem Rücken lag. Er lag in einer Blutlache, die Nylander später als »groß genug, um darin eine Katze zu ertränken« bezeichnen würde.

Er drehte sich zu Berggren um, der mit der Waffe in der Hand dastand. »Kümmre dich um den Jungen!«

Berggren steckte die Waffe ins Holster, ging zu dem verletzten Jungen und kniete sich neben ihn.

Nylander sah sich um. Überall Kinder, die schluchzten oder nur dasaßen und vor sich hin starrten. Einige Erwachsene, die um jemanden herum standen, der auf einem Stuhl saß. Nylander sah das Blut, in das sie getreten waren, nachdem sie beiseite gegangen waren. Er nahm das Funkgerät aus dem Gürtel.

»Hier ist Nylander!«, rief er, als würde er den Funkverbindungen nicht trauen und wünschen, seine Stimme trüge bis zum drei Kilometer entfernten Polizeipräsidium. »Ich befinde mich im Speisesaal der Vikingaschule. Es gibt zwei Verletzte, wir brauchen Krankenwagen. Eventuell gibt es mehr Verletzte, das weiß ich noch nicht. Sorgt dafür, dass ein Arzt kommt und bereitet das Krisenteam vor. Wir durchsuchen jetzt das Gebäude nach dem Täter.«

»Bleib bei dem Jungen«, sagte Nylander zu Berggren. Dann öffnete er ein Fenster und rief Nordenflycht zu: »Schick einen Sanitäter rein und komm dann zu uns.«

Danach drehte er sich um und stand Auge in Auge Filippa Ernblad gegenüber. »Waren Sie hier, als es losging?« Er sprach so laut, als ob er wollte, dass alle ihn hören konnten.

Sie nickte.

»Was ist passiert?«, fragte Nylander und sah einen achtjährigen Jungen an, der sich in die Hose gemacht hatte.

»Jemand hat geschossen«, antwortete Filippa. »Fünf Schüsse.«

»Haben Sie den Schützen gesehen?«
»Nein.«
»Gar nicht?«

»Nein. Aber es war eine Pistole.«

»Woher wissen Sie das?«

»Ich war bei der Luftwaffe. Ich habe mit Pistolen geschossen.«

Nylander nickte. »Wo könnte er gestanden haben?«

»Dort.« Filippa zeigte zum Korridor auf der anderen Seite der eingezogenen Wand, die den Speisesaal vom Korridor trennte. »Er muss hinter den Pflanzen gestanden haben.«

Zum Korridor hin gab es nur die eingezogene Wand und eine Bank. Auf der Bank standen riesige Pflanzen, deren Namen Nylander nicht kannte, aber er wusste, dass seine Frau die gleichen in ihrem Wohnzimmer hatte.

»Und Sie sind sicher, dass es eine Pistole war?«, fragte er.

Filippa nickte wieder. Zwei Sanitäter kamen durch die Halle vor dem Speisesaal, ihre grünen Hemden, die orangefarbene Trage und die gelbe Decke leuchteten zwischen den Töpfen. Sie stellten die Trage neben dem Jungen ab, hoben ihn hinüber und trugen ihn raus. Gleichzeitig kam das nächste Team und kümmerte sich um Birgitta, die auf einem Stuhl gegen die Wand gelehnt saß und ein Handtuch auf die Wange drückte.

Berggren richtete sich auf. Eine Frau in Rock und weißer Bluse betrat den Speisesaal. Ihr Gesicht war fahl. Sie warf hektische Blicke um sich.

»Ebba!«

Das Mädchen lief zu ihrer Mutter und warf sich in ihre Arme, und Nylander dachte, so ist das mit den Weibsleuten, nichts als Gefühle. Er war sehr zufrieden, dass Polizeiassistentin Högberg nicht zu seinen Untergebenen gehörte.

»Wie heißen die da?«, fragte er und zeigte auf die Pflanzen.

»Welche?«, fragte Filippa.

»Die grünen.«

»Farn.«

»Genau«, sagte Nylander, »Farn. Wird braun, wenn er zu viel Wasser bekommt, nicht wahr?«

Hinter den Farnen tauchten Frändberg und Hansson auf. Sie hatten beide ihre Dienstwaffen gezogen und Nylander rief ihnen über die Farne zu: »Was gesehen?«

»Nichts«, antwortete Frändberg. »Nur viele weinende Kinder. Keine Spur vom Täter.«

»Das Einsatzkommando kommt.« Hansson zeigte mit der linken Hand auf den Parkplatz.

Draußen hielt ein weiß-blauer Bus mit Blaulicht auf dem Dach. Fünf Polizisten stiegen aus, angeführt vom Chef des Kommandos, Polizeiassistent Hjelm. Die Mannschaft war mit schusssicheren Westen und durchschlagskräftigeren Waffen ausgerüstet. Sie schwärmte fächerförmig über die Wiese aus und näherte sich dem Schulgebäude, als wäre sie darauf vorbereitet, jeden Moment beschossen zu werden.

»Jetzt kommt Hjelm mit den Jungs!«, sagte Nylander und lächelte wie ein bartloser Weihnachtsmann, der einen Sack voller Geschenke brachte. »Jetzt durchsuchen wir das Gebäude!« Er wandte sich zu Berggren um, der eine Gesichtsfarbe wie gekochter Fisch hatte. Seine Augen waren blutunterlaufen, der Mund stand offen. »Was ist mit dir?«, fragte Nylander, der Berggren nicht besonders mochte.

»Alles in Ordnung«, antwortete Berggren.

»Das wollte ich hören«, sagte Nylander. »Und jetzt finden wir den Scheißkerl, der geschossen hat.«

5

Pastorin Aina Stare stand am Fenster des Pfarrhofs und schaute zu der Baracke, die für den Gottesdienst benutzt wurde, seit die Kirche vor zweieinhalb Jahren abgebrannt war. In der Hand hielt sie eine Tasse. Die war marineblau und hatte zwei Henkel in Form von Engelsflügeln. In der Tasse war dampfender Kamillentee.

Auf dem Hof vor der Baracke hielt ein roter Fiat mit einem Auspuffrohr, das aussah, als würde es jeden Augenblick abfallen. Der Kofferraumdeckel schien sich nicht schließen zu lassen, und da das Fenster im Pfarrhof offen war, konnte Aina Stare die dröhnende Musik aus dem Autoradio hören, noch ehe der Motor abgeschaltet wurde.

An der Beifahrerseite stieg ein sonnengebräunter junger Mann aus, der tarnfarbene Shorts und ein schwarzes T-Shirt trug. Um den Hals hatte er zwei Ketten. Die Haare waren zu einem langen Schwanz auf dem Rücken zusammengebunden, und außerdem war er barfuß. Auf der Fahrerseite stieg Ellen Stare aus, Mutter von Lydia und Tove, die sie jetzt aus dem Fond klettern ließ.

Die kleinen Mädchen entdeckten Aina am Fenster und begannen sofort vor Freude zu schreien und zu jauchzen.

Aina winkte ihnen zu und beobachtete den jungen Mann, der den Arm um Ellens Taille legte und seine Hand weiter zu ihrem Po gleiten ließ.

Ellen lachte und lief hinter ihren Kindern her, und Aina dachte kurz über die Auswahlkriterien ihrer Tochter nach, die sie bei der Wahl ihrer Freunde ansetzte. Bis Mittsommer hatte Ellen einen Freund gehabt, mit dem sie seit Weihnachten zusammen gewesen war. Danach hatte sie eine kurze Affäre mit einem verheirateten Arzt im Krankenhaus gehabt, in dem sie eine Vertretung als Hilfsschwester gehabt hatte. Und nun also wieder ein neuer Freund.

Aina seufzte und blies über den Tee. Die Zwillinge kamen durch die Diele gestürmt und Aina stellte die Teetasse auf das Fensterbrett. Sie bückte sich und umarmte die Kinder und bekam unzählige nasse Küsse auf die Wangen.

Dann richtete sie sich auf. Die Kinder klammerten sich an ihre Beine. Ellen zeigte auf den jungen Mann.

»Das ist Filip.«

»Hallo, Filip«, sagte Aina und reichte ihm die Hand.

»Ich hol sie morgen früh wieder ab«, sagte Ellen. »Jetzt fahren wir zum Mosee.«

»Wir wollen auch baden!«, rief Tove, eines der Zwillingsmädchen.

»Ihr badet mit Großmutter«, erklärte Ellen.

»Ich kann tauchen«, behauptete Lydia. »Ich bin Taucher.«

Das Mädchen schniefte und sah von einem zum anderen, um festzustellen, ob sie mit ihrer Behauptung Aufmerksamkeit erregt hatte.

»Wie schön«, sagte Aina. »Du zeigst mir später, wie du tauchst.« Dann wandte sie sich an Ellen. »Ist es gut?«

»Muss genügen. Für fünftausend kriegt man keine Luxuskarosse.«

»Sieht aus, als würde es gleich ...«

»Den Auspuff verlieren«, ergänzte Filip. »Wir werden ihn wieder befestigen.«

»Wie findet ihr die neue Farbe der Baracke?«, fragte Aina.

Das Telefon klingelte und Aina ging zu dem Tisch neben dem Kachelofen, wo das Telefon stand. Ellen warf einen Blick auf die dampfende Teetasse auf dem Fensterbrett.

»Trinkst du in der Hitze heißen Tee?«

»Bei Hitze ist etwas Warmes das Beste«, antwortete Aina und hob den Hörer ab.

»Wir fahren dann los«, sagte Ellen. »Bis morgen also. Und du, die Farbe ist nicht gerade ein Volltreffer.«

Aina hielt den Hörer ans Ohr und winkte mit der freien Hand. Ellen bückte sich und umarmte die Kinder.

»Seid schön lieb«, ermahnte sie sie.

»Ich bin Taucher«, behauptete Lydia und machte ein paar Schwimmbewegungen in der Luft. »Ich bin Taucher, ich werd tauchen!«

»O nein«, keuchte Aina Stare und holte heftig Luft. »O nein ...«

»O nein«, wimmerte Aina wieder. »Ich komme sofort.«
»Was ist, Mama?«, fragte Ellen.

6

Fors war erst in der Morgendämmerung eingeschlafen, und als er am Vormittag erwachte, hatte er von dem Schlafmittel einen schweren Kopf. Er kochte sich eine Tasse Kaffee und trank ihn beim Duschen. Er duschte gern abwechselnd warm und kalt, an diesem Tag stand er lange unter dem Strahl, und zwischen warm und kalt streckte er sich nach dem Regal, wo das Haarshampoo neben der Kaffeetasse stand, er nahm einen Schluck, dann wusch er sich die Haare, seifte seinen Körper ein und duschte sich. Hinterher hatte er das Gefühl, die Schwere in seinem Kopf sei verschwunden.

Er kochte sich zwei Eier und trank noch eine Tasse Kaffee, dann holte er sich Moravias *La Noia*, und mit der Kaffeetasse und einem italienischen Wörterbuch daneben streckte er sich auf dem Bett aus. Nach einer Weile wurde er müde, legte das Buch weg, schlief ein und wurde erst wach, nachdem jemand eine Weile an seiner Tür geklingelt und geklopft hatte.

Es war Carin Lindblom. Sie trug ein ochsenblutrotes Hemd über einem rinderbraunen kurzen Rock und Sandalen. Ihre Zehennägel waren blassrosa lackiert, der Lack fing jedoch an, abzublättern. Das Hemd hatte sie an der rechten Seite eingeklemmt, wo das Pistolenholster hing. Unter den Armen war das Hemd dunkel von Schweiß. Ihre Haare waren frisch geschnitten und sehr kurz, und sie war, wie fast jeder in diesem Sommer, sonnengebräunt.

»Wie geht es dir?«, fragte sie.

»Komm rein«, sagte Fors und trat beiseite.

»Wir haben versucht dich anzurufen, aber deine Telefone sind abgeschaltet.«

»Ich bin krankgeschrieben.«

Fors schloss die Tür hinter ihnen.

»Hast du kein Radio gehört?«

»Nein, was sollte ich denn hören?«

»In der Vikingaschule wurde geschossen. Drei Kinder sind getroffen worden und eine Hilfskraft in der Essensausgabe ist am Unterkiefer verletzt. Aber sie scheint durchzukommen.«

Fors war stehen geblieben, eine Hand gegen die Wand gestützt. Er trug blaue Boxershorts mit weißem Bündchen. Er hatte leichte Kopfschmerzen und einen trockenen Mund und war noch nicht ganz wach.

»Wann ist das passiert?«

»Zwanzig nach elf. Hammarlund hat versucht dich zu erreichen. Er ist unterwegs von Sälen und wird gegen drei hier sein. Er möchte dich dann sehen.«

»Wer hat geschossen?«

»Das weiß niemand.«

»Niemand?«

»Nein.«

Fors dachte an seine geklaute Waffe und fühlte einen Stich in der Magengrube. Ihm war unbehaglich zumute.

»Was war es für eine Waffe?«

»Keine Hülsen. Wahrscheinlich ein Revolver.«
»Und niemand hat den Schützen gesehen?«
»Im Speisesaal waren vierundfünfzig Kinder und sechs Erwachsene, als es knallte. Die Schüsse sind offenbar schnell hintereinander gefallen. Keiner hat gesehen, wer geschossen hat.«

»Komm rein«, sagte Fors und ging Carin voran durch den Flur ins Wohnzimmer. Er ließ sich in einem der beiden Sessel nieder und zeigte aufs Sofa. Carin hatte die Zeitung aufgehoben, die vor der Tür gelegen hatte, und legte sie nun auf den Tisch, während sie sich aufs Sofa sinken ließ.

»Wer ist vor Ort?«, fragte Fors.
»Nylander.« Carin seufzte. »Das Überfallkommando mit schwerem Geschütz, extra beorderte Schutzpolizei, Stjernkvist, Örström und ich.«
»Was trägt das Landeskriminalamt bei?«, fragte Fors.
»Die haben alle Hände voll mit einem Überfall in Nöggle zu tun. Kurz vor zwölf haben zwei Männer die Bank betreten, der eine hatte einen Revolver, der andere eine abgesägte Schrotflinte. Der mit der Schrotflinte hat zwei Kameras zerschossen, und der Revolvermann hat sich die Tageskasse geschnappt. Auf der Flucht begegnete ihnen ein Polizeiauto. Die wussten nichts von dem Überfall, aber die Räuber gerieten in Panik und fingen an zu schießen. Die Polizisten kamen mit dem Auto von der Straße ab. Das Landeskriminalamt jagt die Räuber mit allem, was ihm zur Verfügung steht. Hammarlund hat gesagt, wir kümmern uns allein um die Vikingaschule, wenn wir dafür niemanden nach Nöggle schicken müssen.«

»Was für ein Schlamassel«, sagte Fors.

»Ja.« Carin seufzte. »Ein Glück, dass es nicht deine Waffe ist.«

»Das wissen wir doch noch gar nicht.«

»Keine leeren Hülsen. Wer sollte in einer Schule voller Kinder fünf Schüsse abgeben und hinterher die Hülsen aufsammeln, ohne dabei gesehen zu werden? Die Waffe muss ein Revolver gewesen sein.«

»Und in Nöggle hatten sie einen Revolver?«

»Zwei Bankangestellte haben die Waffe beschrieben. Die eine sagte, die Waffe sah aus wie die, mit der vermutlich Olof Palme erschossen wurde, die andere sagt, ihr achtjähriger Sohn hat genauso eine.«

»Genauso eine?«

»Das Landeskriminalamt hat sich das Spielzeug angesehen. Es ist eine Nachahmung von einem Colt .38 mit einem 4-Zoll-Lauf.«

»Und in der Vikingaschule soll auch ein Revolver benutzt worden sein?«

»Scheint so.«

»Kaum vorstellbar, dass man erst auf Kinder in einer Schule schießt und dann losfährt und eine Bank überfällt.«

»Es hat schon merkwürdigere Sachen gegeben«, meinte Carin.

»Schafft man es in einer halben Stunde von der Vikingaschule nach Nöggle?«

»Wenn man siebzig fährt, schafft man es gerade. Das Landeskriminalamt hat es überprüft. Die sehen einen Zusammenhang.«

»Wer ist dort verantwortlich?«

»Gustavsson.«

Fors nickte und strich sich über die Wange. Der Chef des Landeskriminalamtes, Anders Gustavsson, war ein Polizist, dem Fors vertraute. Sie hatten in der Zeit zusammengearbeitet, als Fors noch Kriminalassistent war. Er hatte Gustavssons Fähigkeit zuzuhören geschätzt. Nicht alle Polizeichefs haben die Gabe, Untergebenen zuzuhören. Gustavsson war unprätentiös, gewissenhaft und rechtschaffen. Bei den Gerichtsverfahren nach dem Einsatz auf dem EU-Gipfel in Göteborg hatte Gustavsson sich nicht gescheut, gegen Vorgesetzte auszusagen. So ein Verhalten war nicht günstig für die Karriere, dadurch war Gustavssons Ansehen in Fors' Augen noch mehr gestiegen.

»Hammarlund will, dass du die Sache übernimmst«, sagte Carin. »Er hat gefragt, wie krank du bist, und ich hab gesagt, dass du Ruhe haben sollst. Er wird dich trotzdem bitten. Schaffst du das?«

»Wir haben einen Täter, der auf Kinder schießt. Was soll ich machen? Mich auf die faule Haut legen? Aber ich hab kein Auto.« Fors erhob sich. »Ich zieh mir mal eben was an.«

»Du solltest Hammarlund anrufen und ihm sagen, dass du im Dienst bist.«

»Tu du das«, sagte Fors. Er ging ins Bad und ließ kaltes Wasser ins Waschbecken laufen, dann wusch er sein Gesicht und tupfte es mit einem Handtuch vorsichtig ab, damit sich das Pflaster über dem Auge nicht löste.

7

Aina Stare kam auf dem Weg zu Forsgrens in Hylte am Mosee vorbei. Der See hatte einen Sandstrand, und der war voller spielender Kinder. Sie warf einen Blick auf den Spielplatz mit den Schaukeln und Wasserspielen, ehe sie in den Wald abbog.

Dichter Tannenwald zog sich hin bis nach Hylte, und die Sonne war nur manchmal zu sehen, denn der Weg war schmal und schlängelte sich in westliche Richtung, die Tannen an ihrer rechten Seite ließen die Sonnenstrahlen nicht tiefer als bis zur Mitte der Stämme durch.

Der Hof lag auf einem Hügel, und unterhalb breitete sich eine Pferdekoppel aus. Dort grasten zwei große schöne Stuten und ein Islandpony, dessen Schwanz über den Boden schleifte. Aina parkte neben einem hellblauen Toyota, der neu wirkte.

Das Wohnhaus war ein rot gestrichenes einstöckiges Haus mit weißen Eckpfosten. Die Fenster im Erdgeschoss standen offen und in ein Fenster hatte jemand eine Decke mit einem hellgrauen Bettbezug zum Lüften gelegt.

Aina stieg aus dem Auto und ging auf das Haus zu. Sie hatte die Sonne im Rücken, und sie war noch keine fünf Meter gegangen, da fing sie an zu schwitzen. Durch das offene Fenster tönte Telefonklingeln, aber niemand hob ab. Aina stieg die Treppe hinauf, klopfte an die Tür und trat ein. Es roch nach Schmierseife, die breiten Bodendielen glänzten. Ein bisschen weiter hinten im Vorraum lag ein rot und blau gestreifter Flickenteppich. Majken webte. Sie stiftete immer einen Flickenteppich für den Weihnachtsbasar der Kirche. Ihre Teppiche hatten immer helle Farben. Früher sei das leichter gewesen, sagte sie, als die Unterhosen noch alle weiß waren.

»Majken!«, rief Aina ins Haus, bekam aber keine Antwort.

Aina ging in die Küche. In der Spüle stand eine Kaffeetasse. Eine große gestreifte Katze rieb sich maunzend an Ainas Beinen. Sie bückte sich und streichelte die Katze. Dann ging sie zurück in die Diele. Unter der Hutablage hing eine kurze rosa Reitpeitsche. Darunter stand ein Paar Reitstiefel in Kindergröße.

Aina versetzte es einen Stich in der Brust.

Acht Monate später würde Majken Stiefel, Reitpeitsche und Malins Kleidung in ein großes Feuer werfen. Majken würde nicht weinen. Ihre Tränen würden aufgebraucht sein, sie würde zusehen, wie die Kleider ihrer Tochter Feuer fingen, und sie würde ein Gefühl haben, als fließe alles Blut aus ihrem Körper, als würde sie starr und unbeweglich werden, aber sie würde nicht weinen. Sie würde die Kleider verbrennen sehen und zuallerletzt würde sie die Reitstiefel ins Feuer werfen.

Doch ehe sie an diesem Punkt ankam, müssten acht Monate vergehen, sie würde schreien, sich die Augen aus dem Kopf weinen und mit beiden Fäusten eine Fensterscheibe einschlagen.

Denn wer ein Kind verliert, vor dem liegt eine große Einsamkeit, beherrscht von dem unfassbaren Gefühl, dass einem genommen wurde, was das Leben war, und Trauer, Zorn und Verzweiflung, die dieser Mensch tragen muss, können so unermesslich werden, dass es keine Worte gibt, sie zu beschreiben.

Aina ging hinaus und hinter den Stall. Sie spähte über die Wiesen, die sich bis zum Waldrand hinzogen. Dort stand Majken. Sie wollte mithilfe eines Stemmeisens einen Zaunpfahl in den Boden schlagen. Als würde sie fühlen, dass sie beobachtet wurde, drehte sie sich um, beide Hände um das Stemmeisen geschlossen.

Aina winkte. Majken wischte sich mit dem Overallärmel über die Stirn, ließ das Stemmeisen in der Erde stecken und kam mit raschen Stiefelschritten über die Wiese.

Hilf uns jetzt, lieber Jesus, sagte Aina Stare. Ihre Lippen klebten zusammen, so trocken war ihr Mund.

Dann stand Majken vor ihr, die Wangen waren rot, ihr Blick war hell und ein kleines Lächeln stahl sich in ihre Mundwinkel.

Dann sah sie Aina Stares Gesicht, sie erkannte den Blick dessen, der eine Botschaft zu überbringen hat, und die Farbe wich aus ihren Wangen. Sie legte eine Hand vor den Mund. Und Aina umarmte sie und drückte sie an sich, so fest sie konnte, als ob sie sie vor dem schützen wollte, was geschehen war und was jetzt ausgesprochen werden musste.

»Malin ist tot.«

»Nein«, flüsterte Majken.

»Liebe Majken, Malin ist tot«, wiederholte Aina Stare.

»So was darfst du nicht sagen.« Majken sprach mit fast unhörbarer Stimme, und Aina Stare spürte, dass die Frau in ihren Armen schwer wurde, als würden die Beine unter ihr nachgeben. Aina versuchte sie aufrecht zu halten, aber genauso schnell, wie sie erschlafft war, spannte Majken sich an und riss sich los. Ihre Lippen waren grau. Sie schlug Aina ins Gesicht und brüllte: »Das ist nicht wahr!«
»Majken ...«
»Nein! Das ist nicht wahr.« Majken fiel Aina schreiend um den Hals. »Wo ist sie?«
»Im Krankenhaus. Aber sie ist tot.«
Das Gebrüll, das aus Majken Forsgrens Kehle stieg, war das Gebrüll aus der Ödnis und dem Abgrund der Verlorenen, ein Gebrüll gegen das Leben selbst, seine Möglichkeiten und seinen Verrat. Es war der unmögliche Versuch eines Lebenden, den Tod zu erweichen. Es war der Wunsch einer Mutter, ihr Kind zurückzubekommen. Es war der letzte Versuch des Lichts, die Nacht zu bitten, sich noch fern zu halten, es war die endgültige und unwiderrufliche Stimme des großen, großen Verlustes.
Und es war der Beginn einer Trauer, die den Trauernden niemals verlassen würde, und wenn Majken selbst einmal auf ihrem Totenbett liegen würde, würde sie sich auf merkwürdige Weise endlich mit dem Tod versöhnt fühlen, denn in dem Moment würde sie denken können, jetzt, jetzt gehe ich zu Malin.
Aber bis dahin waren es noch zweiundvierzig Jahre. Fünfzehntausenddreihundertdreißig Tage. Dreihundertachtundsechzigtausend Stunden.

Eine Ewigkeit der Trauer.
Der Rest ihres Lebens.
»Kleine Malin«, flüsterte Majken. »Kleine, liebe Malin.«
Und dann kamen die Tränen.

8

Carin saß am Steuer, als sie die Hügelkuppe erreichten. Sie schauten auf den Schulhof hinunter, auf dem vier Polizeiautos und der Bus des Überfallkommandos parkten. Alle Autotüren standen offen. Es gab auch einen Krankenwagen und hinter der Sporthalle stand der Hubschrauber mit stillstehenden Rotorblättern und abgeschaltetem Motor.
Zwischen den Polizeiautos stand Kommissar Nylander. Er wurde gerade von einem Rundfunkjournalisten interviewt. Nylander zeigte zur Schule hinauf und dann auf den Asphalt.
Carin parkte ein Stück von ihnen entfernt und Fors ging zu Nylander, der das Interview gerade beendete.
»Jetzt übernehme ich«, sagte Fors. »Hammarlund ist auf dem Weg zu uns. Wie ist die Lage?«
Nylander nahm Fors am Hemdsärmel und zog ihn zur Seite.
»Wir haben die Schule durchsucht, aber nichts gefunden. Keine Patronenhülsen, keine anderen Spuren, nichts. Stenberg ist drinnen und misst die Schusswinkel aus.«

Nylander senkte die Stimme und runzelte die Stirn.

»Der angeschossene Junge hat etwas zu Berggren gesagt.«

»Was?«, fragte Fors. Ohne dass er es merkte, senkte auch er die Stimme.

»Der Neger.«

»Der Neger?«

»Der Neger.«

»Was bedeutet das?«, fragte Fors.

Nylanders Wangen röteten sich und er sah Fors ungeduldig an. »Dass ein Neger geschossen hat, ist doch klar. Der Junge hat den Schützen gesehen, also einen Neger.«

»Ist Berggren sicher?«

Nylander nickte. »Ganz sicher, oder so sicher, wie man sein kann, wenn jemand Blut verloren hat wie ein abgestochenes Schwein. Es gibt noch eine zweite Zeugin zu der Aussage des Jungen, sie sagt, er könnte ›Feder‹ oder ›Neger‹ gesagt haben. Aber Berggren ist sicher, er hat ›Neger‹ gesagt.« Nylander senkte die Stimme erneut und sah bekümmert aus. »Es gibt tatsächlich Neger an der Schule.«

»Wirklich?«

Nylander nickte. »Somalier, zwei Mädchen und einen Jungen, leider ein ziemlich übler Bursche. Niemand hat ihn heute gesehen. Ich schick das Überfallkommando zu ihm.«

»Nein«, sagte Fors, »das machst du nicht. Wo ist die Mannschaft im Augenblick?«

Nylander zeigte zum Schulgebäude und sah Fors vorwurfsvoll an. »Der Neger ist wahrscheinlich noch im Besitz der Waffe. Du trägst die Verantwortung, wenn er noch mehr Leute erschießt«, flüsterte Nylander.

»Du ziehst zu schnelle Schlussfolgerungen«, sagte Fors. »Sammle deine Jungs vom Überfallkommando ein und setz sie in den Bus. Ich will sie nicht in der Schule haben mit ihren schweren Waffen und Helmen. Das erschreckt die Kinder.«

»Er könnte zurückkommen«, flüsterte Nylander. »Was machen wir dann?«

»Setz deine Männer in den Bus«, sagte Fors.

»Da drinnen wird es verdammt warm«, sagte Nylander. »Sie tragen Westen und Helme.«

»Sie können die Türen offen lassen«, sagte Fors. »Aber hol sie aus der Schule.«

Carin kam auf Fors zu.

»Red mit Berggren«, sagte Fors. »Er hat einen der Angeschossenen etwas sagen hören. Es gibt noch eine Zeugin, die ebenfalls etwas gehört hat. Sprich auch mit ihr.«

Carin nickte und setzte sich in Richtung Schulgebäude in Bewegung. Ein Journalist lief hinter ihr her, aber sie winkte abwehrend und machte noch größere Schritte. Der Journalist entdeckte Fors und kam auf ihn zu.

»Sind Sie hier zuständig?«, fragte der Journalist, ein junger Mann mit abgeschnittenen Jeans und einem verwaschenen hellroten T-Shirt mit der Aufschrift »Hultsfred«.

»Seit fünf Minuten«, antwortete Fors. »Ich weiß nicht mehr als Sie. Wir beraumen eine Pressekonferenz für den späten Nachmittag ein. Bis dahin hab ich nichts zu sagen.«

Dann ging Fors zum Schulgebäude. Vor den Türen standen drei Frauen.

Die Älteste musterte Fors.

»Sind Sie ein Angehöriger?«

Fors nahm seinen Ausweis aus der Tasche.

Die Frau meinte, sich entschuldigen zu müssen.

»Wir stehen hier, um die Eltern der Kinder in Empfang zu nehmen und zur Schulschwester zu bringen. Sie wird die Eltern über die Ereignisse informieren, bevor sie ihre Kinder treffen, um die Schüler nicht zu belasten.«

»Ich verstehe«, sagte Fors und betrat das Gebäude durch den Haupteingang. Sofort begegnete er einem von Nylanders Männern, der ein kurzärmeliges Hemd trug, Schutzweste, Helm und an einem Riemen um den Hals eine Maschinenpistole, was ihn sehr Respekt einflößend wirken ließ. Fors erkannte Lars Nilsson, ein Mann, der einen beachtlichen Teil seiner Freizeit mit Bodybuilding verbrachte und Bizepse hatte, die unnatürlich geschwollen aussahen.

»Hat Nylander euch nicht gesagt, dass ihr euch im Bus aufhalten sollt?«, fragte Fors.

»Er fand, ich sollte bleiben«, antwortete Nilsson. »Ich bewache den Haupteingang.«

»Du erschrickst die Kinder ja zu Tode, so wie du aussiehst«, antwortete Fors. »Geh raus und setz dich in den Bus. Wenn wir von fremden Mächten überfallen werden, rufe ich dich, das verspreche ich dir.«

Nilsson bekam einen flackernden Blick. »Kommissar Nylander …«, begann er, wurde jedoch von Fors unterbrochen.

»Ich hab jetzt das Kommando. Geh zum Bus.«

Nilsson zuckte mit den Schultern und sah aus, als wollte er etwas sagen.

»Ist noch was?«, fragte Fors.

Nilsson schüttelte den Kopf und verschwand durch die Doppeltür. Fors durchquerte die menschenleere Halle, in der seine Schritte widerhallten. Einige Spindtüren waren angelehnt, und auf dem Steinboden lagen Bücher und eine Schultasche. Er warf einen Blick in den Korridor und sah an dessen Ende Stenberg und Karlsson. Karlsson hielt eine drei Meter lange Latte hoch und richtete sie auf etwas, das aussah wie eine Bank mit Farnen. Fors ging zu ihnen.

Stenberg war der Chef der Spurensuche des Distrikts. Viele Untersuchungen wurden vom staatlichen kriminaltechnischen Labor in Linköping erledigt. Dort kümmerten sich einhundertachtzig Mitarbeiter um jährlich siebenundzwanzigtausend Untersuchungen. Es ging um alles von der Sperma- und Speicheluntersuchung bis zu Schussproben mit Waffen, Rauschgiftanalysen und Fingerabdrücken. Auf lange Sicht sollten mehr dieser Tätigkeiten auf die einzelnen Polizeidistrikte verlagert werden. Deshalb hatte Stenberg Verstärkung durch den jungen Ingenieur von der Spurensicherung bekommen, der allgemein »Techno-Kalle« genannt wurde, da er mit Nachnamen Karlsson hieß. Stenberg war Pfeifenraucher und wurde »Sherlock« genannt.

»Also«, sagte Stenberg und sog an einer langen Dunhill, die er gerade rauchte. »Wir wissen jetzt, wo der Schütze stand.«

»Wo?«, fragte Fors und nickte Karlsson zu, der die Latte auf die Bank mit den Farnen legte.

»Hier«, sagte Stenberg und zeigte auf den Fußboden zwischen seinen Beinen. »Oder noch eher – dort.« Er drehte sich um und zeigte auf die Toilettentür. »Komm, ich zeig dir was.«

Stenberg ging Fors und Karlsson voran in den Speisesaal. Über zwei getrockneten Blutlachen sirrten zwei flaschengrüne Fliegen. Der Speisesaal war leer.

Stenberg zeigte auf einen Fleck.

»Hier lag der Junge. Wenn du dich vorbeugst, kannst du die Kreideumrisse hinter dem Tresen sehen, wo die Küchenhilfe gelegen hat. Dann, oder unmittelbar davor, gingen drei Schüsse durchs Fenster, mit Sicherheit jedenfalls zwei. Wir haben keine Spuren vom fünften gefunden, der ist also wohl auch durchs Fenster gegangen. Wenn man die Schusswinkel betrachtet, gibt es nicht viele Stellen, wo der Schütze gestanden haben könnte. Er kann hinter den Farnen im Flur gestanden haben, aber dann hätte man ihn von der Spindhalle aus sehen können. Überzeugender scheint, dass er sich in der Toilette versteckt hat. Er brauchte die Tür nur dreißig Zentimeter weit zu öffnen, um auf den Jungen, die Küchenhilfe und durchs Fenster zu schießen.«

»Keine Hülsen?«, fragte Fors.

»Nein«, antwortete Stenberg. »Und auch keine Kugeln. Aber die finden wir schon noch. Vermutlich war es ein Revolver.«

Fors wandte sich zu Karlsson. »Beschaff eine Liste von allen Schülern und Angestellten der Schule. Geh das Waffenregister durch und krieg raus, wer Zugang zu legalen Handfeuerwaffen haben könnte.«

»Soll ich das jetzt machen?«, fragte Karlsson und warf Stenberg einen Blick zu.

»Es ist seltsam, dass du es nicht schon längst getan hast«, antwortete Fors und Karlsson ging.

Hinter Stenberg tauchte eine große, magere Frau auf. Sie trug eine weiße Bluse, einen hellen Leinenrock und Gesundheitssandalen. Sie hatte rote Haare und viele Sommersprossen, ihre Haarmähne hing in schweren Locken herunter.

»Ich bin die Direktorin«, stellte sie sich vor und versuchte, die Blutflecken zu Fors' Füßen zu ignorieren. »Mein Name ist Lisbet Mård.«

Fors reichte ihr die Hand und nannte seinen Diensttitel und Namen. »Wo sind die Kinder?«, fragte er.

»In ihren Klassenzimmern. Wir hielten es für das Beste, sie dorthin zu schicken. Die Eltern kommen her, und wir bleiben zusammen, bis alle da sind. Wir haben bereits mit der psychologischen Betreuung begonnen.«

»Wie gehen Sie vor?«

»Sie dürfen malen. Und sie dürfen reden. Wir haben im letzten Frühjahr einen Krisenplan aufgestellt. Den versuchen wir jetzt anzuwenden.«

»In diese Schule gehen Schüler der Mittelstufe?«

»Nein, es ist eigentlich eine Oberstufenschule«, antwortete Lisbet Mård. »Aber nach dem Feuer an der Byschule auf der anderen Seite vom See haben wir auch drei Unterstufenklassen.«

Sie zeigte zum offenen Fenster und zum See.

»Deswegen waren Siebenjährige auf dem Schulhof?«
Lisbet Mård traten Tränen in die Augen. »Ja.«
»Welche Klasse saß dort?« Fors zeigte auf die beiden Tische, die den Blutlachen am nächsten waren.
»Filippas Klasse. Eine Zweite.«
»Ich möchte sie sehen«, sagte Fors.
»Sie sind in ihrem Klassenzimmer«, sagte Lisbet Mård.

Sie gingen auf die Klassenzimmertür am anderen Ende der Spindhalle zu, und als Lisbet Mård anklopfte, kam Carin rasch hinter ihnen her. Sie zog Fors beiseite.

»Berggren ist zusammengebrochen. Sie haben ihn ins Krankenhaus gebracht.«

Vor einigen Jahren waren der jetzige Chef des Überfallkommandos, Polizeiinspektor Hjelm, eine junge Polizeiassistentin, Gunilla Strömholm, und Berggren zu einer Auseinandersetzung in einer Wohnung gerufen worden. Der Randalierer hieß Molin und war der Polizei bereits bekannt. Molins Tochter war aus dem Fenster gesprungen und zu einem Nachbarn gelaufen, denn Vater Molin soll eine Axt genommen haben, um seine Familie zu erschlagen.

Berggren hatte das Kommando, hatte jedoch zugelassen, dass Strömholm voranging. Sie wollte versuchen, mit Molin zu sprechen.

Als Molin die Tür öffnete, hatte er die Axt in der Hand gehabt, und als er die drei uniformierten Polizisten sah, hatte er sie erhoben. Da hatte Hjelm geschossen. Der Schuss traf Strömholm in den Rücken, sie starb noch im Treppenhaus.

Berggren hatte sich das nie verziehen. Er hatte den

Befehl gehabt und machte sich Vorwürfe, dass er Strömholm hatte vorangehen lassen.

»Ich verstehe«, sagte Fors. »Fahr zum Krankenhaus und versuch, etwas aus ihm herauszubekommen. Such die andere Person, die etwas gehört hat. Aber fang mit Berggren an.«

Carin nickte und ging, und Fors betrat das Klassenzimmer.

9

In der Klasse hielten sich achtzehn Kinder und sieben Erwachsene auf. Acht Kinder waren Jungen, zehn Mädchen, sie saßen an ihren Tischen, die im Halbkreis zum Lehrerpult aufgestellt waren. Sechs Erwachsene saßen auf den niedrigen Stühlen und hatten Kinder auf dem Schoß, vermutlich Eltern. Fünf der Erwachsenen waren Frauen.

Die Münder der Kinder standen offen. Viele hatten eben noch geweint. Fors streckte der Lehrerin die Hand hin und stellte sich vor.

»Filippa Ernblad«, antwortete die Frau in dem Puder-Bär-Shirt.

»Ich bin Polizist.« Fors wandte sich den achtzehn Kindern und sechs Elternteilen zu. »Ich möchte gern ein bisschen mit euch über das Schreckliche reden, was ihr gesehen habt.«

»Ich hab mir die Augen zugehalten!«, rief ein blondes Mädchen in blauem T-Shirt und hielt sich die Hände vor die Augen.

»Da ist Blut gespritzt!«, rief ein Junge. »Bei der Essenfrau.«

Ein Mädchen im Trägerrock fing an zu schluchzen, Filippa ging zu ihr und beugte sich über sie.

»Ich sehe, ihr malt gerade«, sagte Fors.

»Hast du eine Pistole?«, fragte ein Junge. Während er die Frage stellte, atmete er mit solcher Kraft aus, dass es klang, als stieße er alle Luft auf einmal aus seinem Körper.

»Nein«, antwortete Fors und sah den Jungen an, der sehr blass war.

»Aber wenn er wiederkommt«, sagte der Junge und atmete aus.

»Dann steht ein ganzer Bus voller Polizisten auf dem Parkplatz«, sagte Fors. »Und der, der im Speisesaal geschossen hat, sieht die vielen Polizisten und kommt nicht wieder her.«

»Aber wenn er zu uns nach Hause kommt«, wimmerte ein Mädchen. Es hatte ein längliches Gesicht und trug rosa Schleifen im Haar.

»Wir sorgen dafür, dass der, der geschossen hat, gefangen genommen wird«, sagte Fors.

»Und dann erschießt ihr ihn«, keuchte ein dicklicher kleiner Junge mit großen Vorderzähnen und sehr blauen Augen.

»Nein«, sagte Fors. »Aber wir werden ihn ins Gefängnis stecken.«

»Überall war Blut«, sagte der Junge, der beim Sprechen ausatmete. »Überall! Guck mal, was ich gemalt habe.«

Er hielt ein Blatt Papier hoch. Die ganze Fläche war

mit roter Kreidefarbe bedeckt. Es war nicht ein Fleckchen weiß übrig geblieben.

»Filippa hat Blut an die Schuhe gekriegt«, teilte das Mädchen mit dem länglichen Gesicht mit.

»Ich bin beim Zahnarzt gewesen!«, rief ein Junge. Er hatte eine Mohikanerfrisur und vor ihm auf dem Tisch lag eine gelbe Kappe.

»Was hat das denn damit zu tun?«, wies ihn das Mädchen mit dem länglichen Gesicht zurecht. »Alle waren beim Zahnarzt.«

Der Junge wurde wütend, sprang auf und stürzte zu dem Mädchen. Er sprang sie so heftig an, dass ihr Stuhl umkippte. Sie war einen Kopf größer als der Junge. Die Lehrerin ging dazwischen.

»Ich hab Blut gespuckt, du blöde Kuh!« Der Junge trat nach dem Mädchen. »Das Wasserbecken war ganz rot.«

Und dann fing der Junge an zu weinen. Filippa kniete sich hin und umarmte ihn und das Mädchen mit dem länglichen Gesicht setzte sich wieder.

»Darf ich sehen, was ihr gemalt habt?«, fragte Fors. Er ging in dem Halbkreis von Tischen zu einem kleinen Mädchen mit dunklen Locken und hockte sich vor ihrem Platz hin.

»Mein Papa war im Krieg«, flüsterte das Mädchen. »Ich hab mich unterm Tisch versteckt.« Sie zeigte ein Bild, auf dem ein Mädchen mit ausgestreckten Armen zu sehen war, das sich unter einem Tisch mit einer sehr dicken Platte versteckte. Der Tisch war voller Papier. Das Mädchen auf dem Bild war so winzig, dass es auf einer Briefmarke Platz gehabt hätte.

»Gut, dass du dich unter dem Tisch versteckt hast«, sagte Fors und ging weiter zum nächsten Kind.

Es war ein Junge mit sehr großen abstehenden Ohren. Er saß mit offenem Mund da. Als Fors sich vor ihn hinhockte, schob er sein Bild näher an Fors heran. Auf dem Papier war ein dicker Bleistiftstrich, der vom oberen bis zum unteren Rand reichte. Dahinter ragte etwas hervor, das teilweise von dem Strich verdeckt wurde. Es war ein Teil eines Armes und einer Hand. Die Hand hielt eine Pistole.

»Was ist das?«, fragte Fors mit trockenem Mund.

»Das kannst du doch sehen.«

»Ist das jemand, der schießt?«

»Hab ich so schlecht gezeichnet?«

»Nein, ich seh wohl nur schlecht. Hast du das gesehen?«

Der Junge nickte.

»Wo?«

»Er war auf der Toilette.«

»Und du hast die Waffe herausgucken sehen?«

»Es war eine Pistole. Er hat fünfmal geschossen. Ich hab die Schüsse gesehen.«

Der Junge atmete schwer. Als ob er gelaufen wäre.

»Wo hast du gesessen?«

»Bei den Pflanzen.«

»Kannst du eine Karte zeichnen, wer wo war?«

Der Junge drehte das Blatt Papier um und zeichnete auf der Rückseite ziemlich schnell eine Skizze des Speisesaals. Er zeichnete die Tische und Stühle, acht um jeden Tisch, und er zeichnete die Bank mit den Farnen, den Korridor und die Toilette mit halb offener

Tür. Er zeichnete den Jungen, der angeschossen vor dem Tresen lag, und er malte einen roten Fleck um ihn herum und eine rote Linie.

»Das ist ihre Blutspur«, erklärte er. »Von der, die ins Gesicht geschossen wurde.«

Fors hatte einen sehr trockenen Mund. Das Sprechen fiel ihm schwer. »Und wo hast du gesessen?«

Der Junge nahm eine blaue Kreide und machte einen Punkt auf den Stuhl, der den Farnen am nächsten stand. Dabei drückte er so fest auf, dass die Kreide abbrach.

»Hier.«

»Das ist ein gutes Bild«, sagte Fors. »Du hast mir sehr geholfen. Jetzt wissen wir, wo der Schütze sich versteckt hat.«

»Ich hab die Hand gesehen«, sagte der Junge. »Und die Pistole.« Sein Mund stand offen.

»Wie hat die Pistole ausgesehen?«, fragte Fors.

»Schwarz.«

»Kannst du sie zeichnen?«

Und der Junge zeichnete eine Pistole.

»Das ist ein deutliches Bild. Du hast mir wirklich sehr geholfen. Wie sah der Arm aus?«

»Weiß ich nicht.«

»Den Arm hast du nicht gesehen?«

»Nur die Hand.«

»Und wie sah die aus?«

»Ich weiß nicht. Ich hab die Pistole angeguckt.«

»Vielen Dank.«

Dann ging Fors zu einem Mädchen, das drei Kreuze gemalt hatte, die auf einem Hügel standen.

»Da sind welche gestorben«, sagte Fors.

»Ja«, sagte das Mädchen. »Oma und Opa und Mamas Schwester. Sie liegen im selben Grab.«

»Schön, die Sonne da oben.« Fors zeigte auf die gelbe Sonne über den Kreuzen und ging weiter. Als er zum letzten Kind kam, wurde die Tür geöffnet und eine Frau kam herein. Ein Junge sprang auf und stürmte zu seiner Mutter. Sie hielten sich in den Armen, und als der Junge sah, dass seine Mutter weinte, fing er auch an zu weinen. Einen Augenblick später weinten viele, nur das Mädchen mit dem länglichen Gesicht nicht.

»Vielleicht unterhalten wir uns später«, sagte Fors zu Filippa Ernblad. Dann wandte er sich zu den Kindern und Eltern um. »Vielen Dank, dass ich mit euch sprechen durfte. Ihr habt mir sehr geholfen.«

»Wie heißt du?«, fragte das Mädchen mit dem länglichen Gesicht.

»Ich heiße Harald Fors«, sagte Fors. »Ich bin Kommissar und werde den schnappen, der geschossen hat.«

»Was hast du mit deinem Gesicht gemacht?«, fragte der Junge, der die Pistole gezeichnet hatte.

»Ich hatte einen Unfall«, antwortete Fors.

»Ich hab auch schon mal einen blauen Fleck gehabt«, sagte das Mädchen mit dem länglichen Gesicht.

»Ich auch!«, riefen mehrere Kinder. »Ich auch! Ich auch!«

»Dann also tschüss«, sagte Fors.

Er verließ den Raum. Als er die Tür hinter sich geschlossen hatte, begann er zu zittern. Er lehnte sich gegen die Wand und atmete tief durch. Weiter entfernt hörte er in einem anderen Klassenzimmer kleinere Kinder laut weinen. Das war die Klasse, in die das Mädchen gegangen war, das jetzt tot war.

Und vor seinem inneren Auge sah er die Pistole, die der Junge gezeichnet hatte. Er sah, wie die Waffe auf dem Papier hervorwuchs. Das Bild stellte eine schwarze, schwere Pistole dar, eine Waffe, die nicht unähnlich der war, die sie Fors gestohlen hatten.

10

Man würde sie die Mutter des Täters nennen.

Zwar war die Tat an diesem Vormittag, als sie mit der zweiten Tasse Kaffee des Tages am Küchentisch saß, schon begangen, aber noch wusste niemand, dass es ihr Sohn war, der geschossen hatte. Kein Redaktionschef war in diesem Moment auf den Gedanken gekommen, einen Aushang mit riesiger Schlagzeile zu machen:

Die Mutter des Täters

Und darunter:

»Es war nicht seine Schuld.«

Wer wollte so etwas nicht lesen? Wer wollte nicht wissen, wie man mehrere Kinder erschießen und dann für unschuldig gehalten werden kann? Nur eine Mutter ist fähig zu einer derartigen Argumentation. Aber nicht jede Mutter. Vor allen Dingen nicht die Mütter der Opfer. Nur eine Mutter auf der großen weiten Welt konnte zu der Schlussfolgerung kommen: »Es war nicht seine Schuld.«

Die Mutter des Täters.

Es war eine schmächtige Frau mit schmaler Nase und dünnen Lippen. Sie trug ihre schulterlangen Haare offen und hatte sich angewöhnt, ihre Zähne im Oberkiefer beim Sprechen zu verbergen, denn die waren unregelmäßig und hässlich. Diese Angewohnheit hatte sie sich mit dreizehn zugelegt, und dreißig Jahre später verlieh sie ihrem Gesicht einen angespannten Zug, der nie ganz verschwand.

In all den Zeitungsartikeln, die sich mit dem befassten, was »Die erste große Schulschießerei in Schweden« genannt wurde, fanden sich keine Hinweise auf den, den man mit gutem Recht »Den Vater des Täters« nennen könnte.

Aber auch ein Täter hat einen Vater. Es ist nur so, dass der Vater eines Täters nicht dieselben gemischten Gefühle hervorruft wie die Mutter eines Täters.

Ein Vater wird gefühlsmäßig als weniger interessant eingestuft, wenn Kinder erschossen worden sind, und es darauf ankommt, so viele Zeitungen wie möglich zu verkaufen.

Aber für die Frau, die die Mutter des Täters war, war der Vater des Täters nicht uninteressant.

Der Vater des Täters hieß Helge und war einige Jahre älter als Vera. Sie hatten sich auf einer Fete bei Freunden kennen gelernt. Helge war Friseur und wollte sich einen eigenen Salon zulegen. Und genau den eröffnete er auch einige Jahre später, als der Bruder des Täters geboren wurde. Vera und Helge waren damals seit einem Jahr verheiratet. Sie hatten sich ein kleines Haus gekauft und Vera hatte beim Supermarkt gekündigt, einen Job, zu dem sie nicht zurückkehren wollte.

Im selben Jahr, als der Täter geboren wurde, war Helge in Stockholm. Dort fand eine Friseurmesse statt, auf der neue Produkte gezeigt wurden. Ein berühmter Haarkünstler aus London würde mit seinen Schülern die allerneuesten Frisurmoden vorführen. Abends gab es eine Modenschau, Cocktails und ein Essen.

Vera, im neunten Monat schwanger, war nicht mit nach Stockholm gefahren. Beim Essen setzte Helge sich neben eine Friseurschülerin, die dicke Naturlocken, eine schmale Taille, schöne Hüften und üppige Brüste hatte. Das Mädchen hieß Fanny und sie würde die Nacht in Helges Hotelzimmer verbringen.

Drei Tage später wurde der geboren, der später der Täter genannt wurde. Er war ein ziemlich großes Kind, das bei der Geburt gute vier Kilo wog. Vera sprach dann oft davon, dass es ein Rätsel war, wie sie, die sich für so klein hielt, so ein kräftiges Kind gebären konnte.

Die Scheidung war offiziell, kurz bevor der werdende Täter gehen lernte. Fanny zog in die Stadt, und entsetzt stellte Vera fest, dass sie sich hin und wieder begegneten. Fanny grüßte jedes Mal mit einem Lächeln. Schließlich waren sie einander vorgestellt worden. Vera pflegte – wenn sie es schaffte – in eine andere Richtung zu gehen.

Veras Vater starb. Er hinterließ etwas Geld und Vera verwirklichte sich einen Traum. Sie übernahm seinen Blumenladen und spezialisierte sich auf Trockenblumen. Bald lebte sie den ganzen Tag in einem Meer von trockenen, immer staubigeren Blumen. Aber es kamen keine Kunden. Jedenfalls nicht in der Menge, dass es reichen würde, die Zinsen zu bezahlen. Drei Jahre später war der Konkurs unausweichlich. Vera arbeitete wieder beim Supermarkt, jetzt als Leiterin der Käse- und Fleischtheke. Zur Erinnerung an den Blumenladen waren ihr Schulden geblieben, so hoch, dass sie sie nie würde abtragen können.

Eine Weile lebte sie mit einem Lastwagenfahrer zusammen, der Sprudel und Bier ausfuhr.

Wenn er betrunken war, wurde er erst höhnisch, dann begann er zu prügeln. Er hieß Wilhelm, so getauft nach dem Prinzen des Dokumentarfilms, den sein Großvater in den dreißiger Jahren des zwanzigsten Jahrhunderts auf einem Dampfer in Stockholms Schären gedreht hatte.

Als Wilhelm aus Veras Leben verschwunden war, beschloss sie, keine weiteren Männer in ihrer Nähe zu dulden. Sie pflegte ihre Bitterkeit, wie alte Frauen Geranien pflegen, und knipste fleißig und umsichtig alle braunen Blätter der Bitterkeit ab. Sie wollte ihre Bitterkeit gesund und stark erhalten, und sie hörte nicht auf, ihren Söhnen, die mit großen Augen zuhörten, davon zu erzählen, was für Schweine die Männer sind.

Jetzt saß sie am abgewischten Küchentisch, seit einem halben Jahr wegen Rückenschmerzen krankgeschrieben. Sie trank eine Tasse Kaffee und wusste noch nicht, dass sie ein wenig später, wenn sie eine weitere Tasse Kaffee trank und gleichzeitig das Radio einschaltete, erfahren würde, dass vor einer Weile in der Vikingaschule geschossen worden war.

Es würde sie mit Entsetzen erfüllen, sie würde an ihren Sohn denken und sich vorstellen, eins der erschossenen Kinder könnte ihr Kind sein.

Niemals würde sie die rasenden, schreienden und weinenden Mütter verstehen, die später brüllen würden, dass solche, die so was getan hatten wie ihr Sohn, kein Recht hatten zu leben. Aber es würde schlaflose Nächte geben, in denen sie sich wünschte, ihr Sohn sei erschossen worden. Denn in ihrem übermüdeten Zustand dachte sie, es wäre womöglich leichter, Mutter des Opfers als des Täters zu sein.

11

Polizeidirektor Hammarlund war Chef der Kriminalpolizei gewesen, als die Beförderungsbestimmungen geändert wurden und es plötzlich auch anderen als nur Juristen möglich war, Polizeidirektor zu werden. Hammarlund hatte Kurse besucht und war dann Nachfolger von Lönnergren auf dem Posten des Polizeidirektors geworden.

Jetzt kam er direkt von einer Konferenz der Polizeidirektoren in Sälen. Er trug eine Khakihose und ein schwarzes kurzärmeliges Leinenhemd. Er hatte den Ansatz von einem Kugelbauch, obgleich er zweimal in der Woche Badminton spielte und normalerweise die fünf Kilometer von seiner Wohnung zum Polizeipräsidium mit dem Fahrrad fuhr. Seine Haare waren grau und zurückgekämmt. Um das behaarte linke Handgelenk trug er eine breite goldene Uhr mit schwerem

Gliederarmband und jetzt warf er einen Blick auf die Uhr. Er hörte, wie Kommissar Nylander vom Lokalsender interviewt wurde, und fuhr langsam an den Straßenrand.

»Was weiß man von dem Schützen?«, fragte der Interviewer. »Nicht viel«, antwortete Nylander. »Aber wir haben einen Zeugen, der einen der Verletzten ›der Neger‹ hat sagen hören.« – »›Der Neger‹?«, wiederholte der Interviewer. »Genau, ›der Neger‹«, bestätigte Nylander. Dann seufzte er tief und nachdem er eine Weile nachgedacht hatte – oder was auch immer in seinem Kopf vor sich ging –, ergänzte er: »Jetzt kommen uns die Einwanderer langsam teuer zu stehen.«

»Nein, zum Teufel!«, heulte Hammarlund auf. Das Interview war zu Ende und er nahm sein Handy hervor.

»Sucht den verdammten Nylander und schickt ihn in mein Zimmer! Ich will den Kerl in fünf Minuten dort sehen!«

Und Hammarlund trat das Gaspedal durch.

Er hatte schon wiederholt Schwierigkeiten mit Kommissar Nylander, seinem Chef von der Schutzpolizei, gehabt. Dieser hatte auffallend viele Handballspieler bei der Schutzpolizei eingeschleust, und als Chef des Überfallkommandos hatte er Hjelm eingesetzt, einen jungen Polizeiinspektor, der schon auf der Polizeischule durch rassistische und frauenfeindliche Äußerungen aufgefallen war.

»Scheiße!«, stöhnte Hammarlund. »Scheiße!«

In Schweden ist es außerordentlich schwer, ungeeignete Polizisten loszuwerden. Besonders schwer ist es, einen ungeeigneten Befehl außer Kraft zu setzen. Es gab haarsträubende Beispiele von Polizisten, die wegen Frauenmisshandlung verurteilt worden waren. Aber statt entlassen zu werden, versetzte man sie ins Sittendezernat, wo sie wegen Misshandlung und Körperverletzung von Frauen und Kindern ermitteln mussten.

»Scheiße!«, fluchte Hammarlund wieder und spürte, wie seine Magensäure Blasen schlug. Er wusste, dass es nicht gut für ihn war, wenn er derart wütend wurde. Im vergangenen Winter hatte er erfolglos versucht, meditieren zu lernen. Hammarlund war Großkonsument von Magentabletten und durfte eigentlich keinen Alkohol trinken. Bedauerlicherweise gehörte Alkohol zu seinen Freuden. Regelmäßig setzte er sich wiederkehrenden Magenschleimhautentzündungen aus, die dem Whiskykonsum folgten und seine Eingeweide brennen ließen.

»Scheiße!«, fluchte Hammarlund erneut und fuhr in die Tiefgarage des Polizeipräsidiums.

Einige Minuten später war er im Fahrstuhl auf dem Weg zu seinem Büro. Im zweiten Stock stieg Techno-Kalle hinzu.

»Bist du in der Schule gewesen?«, fragte Hammarlund, nachdem er ihn nur mit einem Nicken begrüßt hatte.

»Da komme ich gerade her. Ich soll das Register überprüfen und nach Handfeuerwaffen suchen.«

Karlsson wedelte mit einigen Papieren.

»Gut«, sagte Hammarlund. »Hast du Fors getroffen?«

»Er ist in der Schule«, sagte Karlsson. »Ich glaube, er spricht mit den Kindern.«

Hammarlund nickte. »Ich will wissen, was du findest«, sagte er und sah Karlsson an. »Weißt du etwas von einer Pressekonferenz?«

»Ich glaube, um fünf soll eine stattfinden«, antwortete Karlsson.

12

Felix Stjernkvist war noch keine dreißig. Er hatte es sich zum Ziel gesetzt, Kriminalkommissar zu werden, um danach dieselbe Karriere wie Hammarlund zu machen. Er war schlank und etwas über eins achtzig groß, hatte kurz geschnittene Haare und regelmäßige Gesichtszüge. Er galt allgemein als gut aussehend und er machte leicht Mädchenbekanntschaften, aber bei Felix Stjernkvist stand immer die Arbeit an erster Stelle, und dann gaben die Mädchen meistens auf.

Montagabend war er um Viertel nach neun bei dem Laden am Ugglevägen angekommen, doch der Laden hatte geschlossen. Er hatte an die Tür gehämmert, aber niemand hatte ihm geöffnet. Er versuchte durchs Fenster zu erkennen, ob im Lager vielleicht noch Licht brannte, aber es sah dunkel aus.

Er ging hinüber zu der Würstchenbude und bestellte Cabanossi. Während der Verkäufer sich darum kümmerte, hielt Stjernkvist ihm seinen Ausweis hin. Es war immer noch so warm, dass ihm der Schweiß am Rücken herunterfloss, und am Ende der Straße, wo der Stadtpark mit seinem dunklen Grün lag, sah er einen apfelsinenfarbenen Vollmond über den Linden aufsteigen.

»Vor einer Viertelstunde wurde auf der anderen Straßenseite ein Kollege von mir überfallen. Haben Sie etwas gesehen?«

Der Wurstverkäufer schwieg eine Weile und drehte Stjernkvists Cabanossi auf dem Grill.

»Mein Kollege sagt, es waren Leute an Ihrem Stand, kurz bevor er überfallen wurde.«

Der Wurstverkäufer schwieg.

»Waren hier Leute? Sie haben doch sicher etwas gesehen, als es passierte.«

Keine Antwort.

»Haben Sie etwas gegen die Polizei?«, fragte Stjernkvist. »Nein«, antwortete der Wurstverkäufer. Er richtete seinen Blick auf Stjernkvist, während seine rechte Hand auf der Grillzange ruhte.

»Dann haben Sie mir vielleicht doch etwas zu erzählen?« Der Wurstverkäufer schwieg.

»Oder wollen Sie nicht?«

Der Wurstverkäufer drehte die Cabanossi um und beugte sich zur Luke hinaus.

»Was haben Sie gesagt, wie Sie heißen?«

»Stjernkvist.«

»Und warum sollte ich mit Ihnen reden?«

»Weil da drüben ein Verbrechen begangen worden ist.«

Der Wurstverkäufer nickte.

»Und wenn ich mit Ihnen rede, was passiert dann?«

»Dann fassen wir vielleicht den Täter.«

Der Wurstverkäufer blies seine Wangen auf und pustete Stjernkvist ins Gesicht. Der Atem roch nach Knoblauch.

»Und was meinen Sie, was mit meinem Kiosk passiert, wenn sich herumspricht, dass ich jemanden angezeigt habe, dass ich erzählt habe, was ich gesehen habe?«

Stjernkvist zuckte mit den Schultern. »Es braucht niemand zu erfahren, dass Sie mit mir gesprochen haben.«

»Wirklich nicht?« Der Mann im Kiosk zeigte auf einige Jungen unter einer Straßenlaterne auf der anderen Straßenseite. »Diese Jungen wissen, was für einer Sie sind, und wenn Sie hier noch eine Weile stehen bleiben und mit mir reden, kann es passieren, dass mein Kiosk eines Morgens, wenn ich zur Arbeit komme, nur noch ein Haufen Asche ist.«

»Na ja«, sagte Stjernkvist zögernd, »so dramatisch muss es ja nicht gleich enden, wenn Sie sich ein bisschen mit mir unterhalten.«

»Können Sie mir das garantieren?«

»Nein«, antwortete Stjernkvist.

»Sehen Sie.« Der Würstchenbudenbesitzer nickte. »Nicht mal Leute, die Zeugenschutz und eine neue Identität bekommen haben, können sich sicher fühlen. Bei den Behörden und der Polizei leckt es ja wie ein Sieb. Jeder Beamte plappert doch aus, wenn jemand eine Morddrohung bekommen hat und ihm Schutz versprochen ist. Das hat man ja in den Zeitungen gelesen. Und dann stehen Sie hier vor meinem Kiosk und fordern mich auf zu erzählen, was ich gesehen habe. Sie bringen Leute dazu, etwas zu sagen, womit sie sich ihr Leben zerstören können. Das können Sie doch nicht im Ernst meinen.«

»Sie haben also Angst vor Repressalien?«

»In dieser Gesellschaft von Dieben kann man kein Risiko eingehen«, sagte der Mann, tippte mit der Zange gegen die Cabanossi und seufzte. »Ich werd Ihnen was sagen. Ich bin der Einzige in meinem Bekanntenkreis, der nicht schwarz arbeitet. Der Einzige. Alle anderen holen sich Kindergeld und Wohnungszuschüsse und lassen sich krankschreiben, und Sie und ich, wir sollen die Rechnung zahlen. Was meinen Sie, wie lange das gut geht? Möchten Sie Senf?«

»Ja, bitte. Sie haben also nichts gesehen?«

»Anständige Leute können bald nicht mehr überleben in dieser Gesellschaft von Banditen. Niemand übernimmt Verantwortung, niemand!«

»Und Sie wollen nicht das Ihre dazu beitragen?«, fragte Stjernkvist.

»Ich bin doch nicht blöd. Lass die anderen bezeugen, wenn sie glauben, es kommt was Gutes dabei raus. Der Gauner wird ja doch nicht bestraft. Im Handumdrehen ist er wieder draußen. Und dann kommt er her und brennt meine Bude ab. Da müssen Sie schon mit jemand anders reden.«

Sie schwiegen und Stjernkvist betrachtete den Mond über dem Park. Ein Pulk fünfzehnjähriger Jungen fuhr vorbei, sechs Jungen auf vier Mopeds.

»Gurke?«, fragte der Wurstverkäufer und Stjernkvist schüttelte den Kopf. Er sah zu, wie der Mann die Würste auf eine Scheibe Brot legte und dann Senf und Ketchup darüber spritzte.

»Sie wollen also nichts aussagen?«
Der Mann nickte.
»Man verhält sich doch nicht dümmer als nötig, oder? Meine Freunde lachen schon über mich, dass ich hier stehe. Die sind im letzten Winter in die Karibik gefahren. Haben sich natürlich krankschreiben lassen und sind braun gebrannt und knackig nach Hause gekommen. Ich hab hier gestanden und gefroren. Das ist ein kaltes Land, sehr kalt im Februar. Verdammt kalt. Aber ich lass mich nur krankschreiben, wenn ich Fieber habe. Und mit diesem Verhalten bin ich verflixt allein, falls Sie meine Meinung wissen wollen. Schmeckt's?«
»Ja, danke.«
Der Mann beugte sich vor. »Aber eins will ich Ihnen sagen.«
»Was?«
»Auf der anderen Straßenseite waren ein paar Jungen, bevor es passierte. Sie lungerten an der Ecke herum.« Er zeigte zum Laden hinüber.
Stjernkvist drehte den Kopf und sah zu dem Laden. Der Eingang war an der Ecke.
»Wo waren sie?«
»Sieben, acht Meter von der Tür entfernt.«
»Was waren das für Jungen?«
»Keine Ahnung. Jungen.«
»Wie waren sie gekleidet?«
»Weiß nicht. Hab nicht drauf geachtet, es war ja noch nichts passiert, und ich hab nicht gesehen, wie sie ihn überfallen haben. Schließlich hab ich hier ja noch einen Grill.« Der Mann drehte sich um und zeigte auf eine

schmale Bank an der hinteren Wand. »Ich wandte dem Ganzen den Rücken zu, als einer meiner Kunden sagte, da drüben passiert was.«

»Wer war das?«

»Das weiß ich nicht.«

»Stammkunde?«

»Keine Ahnung.«

Stjernkvist seufzte und biss in die Wurst. »Gute Wurst.«

»Die beste in der Stadt. Jetzt möchte ich lieber, dass Sie gehen. Ich hab meine Stammkunden, und die Leute gucken schon. Ich will meinen guten Ruf nicht verlieren.«

»Ich verstehe«, sagte Stjernkvist. »Vielen Dank.«

Dann ging er zurück zum Auto und aß im Gehen die Wurst. Er hatte gerade den letzten Happen in den Mund gesteckt, als ein roter Volvo um die Ecke bog und vor dem Laden hielt. Ein Mann in knielangen Shorts, schwarzem T-Shirt und Sandalen stieg aus.

Stjernkvist sah, wie der Mann sich umschaute und dann auf die Ladentür zuging und die Türklinke herunterdrückte. Stjernkvist kaute den Rest Wurst, so schnell er konnte, und lief über die Straße. Der Mann hatte ein Schlüsselbund aus der Hosentasche genommen und steckte einen Schlüssel in das obere Türschloss, als Stjernkvist sich von hinten näherte. Er hatte immer noch etwas Wurst im Mund, als er seine Hand auf die Schulter des Mannes legte. Der fuhr herum und machte einen Schritt zur Seite.

»Polizei«, sagte Stjernkvist, nahm seinen Ausweis hervor und hielt ihn hoch.

Der Mann mit dem Schlüsselbund sah sich um. Sie waren fast allein auf der Straße. Der Wurstverkäufer unter der Kastanie hatte einen neuen Kunden, aber er war vierzig Meter entfernt.

»Offenbar ist hier was passiert«, sagte der Mann in den Shorts. Er trug eine schwere Goldkette um den Hals und war sehr braun gebrannt.

»Hier ist jemand überfallen worden«, sagte Stjernkvist.

»Ich weiß«, sagte der Mann. »Der Laden gehört mir.« Er zeigte mit dem Daumen auf die Ladentür. »Sie hat angerufen. Da dachte ich, es ist das Beste, ich seh nach dem Rechten.«

»Wer hat angerufen?«

»Die Verkäuferin.«

»Wann hat sie angerufen?«

»Vor 'ner Dreiviertelstunde. Ich war in meinem Sommerhaus und wollte mich gerade in die Sauna setzen. Hatte das erste Bier geöffnet. Aber mir war klar, dass ich keine Ruhe finden würde, wenn ich sitzen blieb. Deshalb hab ich mich angezogen und bin hergefahren.«

»Wo ist Ihr Sommerhaus?«

»In Vebe. Am Lillsee.«

»Wie heißen Sie?«

»Lyman.«

»Stjernkvist«, sagte Stjernkvist.

Sie musterten einander.

»Es ist also jemand überfallen worden?«, sagte Lyman.

Stjernkvist nahm sein Notizbuch hervor. Er hätte die Verkäuferin natürlich fragen sollen, wie sie hieß, aber er hatte es gelassen. Er warf einen Blick über die Straße zu der Würstchenbude, vor der sich eine kleine Schlange gebildet hatte.

»Wie heißen Sie noch außer Lyman?«

»Hadar.«

Stjernkvist schrieb es auf. »Und die Verkäuferin, die im Laden war, als es passierte?«

»Annika Eriksson.«

»Und sie hat Sie angerufen?«

»Sie wollte um zehn Uhr schließen, der Krankenwagen hatte gerade einen Kunden abgeholt, der überfallen worden war, als er auf die Straße trat. Wissen Sie, wie es ihm geht? Wer war der Mann?«

»Warum sind Sie hierher gefahren?«

»Weil ich keine Ruhe in der Sauna gefunden hätte. Das ist doch der eigentliche Sinn der Sauna, oder? Man schwemmt den Dreck aus dem Körper, schwimmt eine Weile im See und schläft gut. Aber ich könnte dort draußen nicht abschalten, wenn ich nicht wüsste, wie es hier aussieht.«

»Sie haben gedacht, es könnte noch mehr passiert sein?«

»Wir hatten im Winter einen Einbruch. Vielleicht waren es dieselben Schweine, die wiedergekommen sind.«

»Wann war der Einbruch?«

»Kurz nach Weihnachten.«

»Sie haben also gedacht, es könnte etwas los sein?«

»Tja, was soll man glauben? Man muss seine Sachen im Auge behalten, sonst verschwinden sie.«

»Warum hat sie Sie angerufen?«

»Annika? Natürlich weil jemand überfallen wurde. Sie arbeitet noch nicht lange hier. Hat es wohl mit der Angst zu tun gekriegt. Hätte ich auch. Ich habe tatsächlich Angst. Man weiß ja nie, was denen noch einfällt.«

»Wen meinen Sie mit ›denen‹?«

»Leute, die sich nur um sich selbst kümmern, die über Leichen gehen, um ein paar Kronen zu ergattern. Wer ist denn überfallen worden?«

»Ein Polizist.«

Lyman lachte ein kurzes Lachen, es klang fast wie ein Hundebellen. »Das hat gerade noch gefehlt. Wissen Sie, was Sie tun können? Sie können Wachen einstellen, die die Polizei beschützen. Ist das nicht eine gute Idee?«

»Sind die Einbrecher geschnappt worden, die Ihren Laden überfallen haben?«

»Tss …«, machte Hadar Lyman. »Was meinen Sie?«

Stjernkvist kannte die Statistik geklärter kleiner Einbrüche zu gut, um zu hoffen, jemand wäre gefasst worden.

»Der Fall wurde ad acta gelegt«, fauchte Lyman. »Keine Spuren. Nichts, dem man hätte nachgehen können. Dann schreibt man es ab und überlässt mir den Kampf mit der Versicherung. Sie und Ihre Kollegen sind nicht besonders hilfreich.«

»Und Sie selbst hatten keine Idee, wer es gewesen sein könnte?«

»Wie sollte ich? In dieser Stadt wohnen viele Loser. Es könnte ja jeder gewesen sein, oder?«

»Manchmal sieht man etwas und es wird einem erst

hinterher klar, dass es vielleicht wichtig war, aber dann kümmert man sich nicht mehr darum«, sagte Stjernkvist. »Wenn die Sache abgeschrieben ist, meine ich. Dann ist man bitter und sauer und macht sich nicht die Mühe, zur Polizei zu gehen.«

Lyman betrachtete Stjernkvist.

»Man hat ja nichts zu verlieren«, sagte er nach einer Weile. »Aber vor einem Monat ist tatsächlich etwas passiert.«

»Was?«

»Annika arbeitete, ich saß im Lager über der Buchführung. An den ersten Abenden braucht sie vielleicht noch etwas Hilfe, dachte ich. Ich meinte etwas gehört zu haben, ich weiß nicht, was. Jedenfalls hab ich nachgeschaut. Da sah ich, wie drei Jungen den Laden verließen. Ich glaube, dass ich sie fragte, was los war, und sie sagte, die Jungen hätten Geld wechseln wollen, aber sie hatten gar nichts zum Wechseln, und dann hat einer der Jungen gesagt, sie hätte tolle Titten.«

»Hat sie das?«, fragte Stjernkvist.

»Tolle Titten? Klar. Sie ist eine kleine Sexbombe, schon fast so, dass man sich fragen muss ...«

»Was?«

»Tja, ob man sie allein im Laden stehen lassen kann.«

»Sie haben gedacht, ihr könnte was passieren?«

»Wenn sie arbeitet, trägt sie einen Alarm am Arm. Sie braucht nur draufzudrücken, dann geht beim Wachdienst der Alarm los. Die sind innerhalb von drei Minuten hier.«

»Hat sie das getan, als mein Kollege überfallen wurde, auf den Alarmknopf gedrückt?«

»Ich weiß es nicht.«
»Was hat sie gesagt, als sie Sie anrief?«
»Dass ein Kunde überfallen wurde, als er den Laden verließ. Dass sie die Geräusche gehört hat und rausgeguckt hat. Sie hat drei Jungen weglaufen sehen. Sie hat den Krankenwagen gerufen.«
»Warum ist sie nicht geblieben und hat gewartet, bis Sie aus Vebe kommen?«
»Sie musste einen Zug erwischen und konnte nicht warten.«
»Wohin wollte sie fahren?«
»Keine Ahnung. Sie arbeitet bei mir. Sie ist nicht meine Tochter.«
»Haben Sie ihre Handynummer?«
»Ich glaube nicht.«
»Aber Sie haben ihre Telefonnummer?«
»Ja, drinnen.«
Lyman schloss die Ladentür auf, stellte den Alarm ab und ging Stjernkvist voran zum Lager. Er verschwand durch die Schwingtür. Lyman machte Licht, die Leuchtstofflampen blinkten und flackerten eine Weile, und dann war alles hell. Stjernkvist sah sich um. Rechts eine Wand mit den Kühlwaren. Süßigkeiten und Zeitungen im Rücken des Kunden, wenn er vor der Kasse steht. Ein Schild hinter der Kasse, das frische Kopenhagener anpries. Zwei Tische und vier Stühle. Eine Kaffeemaschine.
»Ich finde die Nummer nicht, aber sie arbeitet morgen Nachmittag, dann können Sie sie hier treffen!«, rief Lyman vom Lager.
»Um wie viel Uhr fängt sie an?«

»Um zwei. Sie arbeitet bis neun.«

»Diese Jungs«, rief Stjernkvist Lyman zu, der gerade mit einem Notizbuch in der Hand aus dem Lager kam, »diese Jungs, die gesagt haben, sie hat tolle Titten, wie sahen die aus?«

»Ich hab nur den Rücken von dem gesehen, der zuletzt rausging. Er hatte lange blonde Haare.«

»Wie groß war er?«

»Schwer zu sagen. Aber größer als Annika.«

»Wie groß ist sie?«

»Vielleicht eins siebzig.«

»Und der Blonde war größer?«

»Ja.«

»Wie viel größer?«

»Zehn Zentimeter, vielleicht mehr.«

»Was trug er?«

Lyman seufzte. »Daran erinnere ich mich nicht.«

»Was für Schuhe trug er?«

»Ich weiß es nicht.«

»Aber er war blond und ungefähr eins achtzig?«

»Ja.«

»Und die anderen?«

»Ich hab sie nur durch die Tür verschwinden sehen, mehr nicht.«

»Wie alt war der, der zuletzt ging?«

»Unmöglich zu schätzen. Irgendwas zwischen fünfzehn und fünfundzwanzig.«

»Und Sie haben keine andere Telefonnummer von Annika Eriksson?«

»Nein.«

»Keine Adresse?«

»Klar, die Adresse hab ich.« Lyman blätterte in dem Notizbuch. »Lövsångarvägen 36.«

»Danke«, sagte Stjernkvist. »Ich komme morgen wieder, wenn die Eriksson da ist.«

»Sie ist wirklich einen Blick wert, wenn Sie nichts Besseres vorhaben.« Lyman lächelte.

Stjernkvist nickte. »Vielen Dank für Ihre Hilfe.«

»Man tut, was man kann«, sagte Lyman. »Ich hoffe, die Polizei tut das ihre. Es ist nicht leicht, einen Laden zu unterhalten, das kann ich Ihnen versichern. Man hat Sorgen genug und will nicht, dass die Kunden auch noch überfallen werden. So was spricht sich rum. Erst sind die Leute neugierig, dann kriegen sie Angst. Und wenn sie erst mal Angst haben, kaufen sie woanders ein.«

»Wir tun, was wir können«, sagte Stjernkvist und steckte den Block in die Tasche.

»Es ist heiß«, sagte Lyman. »Nehmen Sie sich etwas aus der Kühlbox, falls Sie Durst haben.«

»Danke, ich bin nicht durstig«, sagte Stjernkvist. »Vielleicht sehn wir uns morgen.«

13

Stjernkvist fuhr am Lövsångarvägen 36 vorbei. Es war ein dreistöckiges Mietshaus, und er hatte keinen Code für die Haustür. Außerdem war Annika Eriksson ja mit dem Zug weggefahren, dann war sie wohl kaum da.

Er fuhr nach Hause, parkte seinen neun Jahre alten BMW in der Garage und nahm den Aufzug zu seiner

Zwei-Zimmer-Wohnung im dritten Stock. Er duschte und starrte eine Weile auf die Mattscheibe, hatte Fantasien über Annika Eriksson und ihre tollen Titten, dann schlief er ein.

Fünf Minuten vor acht betrat er am nächsten Tag Carins Büro. Die Jeans von gestern hatte er gegen eine helle Baumwollhose aus dünnem Stoff ausgetauscht, dazu trug er ein hellblaues Hemd und ein dünnes, kanariengelbes Jackett von H&M. Bevor er zum Dienst ging, war er fünf Kilometer gelaufen. Er duftete nach Rasierwasser, das er sich selbst zu seinem Geburtstag im Juli geschenkt hatte, und er hatte frisch gewaschene Strümpfe angezogen und schwarze Schuhe, die er in einem Laden der Billigketten gekauft hatte. Er fühlte sich ausgeruht und freute sich darauf, dass er um zwei das Mädchen mit den tollen Titten treffen würde.

»Gut, dass du kommst«, sagte Carin und sah von ihrem Computer auf. »Harald ist noch im Krankenhaus. Molgren und Kranz von der Zentralermittlung besuchen ihn gleich. Wenn sie wiederkommen, kannst du sie ja fragen, was sie erfahren haben. Harald hat die Räuber also offenbar nicht gesehen?«

»Er hat nichts gesehen. Das hat er jedenfalls gesagt, als ich ihn gestern Abend angerufen hab.«

»Auf der Intensivstation liegt ein Mann«, sagte Carin und schaute auf ihren Bildschirm. »Er hat einen Herzinfarkt bekommen, nachdem er einen Einbruchversuch gestoppt hat. Er hat einem unserer Freundchen in die Waden geschossen. Roger Nilsson, kennst du den?«

»Rog-Nisse, und ob ich den kenne«, sagte Stjernkvist. »Er ist angeschossen worden?«
»Ja, mit einer Schrotflinte.«
»Ist er schwer verletzt?«
»Nicht so schlimm«, sagte Carin.
»Schade«, sagte Stjernkvist. »Es wäre gut, wenn er eine Weile aus dem Verkehr gezogen würde.«
»Ich fürchte, es wird nicht lange dauern. Der Mann heißt Lars Månsson. Mit ihm kannst du nicht sprechen, aber mit seiner Frau. Kannst du das gleich übernehmen?«
»Klar. Aber dann würde ich mich gern weiter mit dem Überfall auf Harald beschäftigen. Ich war gestern Abend im Ugglevägen, da gibt es eine Zeugin, die treffe ich wahrscheinlich um zwei.«
»Gut«, sagte Carin. »Fahr also zuerst zu Månssons Frau und dann machst du mit Harald weiter.«

Bevor Stjernkvist sich zu Frau Månsson auf den Weg machte, schaute er in die Verbrecherkartei. Roger Adam Nilsson hatte sich seit seinem achtzehnten Geburtstag vor Gericht wegen Körperverletzung, Autodiebstahl in drei Fällen, unerlaubten Fahrens in zwei Fällen, Rauschgiftmissbrauch in drei Fällen, einem Verstoß gegen das Waffengesetz, einem Fall von Rechtsmissachtung sowie zweiundsechzig Einbrüchen verantworten müssen. Roger Adam Nilsson war geschieden. Er hatte zwei Kinder mit zwei verschiedenen Frauen und war einunddreißig Jahre alt. Davon hatte er insgesamt vier Jahre und sechs Monate in Anstalten verbracht, die vom Strafvollzug betrieben wurden.

Stjernkvist sah sich außerdem die Anzeige des Einbruchs in »Lymans Eck« an. Daran war nichts Auffallendes. Als der Besitzer am neunundzwanzigsten Dezember letzten Jahres um 6.40 Uhr in seinen Laden gekommen war, hatte er den Einbruch entdeckt.

Der Dieb – oder die Diebe – war durch eine Hintertür eingebrochen. Die Beute bestand aus Tabak und Bier im Wert von viertausend Kronen.

Von »Lymans Eck« führte eine Verbindung zur »Nachteule«. Im Jahr davor, im August, war die »Nachteule« in drei Wochen zweimal überfallen worden. Die Täter waren entkommen. Sie wurden als drei jüngere Männer unbestimmten Alters beschrieben. Sie hatten ihre Gesichter unter Sturmhauben versteckt. In dem einen Fall hatten sie siebenhundert Kronen erbeutet, im anderen eine Stange Zigaretten.

Stjernkvist rief bei »Lymans Eck« an. Lyman selber meldete sich.

»Hallo, hier ist Stjernkvist. Der Polizist.«

»Na klar. Ich erinnere mich. Sind Sie schon so früh auf?«

»Wie lange gehört Ihnen der Laden?«

»Im Oktober wird es ein Jahr.«

»Wie hieß der Laden, bevor Sie ihn übernommen haben?«

»›Nachteule‹.«

Stjernkvists Herz schlug schneller. »Ich würde gern zum vorherigen Besitzer Kontakt aufnehmen. Haben Sie seine Adresse?«

»Ja, hab ich. Aber Sie werden keine große Freude an ihm haben.«

»Wieso nicht?«

»Er heißt Gabrielsson. Ich hab ihn Samstag an der Tankstelle getroffen. Er tankte seinen neuen Mercedes auf und sagte, er wolle nach Italien fahren. Er ist in Rente.«

»Wie heißt er, haben Sie gesagt?«

»Leif Gabrielsson. Aber wahrscheinlich hat er ein Handy. Die Nummer bekommen Sie bestimmt von seiner Tochter.«

»Wie heißt sie?«

»Sara. Sie hat früher hier gearbeitet.«

»Sie wissen nicht, ob in der ›Nachteule‹ eingebrochen wurde?«

»Nein.«

»Sicher?«

»Wenn Gabrielsson gesagt hätte, dass in seinen Laden eingebrochen wurde, würde ich mich daran erinnern. Das weiß ja jeder, dass Läden, die einmal überfallen wurden, fast immer noch einmal überfallen werden.«

»Aber Gabrielsson hat nichts gesagt?«

»Jedenfalls nichts von einem Einbruch. Das ist ja auch nicht gerade ein gutes Verkaufsargument, oder? Warum sollte er es also erzählen? Ich hätte das auch nicht getan, wenn ich hätte verkaufen wollen.«

»Ich verstehe«, sagte Stjernkvist. »Vielen Dank.«

Dann legte er auf, holte sich die Adresse von Frau Månsson und fuhr mit dem Fahrstuhl in die Garage.

Månssons wohnten in Gustavsvik, zwanzig Autominuten vom Zentrum entfernt.

Das Haus war ein altes Kätnerhaus, ein längliches

Gebäude aus Holz, erweitert um einen Schornstein, der allzu groß gegen das kleine Haus wirkte. Die Pforte bestand aus einem Eichenholzrahmen, in den gefirnisste Wurzeln eingesetzt waren. Es gab eine Fahnenstange mit einem Wimpel und an der Hauswand ein Rosenbeet. In der Ecke ein Gewächshaus, nicht viel größer als ein Koffer.

Eine kleine grauhaarige Frau in Jeans, kariertem Flanellhemd und Joggingschuhen zupfte an den Rosen, und als sie sich umdrehte, lächelte sie Stjernkvist an und zog die Arbeitshandschuhe aus.

»Polizei«, sagte er und reichte ihr die Hand. »Stjernkvist.«

»Elsa Månsson«, antwortete die Frau.

»Hier hat jemand einzubrechen versucht«, sagte Stjernkvist und sah sich um.

»Darf ich Sie zu einer Tasse Kaffee einladen?«, fragte Elsa Månsson. Sie sah aus, als wäre sie sehr enttäuscht, wenn er die Einladung ablehnen würde.

»Danke, gern«, antwortete Stjernkvist.

»Und einem Stück Kuchen? Ich habe frisch gebacken.«

»Gern, das klingt sehr gut.«

»Setzen Sie sich dorthin.« Elsa Månsson zeigte auf zwei weiße Plastikstühle und einen kleinen runden Tisch unter einer Sonnenuhr.

Stjernkvist setzte sich. Er warf einen Blick auf seine Armbanduhr und dann auf die Sonnenuhr. Sie ging richtig.

Er schloss die Augen, hielt das Gesicht in die Sonne und träumte davon, dass er den Fall mit Fors' verschwundener Waffe lösen würde, was die Freundschaft mit Fors besiegeln würde. Das war sein geheimer Traum, er wollte Fors' Freund werden. Nicht nur Kollege, sondern Freund.

Stjernkvist bewunderte seinen Vorgesetzten fast grenzenlos. Seine Bewunderung machte ihn etwas schüchtern im Umgang mit Fors und etwas zu aufmerksam allem gegenüber, was Fors tat und sagte. Stjernkvist erklärte sich Fors' kühle Art als Desinteresse. Ihm kam es vor, als hätte Fors ihn, trotz einjähriger Zusammenarbeit, gar nicht richtig bemerkt. Stjernkvist hatte mit Badmintonspielen angefangen, nur um hin und wieder mit Fors und Hammarlund im Umkleideraum zusammenzustoßen. Sein Problem bestand darin, dass er nur einen begrenzten Bekanntenkreis hatte und nicht viele kannte, die Badminton spielten. Er hatte sich unter den Frauen des Präsidiums auf der Suche nach einer Badmintonpartnerin umgesehen. Einige Male hatte er mit Nordenflycht gespielt, aber sie war so oft verhindert, dass Stjernkvist daraus schloss, dass sie eigentlich nicht interessiert war.

»Jetzt kommt der Kaffee!«

Frau Månsson hatte ihre langen grauen Haare gelöst, Rouge und Lippenstift aufgelegt. Das Tablett mit Tassen, Kaffeekanne, Zuckerschale und einem Kuchenteller stellte sie auf den Tisch und setzte sich.

»Bitte!«, forderte sie ihn auf.

»Danke, gut, wirklich gut. Zu dieser Tageszeit braucht man ein Stück Kuchen.«

»Das hab ich mir auch gedacht«, sagte Frau Månsson. »Nehmen Sie zwei!«

Sie zeigte auf den Kuchenteller, schenkte Kaffee ein und fragte, ob Stjernkvist Milch wollte, dann betrachtete sie ihren Gast neugierig und offen. Stjernkvist nahm sich ein Stück Kuchen mit Zuckerglasur.

»Frisch gebacken«, teilte Frau Månsson mit. »Vielleicht ist er noch warm.«

Stjernkvist biss hinein, kaute und schluckte.

»Es ist sicher aufregend, Polizist zu sein.«

»Manchmal«, antwortete Stjernkvist.

»Man kann seinen Beitrag leisten«, sagte Frau Månsson. »Ein Glück, dass es Menschen gibt, die dazu bereit sind.«

»Polizisten werden gebraucht«, sagte Stjernkvist. »Das haben schon viele zu spüren bekommen.«

»Bei Gott«, sagte Frau Månsson. »Bei Gott!« Sie leckte sich über die Lippen und holte Luft, als würde sie sich auf einen längeren Bericht vorbereiten.

»Wir hatten uns eine Weile den Mond angeschaut und sind dann ins Bett gegangen. Wir schlafen immer auf der Stelle ein. Mit dem Aufwachen ist das was anderes. Das gehört zum Alter. Man merkt es, wenn es so weit ist. Aber diesmal erwachten wir von einem Geräusch an der Tür. Es kratzte und knackte und Lasse stand auf. Er ging zur Haustür und lauschte. Es war ein Dieb. Lasse holte seine Flinte. Er hat zwei. Sie stehen im Waffenschrank. Ich bin mitgegangen zum Schrank. Wir wollten ja nicht, dass der Dieb reinkommt, während Lasse die Flinte holte. Neben dem Waffenschrank haben wir ein Telefon, also wählte ich den Notruf, während Lasse lud. Er lud Rehschrot. Ich sagte, er könnte etwas Feineres nehmen, aber das wollte er nicht. Beim

Notruf kam ich nicht durch. Möchte mal wissen, wer nächtelang diese Nummer blockiert. Wir gingen wieder zur Tür, Lasse voran. In dem Augenblick, als wir in die Diele kamen, hatte der Dieb die Tür geöffnet. Unter dem Arm von Lasse hindurch sah ich ihn im Mondschein stehen. Er hatte etwas in der Hand. Es stellte sich heraus, dass es ein Kuhfuß war, denn den ließ er sofort fallen. Lasse schoss. Ich dachte, er schießt in den Fußboden, aber er hatte den Dieb ins Bein getroffen. Der schrie und rannte raus. Auf dem Rasen fiel er um. Wenn die ganze Schrotladung ihn getroffen hätte, wäre sein Bein verloren gewesen. Lasse hatte daneben gezielt, der Mann hat nicht mehr als fünf, sechs Kugeln abgekriegt. Aber das reichte, um hinzufallen, als er weglaufen wollte. Sein Kumpel hatte im Auto dahinten bei den Tannen gewartet. Jetzt fuhr er davon, als ob auf ihn geschossen worden wäre. Der Dieb lag auf dem Rasen und jammerte, und Lasse zeigte mit der Flinte auf ihn und sagte, dort könne er liegen bleiben, bis die Polizei komme. Sollte er sich aufrichten, würde er die nächste Schrotladung ins andere Bein kriegen. Da fing der Mann an zu drohen. Er schrie, das werde uns noch Leid tun. Schließlich habe er Freunde, die wüssten, was man mit Leuten wie uns tat. Lasse stand da, und der Nachbar, Hansson, kam mit dem Hund. Bei uns ist schon früher eingebrochen worden. Wir helfen einander, so gut wir können. Aber Hanssons Hund taugt für so was nicht. Es ist ein Labrador und das netteste Tier, das man sich vorstellen kann. Der würde Hansson wahrscheinlich nicht mal verteidigen können, wenn es um Leben und Tod ginge.

Ich hab natürlich weiter versucht anzurufen, und irgendwann kam ich durch. Der Krankenwagen brauchte eine halbe Stunde, um uns zu finden, und die Polizei kam erst nach fünfundvierzig Minuten. In fünfundvierzig Minuten hätte der Kerl uns mit dem Kuhfuß erschlagen können, wenn Lasse nicht die Flinte gehabt hätte.

Als das Polizeiauto kam, stellten die Polizisten seltsame Fragen, wollten Lasses Waffenschein sehen, nahmen beide Flinten mit und redeten drohend, so, als wären wir es, die sich schlecht benommen haben. Lasse hat in seinem ganzen Leben noch keine Verwarnung bekommen. Jetzt wollte ein junger Schlingel – entschuldigen Sie, aber ich kann ihn nicht anders bezeichnen – Lasse das Waffengesetz erklären. Lasse ist zweiundsiebzig. Er hat sein ganzes Leben gejagt und war Vorsitzender des Jagdclubs. Und jetzt sagt dieser Lümmel – Entschuldigung, dass ich mich so ausdrücke –, dass Lasse vermutlich seinen Waffenschein und die Waffen verliert. Es ginge einfach nicht an, mit Jagdwaffen auf andere Leute zu schießen.

Nee, klar, aber es geht auch nicht an, solche Typen mit einem Kuhfuß rumlaufen und alte Menschen erschrecken zu lassen, Menschen, die sich nie etwas haben zuschulden kommen lassen. Wir versuchten wieder einzuschlafen, fanden aber keine Ruhe. Lasse klagte über Schmerzen in der Brust. Um zwei rief ich einen Krankenwagen. Es war derselbe wie vorher, diesmal haben sie uns schnell gefunden.

Ich bin vor einer Weile aus dem Krankenhaus gekommen und hab angefangen zu backen. Vor drei Jahren hatte ich selber einen Herzinfarkt. Ich nehme Medikamente und passe auf, dass ich nicht zu viel mit den Armen arbeite, sonst kriege ich Gefäßkrämpfe. Jetzt wird es Lasse genauso ergehen. Und es soll einen Prozess geben, bei dem er seine Waffen und den Waffenschein verliert, und dabei wird er vielleicht auf eine Art schikaniert und beleidigt, die ihn ins Grab bringen könnte. Ist das Recht? Ich frag ja bloß!

Und was der Dieb, der angeschossen wurde, für ein Mensch ist, das kann man sich ja vorstellen. Vor meiner Pensionierung hab ich in der Vorschule gearbeitet. Dort konnte man schon sehen, was aus den kleinen Kindern werden würde, wer von ihnen auf die schiefe Bahn geraten würde. Man wünschte, es hätte Geld für Gespräche und anderes gegeben, aber es gab nie welches. Später las man dann von den jugendlichen Verbrechern und manchmal sagte jemand: ›Das ist ja unser kleiner Petter.‹ Dann handelte es sich um so einen armen Jungen, der von einer abgearbeiteten Mutter allein aufgezogen worden war, einer, der die Schule nicht geschafft hatte und Pech mit seinen Freunden, mit Mädchen und beim Sport hatte. Alles war schief gegangen, und jetzt hatte er angefangen, Autos zu klauen oder noch was Schlimmeres.

›Das ist ja unser kleiner Petter.‹ Wie viele Male hat man das nicht schon gesagt? Wenn man nur rechtzeitig hätte eingreifen können, wäre viel Unglück verhindert worden, das ist mal sicher. Aber zu so was ist ja nie Geld da. Für einen Prozess gegen Lasse, der verhindern wollte, dass wir mit einem Kuhfuß erschlagen werden, dagegen schon.«

Sie holte Luft, hob den Kuchenteller an und hielt ihn Stjernkvist hin. »Nehmen Sie noch ein Stück.«

»Danke«, sagte Stjernkvist und nahm sich ein Stück mit viel Zuckerglasur.

14

Um halb zwei konnte Stjernkvist endlich mit dem schriftlichen Bericht über die Voruntersuchung über den Einbruch und den Schuss bei Månssons anfangen, er hatte in der Kantine ganz oben im Polizeipräsidium Schinken mit Kartoffelsalat gegessen und versucht, einen Termin zum Badminton mit Nordenflycht zu vereinbaren. Am Mittwoch, wenn er vormittags frei hatte. Und er hatte ganz kurz mit Molgren und Kranz gesprochen.

Nordenflycht hatte nicht mit ihm spielen wollen, da ihr Dienstplan geändert worden war. Sie würde den ganzen Mittwoch mit Berggren unterwegs sein, und es war auch nicht sicher, ob sie spielen könnte, wenn sie das nächste Mal frei hatte.

Stjernkvist fühlte sich zurückgewiesen, seufzte, sah auf die Uhr und nahm den Fahrstuhl in die Garage, stieg in den BMW und fuhr zu »Lymans Eck«, wo er fünf Minuten vor zwei ankam.

Hinter dem Tresen stand ein Mädchen. Es schien um die zwanzig zu sein, hatte rosafarbene Strähnen in den hellen Haaren, einen Silberknopf im rechten Nasenflügel und trug eine Halskette mit einem Schmuckstück, auf dem »Love« stand. Das Mädchen war hübsch, aber es hatte nicht die Art Brüste, die Lyman dazu bringen würden, die Augen zu verdrehen und von Titten zu reden.

»Hallo, mein Name ist Stjernkvist. Ich bin Polizist. Ist Eriksson da?«

»Annika? Sie ist im Lager. Sie fängt um zwei an«, antwortete das Mädchen hinter der Kasse.

»Es ist zwei«, bemerkte Stjernkvist.

Das Mädchen warf einen Blick auf seine Armbanduhr. »Oh, dann hab ich ja schon Schluss.« Sie lächelte Stjernkvist zu und ging rasch durch die Tür ins Lager. Stjernkvist hörte sie dort draußen reden, und bald darauf erschien ein anderes Mädchen in der Schwingtür. Es hatte eine dichte blond gelockte Haarmähne, war zehn Zentimeter kleiner als Stjernkvist und schlank und trug ein T-Shirt, unter dem er hübsche Brüste ahnte. Lymans Titten, dachte er.

»Hallo«, sagte Stjernkvist. »Sind Sie Annika Eriksson?«

»Ja«, antwortete das Mädchen. Als es näher kam, wirkte es eher wie eine junge Frau.

»Stjernkvist«, sagte er und hielt seinen Ausweis vor Annika Erikssons Gesicht.

»Es geht wahrscheinlich um den Überfall?«, fragte sie. Im selben Moment wurde die Tür hinter Stjernkvist geöffnet und drei Bauarbeiter in blauer Arbeitskleidung kamen herein.

»Hi, Anki!«, grölte der an der Spitze, ein rothaariger kleiner Mann. »Viermal Kaffee und Kopenhagener.«

Der eine starrte Stjernkvist an, der dritte ging zur Kühltruhe und holte sich eine Eiswaffel.

»Was meint ihr, könnt ihr noch ein Viertelstündchen weiterarbeiten?«, fragte Stjernkvist. »Dann gehen wir solange raus und unterhalten uns.«

Annika Eriksson legte den Kopf schief und sah zweifelnd drein. »Können Sie nicht heute Abend wiederkommen? Ich hab um neun Schluss.«

»Lieber nicht. Ich fürchte, ich muss jetzt mit Ihnen reden.«

Zwei der Bauarbeiter musterten Stjernkvist.

»Sie sind Bulle, nicht?«, sagte der eine.

Stjernkvist nickte.

»Geht es um den Überfall?«, fragte der mit der Eiswaffel.

»Ja.«

»Das sind diese Schwarzköpfe«, sagte der mit der Waffel.

»Wieso glauben Sie das?«, fragte Stjernkvist.

»Man hat doch Augen im Kopf«, sagte der mit dem Eis.

»Haben Sie was Besonderes gesehen?«, fragte Stjernkvist.

»Fahren Sie mal raus zu den Baracken und schauen sich das an. Woher kommt es, dass dort den ganzen Tag haufenweise Männer rumlungern? Sie hocken da und drehen Däumchen. Nachts sind sie unterwegs und treiben wer weiß was. Fahren Sie raus und reden mit denen, falls Sie können. Die sprechen kein Schwedisch, leicht wird es also nicht.«

»Schweden!«, rief der Rothaarige. »Schweden den Schweden!«

»Wo bleibt der Kaffee, Anki?«, fragte der mit dem Eis.

Annika Eriksson sah Stjernkvist an.

»Ich muss erst mit ihr sprechen.«

Da verschwand Annika im Lager und kam mit einer kleinen beigefarbenen Handtasche zurück.

»Eine Viertelstunde«, sagte sie mit ernstem Gesicht. »Nicht mehr als eine Viertelstunde.«

Hinter ihr tauchte das Mädchen auf, das eine Halskette mit der Aufschrift »Love« trug.

»Hi, Olivia! Viermal Kaffee und Kopenhagener.«

»Ich hab mir eine Waffel genommen«, sagte der mit dem Eis.

Stjernkvist hielt Annika Eriksson die Tür auf. Als sie hinaus in die Sonne traten, kam ein vierter Bauarbeiter um die Ecke. Er neigte seinen Kopf ein wenig in die Nähe ihrer Mähne, aber sie machte einen Schritt zur Seite.

»Hi, Anki. Wie ist die Lage?«, flüsterte er.

»Gut«, antwortete Annika Eriksson. »Wir sehn uns.«

Es war sehr heiß. Die Sonne stand über der Würstchenbude auf der anderen Straßenseite. Unter der Kastanie hinter der Bude gab es eine Bank.

»Wollen wir uns in den Schatten setzen?«, schlug Stjernkvist vor.

Annika Eriksson nickte und sie überquerten die Straße. Stjernkvist hob die Hand und grüßte den Mann in der Würstchenbude.

»Heute keine Cabanossi?«, rief der Mann, und Stjernkvist schüttelte den Kopf.

»Seine Würstchen schmecken gut«, erklärte Stjernkvist. Im selben Augenblick merkte er, wie albern der Satz klang.

»Ich bin Vegetarierin«, antwortete Annika Eriksson.

Sie setzten sich auf die Bank. Wenn sie sich auf die eine Hälfte der Bank setzten, würden sie beide Schatten von der Kastanie bekommen. Annika Eriksson rutschte so weit an den Rand, wie sie konnte.

»Haben Sie Platz?«, fragte sie. Ihre Stimme klang überängstlich.

»Können wir jetzt darüber reden, was gestern passiert ist?«, begann Stjernkvist.

»Ja«, antwortete Annika Eriksson und Stjernkvist fragte sich, ob sein Tonfall sie gekränkt hatte.

»Ich meine, es wäre gut, wir fangen gleich an«, fügte er hinzu. »Sie müssen ja bald zurück.«

»Klar«, antwortete sie kurz und fast unpersönlich. Stjernkvist nahm seinen Notizblock und einen Stift hervor und wandte sich ihr zu. Dann hob er den Blick.

»Sie heißen also Annika Eriksson?«, begann er.

»Ja.«

»Wo wohnen Sie – ach ja, das weiß ich schon ...«

»Lövsångarvägen 36.«

»Genau. Kann ich bitte Ihre Telefonnummer haben?«

Sie legte den Kopf schief und nannte ihre Nummer.

»Sie haben kein Handy?«

»Verloren.«

»Schade.«

»Ja.«

Stjernkvist hatte einen trockenen Mund und fühlte sich irgendwie lächerlich.

»Wie lange arbeiten Sie schon bei Lyman?«
»Gut einen Monat. Aber ich höre Samstag auf.«
»Gefällt es Ihnen nicht?«
»Lyman ist ein Schwein.«
»Wirklich?«
»Er ist ein Grapscher.«
»Oje. Wo – nein, nein ... vergessen Sie's.« Stjernkvist wurde rot. »Das ist mir so rausgerutscht. Entschuldigung.«
Annika sah finster aus. »Er ist ein Schwein.«
»Ich verstehe. Was werden Sie dann machen?«
»Ich geh nach Stockholm und studiere.«
»Was?«
»Sozialanthropologie.«
Stjernkvist nickte und versuchte auszusehen, als hätte er begriffen, was die Antwort beinhaltete.
»Sozialanthropologie. Was kann man werden, wenn man fertig ist, wenn ich fragen darf? Ich meine, wenn man Sozialanthropologie studiert hat?«
Annika lachte. »Entdeckungsreisende.«
»Was?«
Annika lachte noch mehr. Sie freute sich über Stjernkvists offensichtliches Staunen. »Also, Entdeckungsreisende. Das kann man werden. Total verrückt. Ich sollte es besser wissen. Jedenfalls mit dreiundzwanzig. Da sollte man es besser wissen, oder?«
Sie hob einen Fuß, verlagerte ihr Gewicht und beugte sich ein wenig zu Stjernkvist vor. »Sie schreiben ja gar nicht«, sagte sie vorwurfsvoll.
»Ach ja.« Stjernkvist versuchte sich zu konzentrieren und runzelte die Stirn.

»Er ist Polizist, nicht?«, fragte Annika. »Der, den sie niedergeschlagen haben.«

»Fors, ja. Sie meinen den, der überfallen wurde?«

»Ja.«

»Er ist mein Chef. Guter Polizist. Einer der besten. Im ganzen Land.« Stjernkvist verstummte. Wer lobte denn seinen Chef auf so eine Art und Weise? Unreif, hoffnungslos kindisch.

»Aber er ist überfallen worden, oder?«

Annika Eriksson sah aus, als wollte sie sich für ihren Hinweis entschuldigen. Als wollte sie das Bild nicht kleiner machen, das Stjernkvist von seinem Vorgesetzten hatte.

»Ja, er ist überfallen worden. Haben Sie es gesehen?«

Annika dachte eine Weile nach und kratzte mit einem Fingernagel an ihrem Knie. Die Jeans war an den Knien verschlissen und weiter oben spannte sie sich über den Schenkeln.

»Juckt es?«

Annika nickte und runzelte die Stirn fast genauso wie Stjernkvist. Sie beugte sich zu ihm und kam so nah, dass er den Duft ihres Haares wahrnahm. Hinter ihm tauchte eine ältere Frau auf und setzte sich neben sie. Stjernkvist sah sie nicht an. Er hörte, dass es eine ältere Frau war, als sie ihrem Hund befahl sich hinzulegen. Stjernkvist hatte nur Augen für Annika Eriksson.

»Er kam in den Laden«, sagte Annika, langsam und zögernd, als suchte sie etwas im Dunkeln ganz oben auf einer überfüllten Hutablage. »Ich hatte gerade auf die Uhr geschaut und gedacht, dass ich in einer halben Stunde schließen konnte. Ich musste sehr pünktlich gehen, weil ich den Zug nicht verpassen wollte. Er sah ein wenig aus wie mein Vater, der da reinkam, Ihr Chef. Ich weiß, dass ich dachte: Er sieht aus wie Papa. Dieselbe Art zu gehen. Energische Schritte. Na, Sie wissen ja, wie er geht. Er ging zu den gekühlten Waren und nahm eine Packung Milch. Zahlte. Ich gab ihm eine Tüte und er verließ den Laden. Ich hörte Geräusche von draußen. Nein, zuerst sah ich jemanden an der Tür vorbeilaufen. Ich sah durch die Scheibe. Es war nur wie ein Flimmern. Dann hörte ich etwas fallen und jemand rief: ›Nimm das Messer.‹ In dem Augenblick ging ich zur Tür. Ich sah seine Beine durch die Scheibe. Und die Tüte mit der Milch. Er lag auf dem Bauch. Ich öffnete die Tür und schaute hinaus und sah drei Jungen weglaufen. Sie verschwanden im selben Moment um die Ecke. Ich beugte mich über ihn und fragte ihn, wie er heiße. ›Fors‹, antwortete er. Ich bückte mich und nahm ihn, Fors, an den Schultern. Ich glaube, ich fragte ihn, wie es ihm gehe oder so was in der Art. Jemand kam quer über die Straße, von der Würstchenbude. Ein Mann. Ich richtete mich auf, ging in den Laden und rief einen Krankenwagen. Der kam innerhalb von fünf Minuten, vielleicht noch schneller.«

»Aber keine Polizei?«

»Nein. Das fand ich merkwürdig, denn ich hatte gesagt, dass jemand niedergeschlagen worden war. Ich war davon ausgegangen, dass sie Polizei schicken würden, wenn ich sagte, dass jemand überfallen worden war.«

»Was geschah dann?«

»Ich hab Lyman angerufen. Er sagte, ich könne ruhig

meinen Zug nehmen und sollte nicht auf ihn warten. Er würde in die Stadt kommen und nach dem Laden sehen. Dann bin ich also gegangen.«

»Und der, der von der Würstchenbude gekommen war?«

»Ich weiß nicht, wer das war. Ein Mann.«

»Jemand, den Sie schon mal gesehen haben?«

»Nein. Er hatte einen Bart und trug Shorts, sehr kräftig. Dicke Oberarme. Nicht besonders groß. Er wählte eine Nummer auf seinem Handy.«

»Den Notruf?«

»Das weiß ich nicht. Nein, ich glaube nicht. Er rief wohl einen Freund an. Er sagte, es sei etwas passiert, aber dass er bald kommen würde. Seine Arme waren tätowiert.«

Stjernkvist machte sich Notizen. Eigentlich hatte er nichts erfahren, was des Notierens wert wäre, aber er dachte, es würde einen professionellen Eindruck machen, wenn er mitschrieb.

»Die, die weggelaufen sind«, sagte er, »was haben Sie von denen gesehen?«

»Fast nichts. Es waren drei.«

»Wie liefen sie?«

»Wie meinen Sie das?«

»Nebeneinander oder hintereinander?«

»Nebeneinander.«

»Waren sie gleich groß?«

»Nein.«

»Wer war am größten?«

»Der in der Mitte, glaube ich.«

»Und die anderen beiden?«

»Sie waren kleiner als der in der Mitte.«
»Aber beide waren gleich groß?«
Sie seufzte. »Ich weiß es nicht. Vielleicht.«
»Aber der in der Mitte war größer?«
»Ja.«
»Wie groß, glauben Sie, war er?«
»Unmöglich zu sagen, aber er war groß.«
»Größer als ich?«
»Vielleicht. Er war schlank. Er war schlank und groß.«
»Dann war vermutlich einer von ihnen größer als eins achtzig und er war schlank?«
»Ja.«
»Und die anderen, wie viel kleiner waren sie?«
»Gerade so viel, dass ich sah, dass sie kleiner waren.«
»Waren sie auffallend kleiner?«
»Ich weiß es nicht. Wie viel ist auffallend?«

Stjernkvist nickte und leckte sich über die Lippen. Er notierte, dass ein Täter größer als die anderen beiden war. Möglicherweise größer als eins achtzig und schlank.

»Wie waren sie gekleidet?«
»Konnte ich nicht erkennen.«
»Trugen sie lange oder kurze Hosen?«
»Alle drei trugen lange Hosen, glaube ich.«
»Farbe?«
»Keine Ahnung.«
»Schuhe?«
»Keine Ahnung.«
»T-Shirts oder Hemden?«
»Weiß ich nicht.«

»Haare?«
Sie zögerte. »Keiner von denen hatte lange Haare.«
»Sie hatten kurze Haare?«
»Ja.«
»Kurz geschnitten?«
»Ich weiß es nicht.«
»In welche Richtung sind sie verschwunden?«
»Um die Ecke, in Richtung Park.«
Sie kratzte sich wieder am Knie. »Ich bin wohl nicht sehr hilfreich.«
»Sie haben mir schon sehr geholfen. Wir wissen jetzt, dass es drei waren, dass einer von ihnen vermutlich größer als eins achtzig war, dass sie kurze Haare hatten und lange Hosen trugen. Sie sind sicher nicht die Einzige, die sie gesehen hat.«
»Ich glaube, ich habe auch etwas gehört«, sagte Annika, nachdem sie sich eine Weile am Knie gekratzt hatte. »Kurz bevor Fors den Laden betrat. Da hat jemand gerufen, aber ich weiß nicht, wer.«
»Woher kam der Ruf?«
»Ich glaube, der Ruf kam von der Ecke.«
»War es ein Mann oder eine Frau?«
»Ein Mann oder ein Junge. Es war eine junge Stimme.«
»Was hat er gerufen?«
»Ich weiß nicht. Vielleicht ... ›albern‹.«
»›Albern‹?«
»Ja, ich glaube, er hat ›albern‹ gerufen.«
Die Frau neben ihnen erhob sich und entfernte sich mit dem Hund an der Leine. Es war ein pelziges Etwas von Hund. Die Zunge hing ihm aus dem Maul und be-

rührte fast die Erde. Der Hund hechelte in der Wärme. Stjernkvist und seine Zeugin schauten der Frau nach, als erwarteten sie, dass sie etwas sagen würde.

Stjernkvist räusperte sich. »Sie haben uns wirklich sehr geholfen. Ich glaube, jetzt habe ich alles erfahren, was ich wissen muss, ich meine, was ich im Augenblick von Ihnen erfahren kann.«

Annika stand auf und strich sich über den Po, um zu kontrollieren, ob die Hose schmutzig war.

»Dann kann ich also zurückgehen?«, sagte sie. Es klang wie eine Frage und nicht wie eine Feststellung.

»Natürlich«, sagte Stjernkvist. »Vielen Dank.« Er stand ebenfalls auf. »Hören Sie«, sagte er, als Annika sich anschickte, aus dem Schatten der Kastanie ins Sonnenlicht zu treten und den heißen Asphalt zum Laden zu überqueren, »ich habe morgen Vormittag frei. Hätten Sie nicht Lust …?«

»Was?« Sie hielt mitten im Schritt inne und drehte sich um.

»Mit mir zum Mosee zum Baden zu fahren. Früh. Bevor es zu warm wird.«

»Wie früh?«

»Halb zehn.«

»Klar, gern. Aber ich muss um zwei arbeiten.«

»Ich auch«, antwortete Stjernkvist. »Wo soll ich Sie abholen?«

»Sie wissen ja, wo ich wohne?«

Stjernkvist nickte.

»Holen Sie mich zu Hause ab«, fuhr Annika fort.

»Gut«, sagte Stjernkvist. »Dann also bis halb zehn. Vor Ihrer Haustür.«

Er schaute ihr nach und hoffte, sie würde sich umdrehen, den Arm heben und winken, aber das tat sie nicht.

Die Frau mit dem Hund hatte einen anderen Hundebesitzer getroffen. Es war ein weißhaariger Mann mit einem schwarzen Schäferhundwelpen. Der Mann ging an einer Krücke aus Leichtmetall, und während er still stand, stützte er sich darauf. Er hatte einen krummen Rücken. Stjernkvist meinte ihn zu kennen, konnte ihn aber nirgends einordnen. Dann wandte er sich ab und ging zu seinem Auto. Bevor er startete, drehte er die Fenster an beiden Seiten herunter, und im Wegfahren schaute er in den Rückspiegel zu »Lymans Eck«, aber Annika war nicht mehr zu sehen.

15

Stjernkvist verbrachte den Nachmittag mit unzähligen Versuchen, Roland Spjuth zu erreichen. Dessen Aufgabe war es früher gewesen, sich um die jugendlichen Gangs zu kümmern, die den lokalen Polizeibehörden hin und wieder Kummer bereiteten. Aber nach Etateinsparungen war Spjuth einem Dezernat zugeteilt worden, das hauptsächlich Einbrüche ermittelte. Endlich erreichte er Spjuth an einem Tatort in Vebe. Spjuth hatte gerade mit einem Ehepaar gesprochen, das aus dem Urlaub zurückgekehrt war. Als es sich seiner ziemlich abgelegenen Villa näherte, merkte es schon von weitem, dass irgendetwas nicht stimmte. Es stellte sich heraus, dass die Haustür offen war. Nachdem beide einen Rundgang durch ihr Haus gemacht hatten, begannen sie zu schreien.

Das ganze Haus war ausgeräumt. Nur das Doppelbett im Schlafzimmer und die Couch im Wohnzimmer waren noch übrig. Das meiste war weg, inklusive Kühlschrank und Tiefkühltruhe sowie fast alle Kleidung.

Spjuth war ein kleinwüchsiger Mann aus Dalarna mit hängendem Schnauzbart und ungebändigten grauen Haaren. Er war Kettenraucher und seine Haut zeugte von einem ziemlich ungesunden Leben. Als Stjernkvist bei ihm ankam, lehnte er an einem Autokühler und telefonierte über Handy. Er beendete das Gespräch, nahm ein Päckchen Blend aus der Hemdtasche, zündete sich mit einem feuerroten Feuerzeug eine Zigarette an und blies eine Rauchwolke in Richtung Haus.

»Und womit kann ich dir dienen?«, fragte er und blinzelte Stjernkvist zu.

»Können wir uns mal über die kleinen Jungs unterhalten?«

»Klar, was möchtest du wissen?«

»Welche von denen würden einen Bullen überfallen?«

Da es der schwedischen Polizei verboten ist, Verbrechen, die von Jugendlichen unter fünfzehn Jahren begangen werden, in der Verbrecherkartei zu registrieren, war Stjernkvist gezwungen, von Spjuths Wissen Gebrauch zu machen.

»Geht es um Fors?«, fragte Spjuth.

»Ja.«

Spjuth blies Rauch in Richtung einer fernen, sehr

weißen Wolke aus, in der man mit ein wenig Fantasie ein laufendes Pferd sehen konnte. Spjuth schwitzte stark, sein Hemd war dunkel unter den Armen. Man sah es, als er gähnte und die Arme über den Kopf reckte.

»Stimmt es, dass sie ihm die Waffe geklaut haben?«
»Ja.«
»Mist. Und du glaubst, es waren Jungs?«
»Ich weiß es nicht.«
»Da fallen einem die Örvikspistolen ein.«
»Ja«, sagte Stjernkvist, der noch Schüler an der Polizeischule gewesen war, als die Örvikspistolen entwendet wurden. Es handelte sich um vier Sig-Sauer-Pistolen, die bei einem Einbruch im Polizeirevier Örvik gestohlen worden waren. Die Pistolen waren einen Monat später bei einem Zugriff auf einen bekannten Bankräuber wieder gefunden worden. Sie waren geladen gewesen, aber nicht mit der Weichmantelmunition der Polizei, die unter dem Namen »Sicherheitsmunition« lief, sondern mit einer schwereren Hartmantelmunition, die Bankräuber gern benutzten. Sie war eigentlich für militärische Maschinengewehre vorgesehen. Die Hartmantelgeschosse konnten Schutzwesten der Polizei durchschlagen. In den USA wurden sie »Cop Killer« genannt.

»Scheeiiße«, seufzte Spjuth. »Was weißt du?«
»Es waren drei. Alter unbekannt, können zwischen fünfzehn und fünfundzwanzig Jahre alt gewesen sein. Einer war auffallend größer als die anderen beiden. Kurz geschnittene Haare.«
»Das ist alles?«
»Ja.«

Spjuth seufzte wieder. »Am ersten Juli letzten Jahres haben sie das Jugenddezernat geschlossen. Hast du da schon hier gearbeitet?«

»Ich hab am ersten Juli angefangen.«

Spjuth nickte. »Da gab's nicht mehr viel zu schließen. Das ganze Dezernat bestand aus einem einzigen Menschen, und der war ich. Aber ich kannte jeden Schlingel in der Stadt. Ich hab sie regelmäßig getroffen und mit ihnen geredet. Die hielten nie dicht. Diese Rotzbengel wollen ja immer cool sein, und mit einem Bullen zu quatschen, das ist cool. Sie haben also geredet. Man brauchte sie nur zu einer Tasse Kaffee einzuladen, und innerhalb einer Viertelstunde hatte man raus, was ein Ermittler nie erfahren würde, wenn er einen Monat lang Leute mit einem Tonbandgerät verhört hätte. Die Jungens waren gesprächig, alle miteinander. Aber es ist ein Jahr her. In einem Jahr kann viel passieren, wenn es um diese Lümmel geht. Manche Früchtchen fangen an, Mist zu machen, andere kriegen die Kurve. Manche Rotzbengel ziehen weg, neue tauchen auf. Einer findet ein Mädchen, andere werden zu Hause rausgeschmissen und müssen sich an der ganzen Welt rächen. In dem Alter geht das schnell. Einer, der am Montag noch eine Leuchte in der Schule ist, kann am Freitag einer sein, vor dem man sich fürchten muss, und umgekehrt. Eine Woche ist eine gute Zeitspanne, wenn man sich mit diesen Bengeln beschäftigt. In zwei Wochen ist man draußen, mehr Zeit gibt es häufig nicht in den Schädeln dieser Juwelen. Und ich bin jetzt dreizehn Monate draußen. Was meinst du, was ich weiß? Nicht die Bohne. So sieht's aus.«

Spjuth zeigte auf die Wolke über dem Tannenwald. »Sieht aus wie ein Pferd. Oder ein Schaf. Kannst du nachts schlafen?«

Die Frage erstaunte Stjernkvist. »Wie meinst du das?«

»Du liegst nachts nicht wach und zählst Schafe?«

»Selten.«

»Sei froh. Ich schlafe ungefähr beim Wetterbericht vorm Fernseher ein. Dann wache ich zwischen eins und zwei auf und muss pinkeln. Dann schlaf ich erst wieder ein, wenn ich aufstehen muss. Das ist nicht gerade zum Totlachen. Aber ich zähl auch keine Schafe. Ich setz mich auf den Balkon und guck mir die Sterne an. Weißt du was von den Sternen?«

»Ich kenne den Großen Wagen.«

Spjuth nickte und seufzte. »Im Juli letzten Jahres gab es eine locker zusammengesetzte Gang von Schwarzköpfen. Es waren nie dieselben Jungen, wenn man sie sah. Sie wechselten von Abend zu Abend. Nur Bogdan war konstant. Kennst du Bogdan?«

»Nein.«

»Man hatte das Gefühl, wenn sich nur jemand mit ihm hinsetzte und sagte ›Bogdan, hör auf mit dem Scheiß und werd Klempner‹, dann hätte er den Rat befolgt. Es wäre gar nicht viel nötig gewesen, um den Jungen aufs rechte Gleis zu bringen. Aber jetzt hat der Staat keine Mittel mehr. Im vergangenen Sommer lungerte Bogdan nachts im Stadtpark rum. Er hatte ein Rudel von vier oder fünf Bengeln um sich, meistens jünger. Sie überfielen Leute, die häufig allein auf dem Heimweg von einem Kneipenbesuch waren. Wir konnten sie nie fassen, weil niemand eine Zeugenaussage machen konnte, niemand konnte überhaupt beschreiben, was passiert war. Einige Tritte, und dann lag das Opfer da.«

»Wie sieht Bogdan aus?«

»Schlank, kurz geschnittene Haare – also vor dreizehn Monaten –, vielleicht eins fünfundsiebzig groß. Er sieht aus wie ein ganz gewöhnlicher Junge aus Jugoslawien. Nicht mehr und nicht weniger. Trug natürlich Trainingshosen. Er war immer der Anführer, begnügte sich nie damit, zweiter Mann zu sein.«

»Das weißt du alles und konntest ihn trotzdem nicht festsetzen?«

»Man muss etwas mehr haben als Gerede, wenn der Staatsanwalt Fragen stellt, oder? Und ich hatte nie mehr als Gerede zu bieten.«

»Weißt du, wo er jetzt ist?«

»Keine Ahnung. Hab nichts mehr von ihm gehört. Vielleicht hat er ein Mädchen und ist ruhiger geworden.«

»Und wer trieb sich im letzten Sommer sonst noch rum außer Bogdan und seiner Truppe?«

»Tony Larsson. Über ihn haben wir Unterlagen. Er hat vor einigen Monaten eine Tankstelle überfallen. Der Staatsanwalt wollte ihn einsperren, aber er bekam lediglich gemeinnützige Arbeit aufgebrummt. Durfte den Friedhof harken, nachdem er ein Mädchen in einer Tankstelle mit einer Axt bedroht hatte. Mit diesem Tony Larsson ist ernsthaft etwas nicht in Ordnung. So einer dürfte nicht frei in der Stadt rumlaufen, nicht mal auf Friedhöfen. Solche gehören weggesperrt und sollten Hilfe bekommen. Aber eine Harke ist billiger, also durfte der Junge die Wege auf dem Friedhof harken. Wie jemand glauben kann, das würde einem wie Tony helfen, das begreife ich nicht. Das Mädchen in der Tankstelle war Epileptikerin und bekam einen Anfall. Es ging ihr verflixt schlecht. Und der Junge harkt. Billig, aber sinnlos. Wenn er mit Harken fertig ist, holt er wieder die Axt raus. Bei uns gibt es eine ganze Akte über ihn und seine Taten. Mit dreizehn hat er sein erstes Auto geklaut. Mit vierzehn hat er Schulkameraden überfallen. Als wir bei ihm eine Hausdurchsuchung vornahmen, fanden wir eine Kiste voller Handys, Uhren und CD-Spieler. Er verlangte Geld von seinen Kameraden, sonst wollte er sie verprügeln. Das nannte er Schutz. Das epileptische Mädchen von der Tankstelle ist seit dem Überfall arbeitslos. Sie hat Schlafprobleme und traut sich nicht mehr auf die Straße. Karl Marx hat vor hundertfünfzig Jahren gesagt: ›Wie erbärmlich ist diese Gesellschaft, die keine andere Verteidigung als den Henker hat.‹ Tja, es ist gut, dass wir Jungen wie Tony Larsson nicht totschlagen, aber wir haben keine anderen Mittel, als ihnen eine Harke in die Hand zu drücken und ein paar Gespräche mit einer netten Tante anzubieten, das ist jämmerlich. Er wird Leute bedrohen, sie misshandeln und das Leben wer weiß wie vieler Menschen zerstören, bis er als Vierzigjähriger an den Folgen von Drogen- oder Alkoholmissbrauch stirbt. Und wir stehen daneben und gucken zu und reden uns ein, seine Harke habe therapeutische Eigenschaften. Als er verurteilt wurde, haben seine Kumpel gejubelt. Was geben wir für Signale an Jungen, die sich einbilden, sie seien Mafiosi, nur weil sie ihre anständigen Kameraden zu Tode erschrecken können?«

Spjuth ließ die Zigarette fallen und zertrat sie mit der Zehenspitze.

»Aber über die Zeit, als er dreizehn war, gibt es vermutlich keine Notizen?«

»Klar gibt's die. Wir dürfen die Schlingel ja nicht erfassen, aber wir müssen ermitteln, und wenn man ermittelt, macht man sich Notizen. Ich hab eine ganze Kiste voller solcher Notizen von Verhören mit Bengeln, die alle unter fünfzehn waren.«

»Dürfte ich die mal sehen?«

»Wann immer du willst. Morgen hab ich frei, aber sonst jederzeit.«

»Wie groß ist dieser Larsson?«

»Ich bin eins achtzig. Er ist größer. Schlank.«

»Gibt es noch mehr?«

»Und ob. Seine Hiwis, Holm und Söder. Das sind so richtige Früchtchen. Solche Typen werden Drogendealer oder Alkoholiker, sobald man ihnen den Rücken kehrt. Denen springt doch die Dummheit schon aus dem Gesicht raus. Sie haben gelernt, die Uhr abzulesen, aber frag sie nach dem Monat, der vor November kommt, dann müssen sie eine Viertelstunde nachdenken, bevor sie Januar antworten. Die könnten auch was anderes werden als kleine Kriminelle, wenn man ein bisschen in sie investiert hätte. Jetzt tut man so, als ob es regnet, gibt ihnen eine Harke, mit der sie den Stadtpark harken sollen, und dann dürfen sie sich alle vierzehn Tage mit einer netten Tante unterhalten. Jedes zweite Mal erscheinen sie nicht zum Termin, also findet nur einmal im Monat ein Gespräch statt. Zwölfmal ein Jahr lang. Und dann ist alles wie vorher und bald taucht wieder die Axt oder noch was Schrecklicheres auf. Holm und Söder brauchen jemanden, der ihnen sagt, was sie tun sollen. Jemand müsste ihnen sagen, sie sollen den Kalender und das Multiplizieren lernen, aber darauf scheißt man, denn so was kostet Geld.

In zehn Jahren haben Holm und Söder Kinder, die in die Schule gehen und ihre Schulkameraden mobben und absolut nichts lernen. Früher nannte man das soziales Erbe. Früher hat man noch geglaubt, man könne das soziale Erbe aufbrechen und den Unglücklichen helfen. Heute meint man, man könne genauso gut auf sie pfeifen. Was meinst du, was passiert, wenn Holm oder Söder eine Sig Sauer erwischen, in deren Magazin acht Patronen stecken, und einer wie Larsson sagt ihnen, jetzt aber, jetzt überfallen wir Tankstellen und spielen Bonnie & Clyde.«

»Haben sie keine Mädchen?«

»Soweit ich weiß, könnten die nicht mal ein Huhn vögeln, selbst wenn man es ihnen hinhalten würde. Die würden nicht kapieren, wie man es macht. Und mit den heraufgesetzten Aufnahmebedingungen an der Polizeihochschule können sie nicht mal Bullen werden. Es ist ein Jammer.«

Spjuth hob die Arme über den Kopf und streckte sich. Das Hemd unter den Achseln war dunkel und der Fleck erstreckte sich bis zum Gürtel.

»Gibt es noch mehr?«

»Wie gesagt, ich weiß nicht, wie es heute ist, aber im

letzten Sommer gab es eine Gang, die wir nie erwischten. Die überfiel Leute in abseits gelegenen Häusern. Klingelten an der Haustür, und wenn die geöffnet wurde, schlug jemand auf der Rückseite ein Fenster ein. In der entstehenden Verwirrung drangen sie ein. Sie hatten Strümpfe über die Gesichter gezogen, altmodische Nylonstrümpfe. Im Juni letzten Jahres gab es drei solcher Überfälle. Dann wurde es still. Wir haben nie herausgefunden, wer das war. Ich bin der Überzeugung, das waren welche auf der Durchreise. Es waren vier. Aber um noch mal auf Bogdan zu kommen. Jemanden von hinten anzuspringen und zu treten, das ist sein Stil. Bogdan hat einen netten Vater. Red mit ihm. Dem Alten gehört die Bar für Schuhabsätze im Einkaufszentrum.«

Spjuth nahm eine weitere Zigarette hervor und zündete sie an, dann schaute er zu der Wolke, die vor einer Weile wie ein laufendes Pferd ausgesehen hatte. Jetzt hatten sich die Vorderbeine aufgelöst, und die Wolke war nur noch formlos und nichts sagend.

»Es müssen ja keine Jungs dahinter stecken«, fuhr Spjuth fort. »Es können auch die Motorradhelden von Vebe sein. Sie haben es auf Fors abgesehen. Vielleicht wollten sie ihm die Waffe abnehmen, um bei anderer Gelegenheit zuzuschlagen oder um ihre Macht zu zeigen.«

»Aber hätten die Fors nicht auf der Stelle erschossen, wenn sie ihm übel wollen?«

»Die wollen keinen Bullen erschießen. Aber kleine Jungs aufhetzen, um sie zu piesacken, das können sie. Sie selber kommen frei raus, aber Fors kriegt es vielleicht mit der Angst zu tun und macht einen Rückzieher. Fang mit Bogdan an. Leute von hinten zu treten, das ist sein Stil.«

Spjuth blies Rauch in Richtung der Wolke überm Tannenwald. »Bist du verheiratet?«, fragte er.

»Nein.«

»Willst du mal heiraten?«

»Ich glaube schon.«

»Ich bin zwanzig Jahre verheiratet gewesen, aber dann war Schluss. Wenn man nach Hause kommt, ist man bis obenhin voll Scheiße, wie eine gegorene Konservenbüchse, kurz vorm Explodieren. Es ist der Scheiß, mit dem man sich abgeben muss. Meine Frau war anständig, lieb, verständnisvoll. Aber sie hielt es nicht aus. Sie ging weg. Nahm die Mädchen mit, Jugendliche, aber immerhin. Man verliert das Letzte, was man noch hat. Und daran ist der Job schuld. Solltest du heiraten, dann werd ich dir sagen, was du tun musst – du musst dir einen anderen Job suchen. Wenn du nämlich keinen Engel heiratest, funktioniert es nie. Es gibt keine Liebe, die so einen aushält, wie du einer wirst, wenn du fünfzehn Jahre lang in dieser Scheiße rumgerührt hast. Glaub mir, ich weiß es.«

Spjuth seufzte und zeigte mit der Zigarettenhand auf das Haus, in dem eine Frau ein Fenster öffnete.

»Sie sind pensioniert. Wollten hier leben und Landidylle spielen, ihre Enkel herholen und sie Hund und Katze streicheln lassen. Was haben sie jetzt? Der Rest ihres Lebens wird beherrscht von einer riesigen Verletzung. Sie werden nicht hier wohnen bleiben. Sie wollen das Haus nicht mehr sehen, das sie sich durch lebenslange Schufterei erarbeitet haben. Sie werden es nicht ertragen, jeden Morgen mit dem Wissen aufzuwachen, dass jederzeit irgendjemand kommen und ihre Möbel wegholen kann, und wenn sie nur zum Einkaufen in die Stadt fahren. Sie werden das Haus verkaufen und in eine Dreizimmerwohnung im Zentrum ziehen, hier draußen werden sie Angst haben, sobald es dunkel wird. Und was werde ich tun? Werde ich sie anrufen und ihnen erzählen können, dass wir die Diebe gefasst haben? Kaum. Die Einbrüche, die wir aufklären, sind prozentual unerheblich. Dieser Einbruch hat den Lebensabend zweier Menschen verdüstert. Und warum? Tja, vermutlich sind die Diebe schon viele Male verurteilt worden, und jetzt gehen sie auf dem Lande mit schlecht besetzten Polizeirevieren auf Raubzug. Sie wissen, dass sie schnell wieder draußen sind, wenn sie eingebuchtet werden. Es ist ein demokratisches Recht geworden, das Leben seiner Mitmenschen zu zerstören. Der Täter ist King. Das Opfer hat selber schuld.«

Stjernkvists Handy klingelte. Es war Carin. Sie bat ihn ins Büro zu kommen, damit sie über die Arbeitsverteilung sprechen könnten. Er berichtete, wo er war, und versprach in einer halben Stunde bei ihr zu sein.

Carin saß mit Örström in ihrem Zimmer, als Stjernkvist ins Präsidium zurückkehrte. Carin erzählte, dass sie Fors nach Hause gebracht hatte und dass er bis Montag krankgeschrieben war.

Örström hatte die Mieter in den Häusern um »Lymans Eck« befragt. Er hatte mit einer alten Frau gesprochen, die auf ihrem Balkon gewesen war, als es passierte. Mit der Gießkanne in der Hand hatte sie bei ihren Blumenkästen gestanden und alles gesehen, aber nicht die Polizei angerufen. Sie wollte nicht »hineingezogen« werden.

Die Frau hatte bestätigt, dass drei Männer Fors mit Tritten traktiert hatten. Den ersten Tritt hatte sie nicht gesehen, aber von ihrem Aussichtsplatz im dritten Stock hatte sie beobachtet, wie die drei auf den liegenden Fors eingetreten hatten. Über die Kleidung oder das Aussehen der Männer konnte sie nichts aussagen. Das Einzige, was sie sagte, war »rücksichtslos«.

Als Örström sie fragte, was sie damit meinte, hatte sie erklärt, das habe man an der Art zu treten gesehen. Man sollte nach drei rücksichtslosen Männern suchen. Die alte Dame war überzeugt, es seien jüngere Männer gewesen, unter dreißig, aber keine »Jungs«. Ihrer Meinung nach war es unvorstellbar, dass junge Menschen so kaputt und gefühllos sein könnten, dass sie sich so »rücksichtslos« verhielten. In ihrer Vorstellung waren Täter »verhärtet«, wahrscheinlich ist sie unter schlechten, gottlosen Verhältnissen aufgewachsen. Sie war überzeugt, dass die Männer durch zu viele Gewaltfilme im Fernsehen so rücksichtslos geworden waren. Sie selbst besaß keinen Fernseher und stellte das Recht anderer, einen zu besitzen, infrage. Wenn es doch nur ins Verderben führt? Wozu brauchte man dann Fernsehen? Das Radio genügte. Man musste nicht die Bilder von all dem Entsetzlichen sehen.

Örström seufzte.

»Sie war die Einzige, die etwas gesehen hat. Ich bin

kaum wieder weggekommen. Die Alte scheint seit Ewigkeiten mit keinem Menschen gesprochen zu haben.«

Danach berichtete Stjernkvist über das Gespräch mit Annika Eriksson und Spjuth.

»Hast du schon mit Bogdans Vater gesprochen?«, fragte Carin.

»Ich hatte noch keine Zeit.«

Carin nickte. »Dein Dienst fängt morgen um zwei an, oder?«

»Ja.«

»Nimm dir als Erstes das Gespräch mit Bogdans Vater vor.« Dann wandte sie sich an Örström. »Du setzt die Befragung an den Türen fort. Ich will versuchen, noch mehr über die Gangs in der Stadt herauszukriegen. Haben wir nicht einen neuen Assistenten?«

»Er heißt Grönlund«, sagte Örström. »Ich kenne ihn ein wenig, weil seine Tochter in derselben Mannschaft Fußball spielt wie ich.«

»Damit werden wir uns morgen auch beschäftigen«, sagte Carin. »Dann gehen wir es etwas ruhiger an und kümmern uns um eventuell eingehende neue Hinweise. Aber wir können nicht mehr als noch einen weiteren Tag zu dritt an dem Fall arbeiten. Wir müssen uns also anstrengen, etwas herauszufinden, was uns weiterbringt.«

Dann trennten sie sich und Stjernkvist verbrachte eine Stunde am Computer mit der Niederschrift der Ergebnisse seiner Befragungen. Danach fuhr er in die Stadt, kaufte eine Pizza, fuhr mit einem geliehenen Video nach Hause und sah sich den ›Weißen Hai‹ zum dritten Mal an. Bevor er einschlief, dachte er an Annika Eriksson, wie sie von der Bank unter der Kastanie aufgestanden war und sich mit den Händen über den Po gestrichen hatte, um Schmutz abzuwischen, der vielleicht an den Jeans hängen geblieben war.

16

Er trug dunkelblaue Shorts und ein weißes T-Shirt, und er war barfuß, als er im Auto vor Annika Erikssons Haustür wartete. Auf dem Rücksitz stand eine rote Kühlbox, in der vier Brote mit Schinken, viel grünem Salat und fein geschnittenen Radieschen lagen. Außerdem gab es eine Melone und zwei Löffel sowie eine Tüte Milch. Neben der Kühlbox lagen eine Thermoskanne mit Kaffee und zwei Becher, auf denen Minnie Maus abgebildet war.

Annika kam kurz nach halb zehn aus dem Haus. Sie trug ein rosa kariertes Kleid und Sandalen. Das Kleid war ärmellos und ausgeschnitten, sodass die üppigen Brüste Spielraum bekamen, und als sie ihre Baumwolltasche auf den Rücksitz geworfen und sich neben Stjernkvist niedergelassen hatte, nahm er wieder den Duft ihres Haares wahr, das ganz bestimmt frisch gewaschen war.

Sie lächelte. Sie war ungeschminkt. Sie biss sich auf die Unterlippe.

Stjernkvist bekam einen trockenen Mund.

»Mosee?«, fragte er.

»Ja. Ich muss um halb eins zurück sein.«

»Passt gut«, sagte Stjernkvist und drehte den Schlüssel im Zündschloss um, dann glitt das Auto auf die Fahrbahn, und Annikas Haare begannen zu flattern, denn beide Seitenfenster waren heruntergedreht. Die flatternden Haare setzten noch mehr Düfte frei, die Stjernkvist in die Nase drangen, und er fühlte sich wie ein sehr glücklicher Mann.

Er versuchte mit sicherer Stimme zu sprechen. »Ich hab gestern Abend den ›Weißen Hai‹ gesehen. Kennen Sie den?«

»Nein.«

Stjernkvists Stimme klang entrüstet. »Wirklich nicht?«

»Ich mag keine Horrorfilme.«

»Aber da müssen Sie umdenken ...«

Und dann fielen sie einander ins Wort, während sie sich erzählten, welche Filme wirklich gut und welche richtig schlecht waren, und als Stjernkvist auf dem Parkplatz im Kiefernwald oberhalb vom Mosee den Motor abstellte, waren sie bei den besten Liebesfilmen angelangt. Annika erzählte begeistert, wie sie als Vierzehnjährige ›Dirty Dancing‹ entdeckt und wie sie sich eine DVD zum Geburtstag gewünscht hatte, und dass sie sich den Film dann eine ganze Woche lang jeden Tag angeguckt hatte.

»Nichts ist so gut wie die Liebe«, sagte sie, als sie mit ihrem dichten schönen Haar und dem hinreißenden Duft aus Stjernkvists Auto stieg.

»Da geb ich Ihnen Recht«, sagte Stjernkvist. Vielleicht stimmte es, vielleicht war es auch eine Lüge, denn er holte sich fast nie Liebesfilme aus der Videothek.

Annika nahm ihre Tasche, warf sie sich über die Schulter. Stjernkvist trug die Kühlbox, nachdem er Thermoskanne, Tassen und Löffel darin verstaut hatte. Er legte sich ein blaues Badehandtuch über die Schulter und Annika ging auf dem Pfad durch den dünnen Kiefernwald voran, Stjernkvist sah, wie sich ihre Hüften unter dem Stoff bewegten, und er dachte, dies könnte ein sehr schöner Tag in seinem Leben werden, vielleicht der beste.

Sie erreichten den Strand. Einige Familien mit Vorschulkindern saßen im Sand, und am Wasser spielte eine Kitagruppe, aber da es Mittwochmorgen war und die meisten Kinder in der Schule und die Eltern bei der Arbeit waren, war der große, lang gezogene, gut gepflegte und geharkte Strand ziemlich leer.

Stjernkvist breitete sein Handtuch aus und Annika ihrs daneben. Er taxierte den Abstand zwischen den Handtüchern. Dazwischen war ein fünfzig Zentimeter breiter Sandstreifen. Annika zog das Kleid über den Kopf. Darunter trug sie einen gelben Bikini. Sie nahm ihre Haarmähne zu einem Büschel zusammen und band es mit einem blauen Gummi zu einem Pferdeschwanz. Stjernkvist zog Hose und T-Shirt aus. Unter den Shorts trug er eine schwarze Badehose.

»Wir baden gleich, oder?«, sagte Annika und ging zum Wasser. Stjernkvist tat so, als müsse er etwas in der Kühlbox richten, nur um zurückbleiben und sie von hinten betrachten zu können.

Sie ging ins Wasser. Als es ihr bis zu den Oberschenkeln reichte, sprang sie hinein und kraulte auf den Ponton zu. Stjernkvist schwamm unter Wasser und sah ihre

Beine und Füße wirbeln. Dann tauchte er auf und kraulte auch. Er war ein guter Schwimmer, aber es gelang ihm nicht, sie einzuholen, und als er sich auf den Ponton hochzog, lag sie schon auf dem Bauch, die Arme ausgestreckt, ihre nassen Haare waren ein breiter Schweif zwischen ihren Schulterblättern.

»Ich hab gedacht, ich würde Sie einholen«, sagte er, während er sich keuchend durch die Haare strich.

»Ich war Sportschwimmerin«, sagte Annika, ohne den Kopf zu drehen.

»Welche Strecken?«

»Am besten war ich in hundert Meter Freistil.«

»Ich bin auch geschwommen, hab aber aufgehört, als ich aufs Gymnasium kam.«

»Ich hab noch eher aufgehört«, sagte Annika. »Wenn ich die richtige Motivation gehabt hätte, hätte ich gut werden können. Angefangen hab ich, weil eine Freundin auch schwamm. Ich war besser als sie, aber sie war motiviert, ich nicht. Mit vierzehn hab ich aufgehört. Eine Weile hab ich kleine Mädchen trainiert. Jetzt tauche ich nur noch.«

Stjernkvist ließ sich auf die Knie nieder und streckte sich dann neben Annika aus. Sein Ellenbogen berührte ihren. »Wie?«

»Im letzten Winter in Thailand. Und vorigen Sommer im Mittelmeer.«

»Mit Flaschen?«

»Ja.«

Sie drehte den Kopf und sah ihn an. Sie lagen so nah nebeneinander, dass er ihren Atem im Gesicht spürte, wenn sie sprach.

»Sind Sie schon mal getaucht?«

»Nein«, antwortete er. »Aber ich würd's gern mal ausprobieren.«

»Machen Sie das«, antwortete Annika und Stjernkvist dachte daran, dass sein Ellenbogen ihren berührte und sie ihren Arm nicht wegzog.

»Ich fahre Ski«, sagte Stjernkvist. »Mögen Sie Skifahren?«

»Klar.«

Und dann redeten sie über Jämtlands Skipisten und beide waren in Val-d'Isère gefahren, sie sprachen von Schneequalität und Stjernkvist erzählte, dass er auf eine Kanadareise spare, um lange Abfahrten in lockerem Pulverschnee zu fahren.

Plötzlich erhob sich Annika, sprang ins Wasser und als sie wieder auftauchte, war sie zwanzig Meter vom Ponton entfernt. Sie tauchte wieder und schwamm unter Wasser zurück zum Ponton.

»Sie können aber lange unter Wasser bleiben!«, sagte Stjernkvist und reichte ihr die Hand, um ihr hinaufzuhelfen. Aber sie zog sich ohne seine Hilfe hoch, wrang das Wasser aus ihrem Pferdeschwanz und ließ sich wieder neben ihm nieder.

»Was wollen Sie entdecken?«, fragte Stjernkvist.

Sie runzelte die Stirn. »Was meinen Sie?«

»Sie wollten – was wollten Sie noch studieren?«

»Sozialanthropologie.« Sie lachte. »Ich weiß nicht, was ich entdecken werde, gibt's überhaupt noch was zu entdecken?«

»Vielleicht«, sagte er und merkte, dass sie sich genau wie vorher hingelegt hatte. Die Spitze ihres Ellenbogens berührte seinen Ellenbogen. »Aber was ist das? Sozialanthropologie?«

»Wie Soziologie, nur eine andere Methode.«

»Was für eine Methode?«

»Man sammelt keine Statistiken wie Soziologen. Man lebt mit denen, die man studiert. Teilnehmende Observation nennt man das.«

»Wen wollen Sie studieren?«

Sie betrachtete ihn und biss sich auf die Unterlippe.

»Wenn man zum Beispiel Polizisten studieren wollte«, sagte sie, »mit einer anthropologischen Methode. Dann würde man selber Polizist werden, ihre Terminologie lernen, ihre besonderen Gewohnheiten, Regeln, Vorstellungen, Mythen, Hierarchien, alles, was sie zu dieser besonderen Gruppe macht, die ›Polizei‹ heißt. Dann würde man darüber eine Abhandlung schreiben und zu der Erkenntnis kommen, dass man gar nichts begriffen hat. Das ist Gregory Bateson passiert, als er vor langer Zeit ein Volk auf Neuguinea studiert hat. Eine stolze Leistung – zuzugeben, dass man nichts versteht, obwohl man Jahre mit dem Versuch verbracht hat, es zu verstehen, oder?«

»Ja«, sagte Stjernkvist. »Das ist wie die Arbeit der Polizei. Manchmal quält man sich monatelang mit einer Ermittlung und erreicht nichts. Nach einem halben Jahr ist man nicht klüger als zu Beginn. Aber warum wollen Sie Polizisten studieren?«

»Die waren nur ein Beispiel. Man kann auch Individuen studieren, aber dann besteht die Gefahr, dass es eher in Psychologie ausartet. Wenn ich zum Beispiel

Sie studieren würde, dann würde es nicht Anthropologie werden. Vielleicht auch keine Psychologie.«

»Was würde es denn werden?«, fragte Stjernkvist. Ihm kam es so vor, als hätte das Gespräch eine interessante Wendung genommen.

»Ich weiß es nicht«, antwortete Annika. »Wollen Sie nicht baden?«

Am Ufer lachten Kinder, die mit einem Rettungsring spielten. Hinter ihnen hingen zwei Wimpel schlapp an ihren Stangen. Eine dicke Frau watete langsam hinaus, schöpfte mit hohlen Händen Wasser und ließ es über ihre Arme laufen.

Stjernkvist erhob sich und sprang ins Wasser. Er tauchte unter den Ponton und auf der anderen Seite wieder auf, zog sich hinauf und ließ sich wieder neben Annika nieder.

»Sind Sie oft hier?«, fragte Annika.

»Manchmal«, antwortete Stjernkvist. »Wenn ich um acht Dienstbeginn habe, laufe ich morgens. Sonst fahre ich eben später hierher und schwimme eine Weile.«

Er zeigte auf das Tau, das die Bojen im Abstand von zwanzig Metern miteinander verband. Das Tau grenzte den Nichtschwimmerteil vom tiefen Wasser ab.

»Wenn man vier Runden schwimmt, sind es vier Kilometer«, sagte er.

»Vier sind zu viel für mich«, sagte Annika. »Aber ich schwimme gern zwei.«

Ohne auf eine Antwort zu warten, sprang sie ins Wasser und kraulte auf das Tau zu. Er sprang hinterher und schwamm ihr nach, sie schwammen zwei Längen, und als Annika an Land ging, schwamm Stjernkvist noch weiter. Als er zur Kühlbox und den Handtüchern zurückkam, hatte sie den Badeanzug gewechselt.

»Was ist in der Box?«, fragte sie.

Sie aßen die Brote und redeten übers Schwimmen und Skifahren und Auslandsreisen. Hin und wieder runzelte Annika die Stirn und legte den Kopf schräg, und sie lachte oft. Sie überließ Stjernkvist den Schinken von ihrem Butterbrot, dann aßen sie die Melone, und er schwitzte, dass ihm der Schweiß von der Stirn in die Augen rann. Sie tranken Kaffee und Stjernkvist fragte, ob sie Milch in den Kaffee haben wollte, und sie fragte, was mit seinem Knie passiert war. Er hatte eine Narbe, und Stjernkvist erzählte, dass er vor zwei Jahren mit dem Fahrrad gestürzt war.

»Arbeiten Sie bis zehn?«, fragte er, als er den letzten Schluck Kaffee einschenkte.

»Ja.«

»Ich auch. Wollen Sie noch etwas unternehmen? Hinterher?«

»Vielleicht«, sagte sie. »Was zum Beispiel?«

»Wir könnten uns den ›Weißen Hai‹ ansehen.«

»Soll das ein Witz sein?«

»Nein.«

»Ich hab doch gesagt, dass ich keine Horrorfilme mag.«

»Das ist kein Horrorfilm. Der handelt von allem Möglichen.«

»Man kriegt keine Angst?«

»Doch, schon, besonders beim ersten Mal. Aber wenn man ihn auf Video sieht, ist es nicht so schlimm.«

Annika legte den Kopf schräg. »Sollten wir uns den bei Ihnen zu Hause ansehen?«

»Wenn Sie wollen.«

Sie dachte eine Weile nach, ehe sie antwortete. Dann lachte sie. »Okay. Wir gucken uns den ›Hai‹ an. Aber wenn ich ihn gruselig finde, gehe ich.«

»Er wird Ihnen gefallen«, sagte Stjernkvist. »Das verspreche ich Ihnen.«

Da klingelte Stjernkvists Handy. Er hielt es lächelnd an sein Ohr. Aber nachdem er sich gemeldet hatte, hörte er sofort auf zu lächeln.

»Oh ... Scheiße ... klar ... ich bin am Mosee. Ich komme sofort.«

Er hatte sich bereits erhoben und nach seinen Shorts gegriffen. Dann ließ er das Telefon aufs Handtuch fallen.

»In einer Schule wird geschossen. Ich muss los. Ziehen Sie sich an, dann kann ich Sie unterwegs absetzen.«

Annika wurde ernst und stand wortlos auf. Eilig zogen sie sich an und liefen zum Auto. Als er Annika am Stationsplanen absetzte, sagte er: »Das könnte bedeuten, dass mein freier Abend im Eimer ist. Ich weiß nicht, ob ich kommen kann. Wenn ich nicht fünf Minuten nach zehn vorm Laden bin, dann ... tja, vielleicht ein anderes Mal?«

»Klar«, sagte Annika. »Ein anderes Mal.«

Sie ging mit ihrer Leinentasche über der Schulter davon, und Stjernkvist sah ihr eine Weile nach, dann fuhr er nach Hause und zog sich um.

17

Kurz vor Beginn der Pressekonferenz rief Fors Carin an. »Hast du mit Berggren gesprochen?«

»Er ist total aufgelöst. Sagt, dass er aussteigen will. Mit diesem Fall kommt er nicht klar.«

»Was sagt er von dem Zeugen?«

»Der Junge hat auf dem Weg ins Krankenhaus noch gelebt, ist aber bei der Operation gestorben. Während er auf dem Boden im Speisesaal lag und Berggren neben ihm saß, sagte er etwas, das wie ›der Neger‹ geklungen hat, es könnte aber auch ›Feder‹ oder ›Greger‹ gewesen sein. Ich habe überprüft, ob es einen Greger an der Schule gibt, und es gibt tatsächlich einen. Eine Siebenjährige, die Gregersson heißt, aber ›Greger‹ genannt wird.«

»Die wird wohl kaum geschossen haben. Eine Siebenjährige kann nicht mit einer schweren Pistole umgehen. Sie könnte eventuell einen Schuss auslösen, aber nicht fünf in dieselbe Richtung.«

»Außerdem ein Mädchen«, sagte Carin. »Ich bin jetzt auf dem Weg zurück. Wann beginnt die Pressekonferenz?«

»Um fünf. Kannst du unterwegs an der größten Spielwarenhandlung der Stadt vorbeifahren?«

»›Happy Play‹ in der Galerie? Was soll ich dort?«

»Kauf ein halbes Dutzend Spielzeugpistolen, die aussehen wie echte. Kauf drei Revolver und drei Pistolen. Kannst du das machen?«

Die Pressekonferenz war für siebzehn Uhr angesetzt. In der Kantine unter dem Dach des Polizeipräsidiums hatten vier Fernsehteams ihre Kameras auf dreibeinigen Stativen aufgestellt. Ein halbes Dutzend Rundfunkreporter trugen Tonbandgeräte über der Schulter. Ein Dutzend Zeitungsjournalisten mit Schreibblock und Stift in den Händen standen überwiegend allein herum und versuchten sich ein wenig abzuschirmen, während sie mit ihren Redaktionen telefonierten. Die Fotografen mit ihren großen Taschen legten Filme in ihre Kameras ein. Hin und wieder kam ein weiterer Journalist aus der Tür, die zu den Aufzügen und dem Treppenhaus führte, sah sich hastig um, atmete auf und holte das Handy aus der Tasche, um der Redaktion mitzuteilen, dass er vor Ort war und das Ganze noch nicht angefangen hatte.

Am Tresen wurden Mineralwasser und Limo in großen Mengen verkauft, und als die Konferenz mit zwanzig Minuten Verspätung begann, hatte Irma mit blauem Filzstift auf ein Schild geschrieben: »Gekühlte Getränke ausverkauft.« Sie hängte es gerade auf – es war Teil eines grauen Kartons, in dem Mehl gewesen war –, als Polizeichef Hammarlund erschien. Er nahm auf einem der drei Stühle hinter einem Tisch auf dem etwas erhöhten Podium Platz, dann beugte er sich zu einem der drei Mikrofone vor und klopfte mit dem Zeigefinger dagegen. Vor ihm stand ein Schild aus weißem Karton mit der Aufschrift HAMMARLUND – POLIZEIPRÄSIDENT. Auf den anderen beiden Schildern stand LÅFTMAN – RETTUNGSDIENST sowie FORS – KRIMINALKOMMISSAR.

Alle Handygespräche wurden beendet. Durch die offenen Fenster war der Verkehrslärm von der Järnvägsgatan zu hören. Kameramänner beugten sich vor und legten das Auge an das mit Gummi gefütterte Okular, Journalisten schlugen eine leere Seite in ihrem Notizblock auf und rückten näher ans Podium heran, und die Fotografen fingen an zu blitzen. Viele schwitzten sehr und hatten dunkle Flecke unter den Armen, im Raum lag ein Duft nach Spätsommernachmittag, Schweiß und Tragik.

Ralf Låftman kam zur Tür herein, dicht gefolgt von Harald Fors. Låftman trug ein neonfarbenes T-Shirt. Auf Brust und Rücken stand in großen Buchstaben EINSATZCHEF. Fors war kurz vor der Pressekonferenz in seinem Büro gewesen und hatte ein frisches kurzärmeliges weißes Hemd angezogen. Schließlich hatten alle drei Herren Platz genommen, Låftman in der Mitte. Er beugte sich zum Mikrofon vor und begann zu sprechen. Er war sehr braun. Mit der Art Konstitution, wie sie Marathonläufer häufig haben, wirkte er mindestens zehn Jahre jünger als Fors und Hammarlund. An seinem Körper schien es nicht viel Fett zu geben.

Låftman sprach weder schnell noch langsam und betonte jedes Wort gleichermaßen stark. Seine Stimme klang angenehm wie die eines Nachrichtensprechers im Radio.

»Heute Vormittag um elf Uhr zweiundzwanzig ging in der Leitzentrale der Polizei ein Anruf ein. Der Anrufer berichtete, dass in der Vikingaschule geschossen wurde, fünf Schüsse seien abgegeben worden. Eine Polizeistreife wurde hingeschickt und an die anderen beiden Wagen, die im Distrikt unterwegs waren, wurde Alarm gegeben, ferner ging ein Alarm an das Landeskriminalamt und den Rettungsdienst. Die erste Streife war innerhalb von drei Minuten vor Ort. Inzwischen waren sieben weitere Anrufe über Notruf eingegangen. Gleichzeitig ging beim Rettungsdienst die Nachricht ein, in der Vikingaschule seien Kinder verletzt worden. Drei Krankenwagen und ein Hubschrauber wurden losgeschickt.«

Låftman machte eine kurze Pause, zog das Mikrofon näher zu sich heran und fuhr fort:

»Als die erste Polizeistreife die Vikingaschule erreichte, lagen zwei Kinder auf dem Parkplatz. Die Polizisten stiegen aus und hörten Schreie, Weinen und Hilferufe aus dem Schulgebäude. Zu diesem Zeitpunkt wussten die Polizisten nicht, ob sich der Täter noch in der Schule befand, auch nicht, wie dieser bewaffnet sein könnte. Angaben, ob der Täter allein war oder ob es mehrere Täter gab, sind nicht eingegangen. Die Polizisten näherten sich deshalb den beiden Kindern, die ungefähr zwanzig Meter vom Schulgebäude entfernt auf dem Asphalt lagen, mit Vorsicht. Sie stellten fest, dass eins der Kinder nicht mehr lebte. Das andere hatte eine Schusswunde am Hals und blutete stark. Ihm wurde ein provisorischer Druckverband angelegt. Eine Frau rief aus dem Schulgebäude, dass es Verletzte im Speisesaal gebe.«

Låftman räusperte sich und zog einen Zettel aus der Tasche. Er warf einen raschen Blick darauf und fuhr fort:

»Dann kam die zweite Polizeistreife an und gleich darauf der erste Krankenwagen. Die Sanitäter kümmerten sich um das verletzte Mädchen und die Polizisten gingen zum Schulgebäude. Sie näherten sich von zwei Seiten, und die Streife, die den Speisesaal als Erste erreichte, stellte fest, dass etwa fünfzig Kinder mit etwa zehn Erwachsenen auf dem Fußboden und unter den Tischen lagen. Es gab einen verletzten fünfzehnjährigen Jungen. Er hatte viel Blut verloren. Die Polizisten nahmen eine erste Durchsuchung des Gebäudes vor. Inzwischen hatte man auch eine verletzte Küchenhilfe gefunden. Sie blutete stark aus einer Schussverletzung im Gesicht. Nun landete der Hubschrauber und brachte das Mädchen, das man auf dem Parkplatz gefunden hatte, weg. Die Besatzung der Krankenwagen kümmerte sich um den angeschossenen Jungen und die Küchenhilfe. Die Polizisten stießen auf keinen Täter, sie fanden auch keine Patronenhülsen. Insgesamt fand man bei der ersten Durchsuchung nichts von Bedeutung. Zu diesem Zeitpunkt schien festzustehen, dass der Schütze, wenn ihn auch keiner gesehen hatte, in der Schülertoilette nah beim Speisesaal gestanden haben musste. Durch die angelehnte Tür muss der Täter vermutlich insgesamt fünf Schüsse abgegeben haben, wovon zwei die beiden Mädchen trafen, die auf dem Parkplatz gefunden wurden, zwei haben den Jungen beziehungsweise die Küchenhilfe getroffen, und ein Schuss ist möglicherweise durchs Fenster gegangen, ohne jemanden zu treffen. Das Mädchen, das auf dem Schulhof verstarb, war sieben Jahre alt. Ihre Freundin ist schwer verletzt, ihr Zustand ist immer noch kritisch. Der Junge im Speisesaal hat eine Schusswunde in der Brust, sein Zustand ist ebenfalls kritisch. Die Küchenhilfe hat eine Schusswunde in der Wange, ist jedoch außer Lebensgefahr, heißt es. Viele Kinder und Erwachsene stehen unter Schock, ein erweitertes Krisenteam ist im Einsatz, um ihnen zu helfen.«

Låftman lehnte sich auf dem Stuhl zurück, hob das Glas, das vor ihm stand, stellte fest, dass es leer war, tastete nach einem Flaschenöffner und machte eine Flasche Mineralwasser auf.

Fors beugte sich zu seinem Mikrofon vor. »Ich möchte nur noch hinzufügen, dass der im Speisesaal getroffene Junge vor einer Weile seinen Verletzungen erlegen ist.«

Durch den Raum ging ein Raunen. Einige holten sofort ihre Handys hervor und riefen ihre Redaktionen an.

Låftman beugte sich vor. »Bitte, stellen Sie jetzt Ihre Fragen«, sagte er und goss sich Mineralwasser ein.

Eine rothaarige Frau, die ein Tonbandgerät über der Schulter trug, hielt Låftman ein Mikrofon hin.

»Was wissen Sie über den Täter?«

Låftman zeigte wortlos auf Fors und die Rothaarige hielt Fors das Mikrofon hin.

»Vom Täter wissen wir bislang nichts«, sagte Fors.

»Hat denn niemand etwas gesehen?«, fragte die Rothaarige und trat näher an Fors heran. Sie hielt ihm das Mikrofon mit einer Geste vors Gesicht, nicht unähnlich der Bewegung, mit der man einem großen Tier einen Leckerbissen hinhält. Für den Bruchteil einer Sekunde dachte Fors an ein kleines Mädchen, das nicht genau weiß, ob es sich traut, dem Pferd ein Stück Zucker zu geben. Er seufzte hörbar.

»Bisher konnten wir nur einige von denen, die heute um zwanzig nach elf in der Schule anwesend waren, vorläufig befragen. Es sind überwiegend Kinder. Viele stehen unter schwerem Schock, auch einige Erwachsene. Wir wissen nur, wo der Schütze vermutlich gestanden hat. Aber nicht einmal das ist sicher.«

»Warum ist das nicht sicher?«, rief ein großer Mann mit Schnauzbart und Dreitagebart.

»Von den ungefähren Schusswinkeln ausgehend können wir vermuten, dass der Täter in einer Toilette neben dem Speisesaal versteckt stand. Aber das ist eine Vermutung, die sich nur durch zusätzliche Untersuchungen erhärten lässt.«

»Was haben Sie denn gefunden?«, rief ein kleinwüchsiges rundliches Mädchen, das kaum älter wirkte als eine Gymnasiastin. Sie hatte die hellen Haare mit einem rosafarbenen Band hochgebunden und trug einen roten Rock.

»Noch nichts«, antwortete Fors. »Manchmal findet man an der Stelle, wo der Schütze gestanden hat, Patronenhülsen. Derartiges haben wir aber nicht gefunden, auch nichts anderes, was die Toilette mit Sicherheit als den Standort ausweist.«

»Wer könnte denn auf drei Kinder und eine Küchenhilfe schießen wollen?«, rief ein Mann. Er trug ein T-Shirt, auf dem eine Flagge und der Name eines Fußballvereins war.

»Wenn ich das wüsste«, sagte Fors.

»Könnte es ein Serienmörder sein?«, rief jemand.

»Das weiß ich nicht«, antwortete Fors.

»Könnte es ein Kind sein?«, rief eine Frau, die ein Kostüm trug. Fors dachte, dass sie schwitzen musste, aber die Frau sah sehr ordentlich aus. Die Hitze im Raum schien sie gänzlich unberührt zu lassen.

»Gibt es denn hier keinen Ventilator?«, rief jemand.

»Es gibt keinen Ventilator«, antwortete Hammarlund.

»Ätzend«, knurrte der Fragesteller.

»Es ist unser Arbeitsplatz«, sagte Hammarlund. »Sonst noch Fragen?«

»Was wissen Sie über die Waffe?«, fragte eine junge Frau. Sie hatte die Haare kurz geschoren wie Jeanne d'Arc.

»Nichts«, antwortete Fors und versuchte sich zu erinnern, wie die Schauspielerin in Dreyers Film geheißen hatte.

»Aber irgendwas werden Sie doch wissen?«, fragte der Jeanne-d'Arc-Verschnitt. »Sie wissen doch wohl, dass es vermutlich eine Pistole war?«

»Wir vermuten, dass es sich bei der Waffe um einen Revolver handelte«, antwortete Fors.

»Woher wissen Sie, dass es eine Pistole war?«, rief Jeanne d'Arc.

»Wir wissen es nicht«, antwortete Fors. »Wir vermuten nur, dass es ein Revolver war.«

»Aber woher wissen Sie, dass es eine Pistole war?«, wiederholte Jeanne d'Arc. »Woher wollen Sie wissen, dass es nicht ein Gewehr war?«

»Ein Revolver.« Fors richtete den Blick auf die Frau mit den kurz geschorenen Haaren. »Die Patronen in einem Revolver stecken in einer rotierenden Trommel hinter dem Lauf. Eine Pistole dagegen enthält ein Magazin, das häufig, aber nicht immer, im Kolben ist. Wir glauben, dass ein Revolver benutzt wurde, da bei einem Revolver die Patronenhülsen nach der Schussabgabe in der Trommel bleiben. Eine Pistole dagegen spuckt die leere Patronenhülse aus, nachdem ein Schuss abgefeuert wurde. Da wir keine Patronenhülsen gefunden haben, vermuten wir, dass ein Revolver benutzt wurde.«

»Sie haben meine Frage nicht beantwortet«, sagte die Kostümfrau laut.

»Entschuldigung«, sagte Fors. »Wie war noch die Frage?«

»Könnte ein Kind geschossen haben?«, wiederholte die Frau im Kostüm.

»Wir wissen es nicht«, antwortete Fors. »Es könnte ein Mann oder eine Frau gewesen sein, ein Junge oder ein Mädchen, ein geübter Schütze oder auch nicht. Wir wissen es nicht. Wir wissen auch nicht, warum der Schütze überhaupt geschossen hat, und wir wissen nicht, wen er treffen wollte.«

»Sie glauben also nicht, dass der Schütze vorsätzlich jemandem schaden wollte?«, rief Jeanne d'Arc.

»Ich sage doch, wir wissen es nicht«, antwortete Fors. »Vielleicht wollte der Schütze zwei siebenjährige Mädchen, einen fünfzehnjährigen Jungen und eine Küchenhilfe verletzen oder töten. Aber wir wissen es nicht.«

»Warum hat ihn niemand gesehen?«, rief ein Mann in einem hellblauen kurzärmeligen Hemd und mit einem locker gebundenen dunkelblauen Schlips. »Es waren doch so viele Leute im Speisesaal, da muss ihn doch jemand gesehen haben.«

»Sie setzen voraus, dass es ein Mann war«, antwortete Fors. »Das setzen wir nicht voraus. Ferner setzen Sie voraus, dass der Schütze nicht versteckt stand. Das setzen wir nicht voraus. Wir glauben, der Schütze hat sich auf einer Schultoilette versteckt und durch den Türspalt in den Speisesaal geschossen.«

»Aber dann hätten Sie Patronenhülsen auf dem Boden finden müssen, und das haben Sie ja nicht, oder?«

»Wenn ein Revolver benutzt wurde, stecken die Hülsen noch in der Waffe«, sagte Fors.

»Wie werden Sie weiter vorgehen, sollte es sich um ein Kind handeln?«, fragte die Kostümfrau.

»Wir gehen so vor, dass wir ohne bestimmte Vorgaben alles überprüfen und untersuchen, was es zu untersuchen gibt«, antwortete Fors.

Der große schnauzbärtige Mann mit den Bartstoppeln drängte sich näher zum Podium vor. Er zeigte mit seinem Kugelschreiber auf Fors.

»Sind Sie nicht kürzlich abends überfallen worden?«

»Ja.« Fors bekam einen trockenen Mund.

»Was wurde Ihnen gestohlen?«, rief der Schnauzbärtige, der immer noch mit dem Kugelschreiber auf Fors' Gesicht zeigte.

»Brieftasche, Handy und Dienstwaffe.«

»Könnte es sich um diese Waffe handeln?«, fragte der Schnauzbärtige. »Wurde vielleicht Ihre gestohlene Waffe benutzt?«

»Wir wissen es nicht«, sagte Fors. »Aber wir gehen davon aus, dass ein Revolver benutzt wurde.«

»Warum?«, rief die Frau, die aussah wie die Schauspielerin in Dreyers Film. »Eben haben Sie noch gesagt, dass Sie ohne Vorgaben arbeiten.«

»Weil wir keine Patronenhülsen gefunden haben. Wenn eine Pistole – zum Beispiel meine gestohlene Waffe – benutzt worden wäre, hätten wir wahrscheinlich fünf Patronenhülsen in der Schule gefunden.«

»Könnte der Schütze die Hülsen nicht eingesammelt haben?«, fragte der Schnauzbärtige.

»Schon«, sagte Fors, »er könnte sie mitgenommen haben. Aber würde er das tun? Würde der Schütze fünf Schüsse abgeben und dann fünf Patronenhülsen einsammeln, die verstreut auf dem Fußboden liegen? Würde er danach spurlos verschwinden?«

Ein großer Mann, der hinter den anderen stand, rief etwas mit lauter Stimme. Sein Dialekt ließ darauf schließen, dass er aus Småland stammte.

»Könnte der Fall mit dem Banküberfall in Nöggle zu tun haben?«

Hammarlund beugte sich zum Mikrofon vor. »Der Banküberfall in Nöggle wird vom Landeskriminalamt untersucht. Dazu wird morgen früh um neun eine Pressekonferenz in diesem Raum abgehalten.«

»In Nöggle handelte es sich doch um einen Revolver?«, fragte der Schnauzbärtige.

»Das stimmt«, antwortete Hammarlund. »Zeugen haben eine Waffe beschrieben, bei der es sich mit Sicherheit um einen Revolver handelt.«

»Dann könnte der Überfall in Nöggle also mit den Schüssen in der Vikingaschule zusammenhängen?«, fragte der Schnauzbärtige.

»Das ist möglich«, sagte Hammarlund. »In diesem Stadium der Ermittlungen schließen wir nichts aus.«

»Was werden Sie tun, wenn ein Kind geschossen hat?«, fragte die Frau im Kostüm, die sich mittlerweile so weit vorgedrängt hatte, dass sie genau vor Fors stand. Er begegnete ihrem Blick. Da fiel ihm ein, wie die Schauspielerin in Dreyers Film hieß. Er schaute in die blauen Augen der Kostümfrau. Sie sah nicht aus wie die anderen Journalisten, eher wie die Geschäftsführerin eines erfolgreichen Modesalons. In den Ohren hatte sie kleine goldene Knöpfe mit Brillanten. Die Knöpfe waren etwas kleiner als Erbsen. Sie trug keine Ringe und war um die vierzig.

»Wir ermitteln«, sagte Fors, »ohne Vorgaben.«

»Aber Sie ermitteln doch wohl nicht auf dieselbe Weise, wenn Sie annehmen, dass es sich um ein Kind handelt?«, fragte die Kostümfrau und Hammarlund warf einen Blick auf seine Armbanduhr.

»Meine Damen und Herren«, sagte er, »mehr haben wir Ihnen im Augenblick nicht zu sagen. Wir drei müssen zu den Ermittlungen zurückkehren. Morgen Nachmittag gibt es eine neue Pressekonferenz. Die genaue Uhrzeit wird morgen Mittag bekannt gegeben.«

Dann erhob sich Hammarlund und ging, gefolgt von Fors und Låftman, rasch zwischen Mikrofonen, Objektiven, Blocks und Stiften und heftig durcheinander rufenden Journalisten davon. Sie betraten das Treppenhaus. Jemand griff Fors an der Schulter. Als Fors sah, dass es der Schnauzbärtige war, ging er weiter, ohne sich umzudrehen.

Sie fuhren schweigend mit dem Fahrstuhl hinunter. Als sie die Etage der Kriminalpolizei erreichten, gingen sie wortlos zu Fors' Büro. Fors schloss als Letzter die Tür hinter ihnen.

18

Sie nahmen Platz, Låftman auf dem Sofa, Hammarlund auf dem Bürostuhl, der hinter Fors' Schreibtisch stand, Fors stellte sich ans Fenster und stocherte mit einem Finger in der Erde von einer der zwei Topfpflanzen herum.

»Wenn es ein Kind ist«, sagte Låftman, »was macht ihr dann?«

»Wir suchen nach dem Kind«, antwortete Hammarlund.

»Ein Revolver ist ja wohl immer mit sechs Schüssen geladen, oder?«, fragte Låftman.

»Üblicherweise schon«, antwortete Hammarlund.

Låftman legte die Arme auf die Sofarückenlehne. Erst sah er Hammarlund an, dann Fors.

»Das Kind könnte also, wenn es sich denn um ein Kind handelt, mindestens noch einen Schuss übrig haben.«

»Im Prinzip kann der Schütze noch eine ganze Schachtel voller Munition in der Tasche haben«, antwortete Hammarlund. »Wir wissen fast nichts, und wir wollen keine voreiligen Schlussfolgerungen ziehen. Voreilige Schlüsse sind die beste Voraussetzung, eine Ermittlung an die Wand zu fahren.«

»Es könnte ein Kind sein«, sagte Fors und betrachtete seinen Finger, mit dem er in der Erde gestochert hatte.

Låftmans Handy klingelte. Klingelton waren die ersten Takte aus dem ›Türkischen Marsch‹. Låftman erhob sich, ging zur Tür und sagte ein paar Worte ins Handy. Dann drehte er sich zu Hammarlund und Fors um. »Ich muss weg.«

»Morgen um siebzehn Uhr Pressekonferenz, würde das passen?«, fragte Hammarlund.

»Vorläufig ja«, antwortete Låftman. Dann öffnete er die Tür und verschwand im Korridor. Die Tür ließ er hinter sich offen. Fors ging hin und zog sie zu, dann drehte er sich zu Hammarlund um.

»Hast du kürzlich ›Jeanne d'Arc‹ im Fernsehen gesehen?«

»Nein. War der Film gut?«

»Ja.«

»Woran denkst du?«

»Stell dir vor, es ist meine Waffe.«

»Nein.«

»Es könnte meine sein. Der Schütze könnte Gründe haben, die Hülsen einzusammeln.«

»Was für Gründe?«

»Wahnsinnige und irrationale Gründe. Er schießt auf Kinder. Eine wahnsinnige und irrationale Tat. Er könnte bereit sein, weitere wahnsinnige und irrationale Taten zu begehen. Er könnte die Hülsen aufgesammelt haben. Und dann könnte es sich um meine Waffe handeln.«

»Bald werden sie eine Kugel finden.«

»Wenn es sich um Sicherheitsmunition handelt, musst du mich von der Ermittlung freistellen«, sagte Fors. »Ich kann nicht in einem Verbrechen ermitteln, das den Verdacht zulässt, es könnte mit meiner Waffe begangen worden sein.«

»Ich habe nicht die Absicht, dich freizustellen«, antwortete Hammarlund.

»Das musst du, wenn du glaubst, es handelt sich um meine Waffe.«

»Nein«, sagte Hammarlund.

Sie sahen einander an und Fors senkte als Erster den Blick. Hammarlund nahm einen Stift vom Tisch und ließ ihn zwischen den Fingern kreiseln.

»Maria Falconetti«, sagte Fors. »Sie sah genauso aus wie die Frau mit dem rasierten Kopf.«

Hammarlund runzelte die Stirn. »Wovon redest du?«

»Die Journalistin, die nicht den Unterschied zwischen Pistole und Revolver kapieren wollte. Sie sieht aus wie die Schauspielerin in ›Jeanne d'Arc‹, Maria Falconetti.«

»Ist der Film gut?«

»Ich hab ihn aufgenommen und kann ihn dir leihen.«

»Heißt er ›Jeanne d'Arc‹?«

»›Das Martyrium einer Frau‹«, antwortete Fors.

Hammarlund ließ weiter den Stift kreiseln.

»Jedes Kunstwerk ist eine nicht begangene Untat«, sagte Fors.

»Ist dir das selber eingefallen?«, fragte Hammarlund.

»Es ist von Adorno.«

»Und?«

»Wir könnten es mit jemandem zu tun haben, der uns etwas zeigen will.«

Hammarlund legte den Stift auf den Tisch zurück. »Wie meinst du das?«

»In der Malerei, im Film, in der Literatur und beim Tanz zeigt der Künstler etwas. Vielleicht möchte der Täter auch etwas zeigen?«

»Was?«

»Seine eigene Qual.«

Hammarlund nickte. »Unsere Qual.«

»Unsere Qual«, wiederholte Fors.

»Dann stehen wir alle im Verdacht.«

»Ja. Aber ist es nicht immer so?«

Hammarlund begann wieder, den Stift kreiseln zu lassen.

»Wie heißt dieser Komiker, der Filmemacher?«, fragte er.

»Cleese?«

»Nein. Klein, dünn ...«

»Woody Allen.«

Hammarlund nickte. »Weißt du, was der sagt?«

»Eine Menge.«

Hammarlund räusperte sich. »Zwei ältere Damen fahren Jahr für Jahr in dieselbe Pension. Die eine sagt eines Tages, das Essen sei entsetzlich, total ungenießbar. Und die andere antwortet: ›Klar, und außerdem sind es viel zu kleine Portionen.‹ Dann fügt Woody Allen hinzu, genau so ist das Leben – voller Kummer und Elend und Verzweiflung und Tragik und mit einem Quäntchen Freude. Und viel zu schnell vorbei.«

Fors stieß Luft durch die Nase aus. »Für die Siebenjährige, die auf dem Asphalt gestorben ist, war es allzu schnell vorbei.«

Hammarlund dachte an das Mädchen, das tot auf dem heißen Asphalt gelegen hatte, bis das Krankenwagenpersonal kam, es aufhob und wegfuhr. »Wie fühlst du dich?«

»Was meinst du?«

»Schmerzen im Nacken? Die haben dich doch in den Nacken getreten, oder?«

»Ich spür ihn«, sagte Fors, »aber es wird besser. Arbeit tut gut. Dann denke ich nicht so viel daran.«

»Wenn es sich um deine Waffe handelt, müssen wir die Jungs unbedingt kriegen, die dich getreten haben.«

»Woher weißt du, dass es Jungs waren?«, fragte Fors. »Ich hab sie nicht gesehen. Falconetti«, fügte er hinzu.

»Wie bitte?« Hammarlund klang verblüfft.

»Wie hieß noch der Mafiastaatsanwalt, der auf Sizilien in die Luft gesprengt wurde? Falcone?«

Hammarlund betrachtete Fors. »Was hat das mit dieser Sache hier zu tun?«

»Irgendwas ist mit dem Namen.«

»Falcone?«

Fors seufzte. »Ich weiß es nicht. Wenn ein Kind geschossen hat und wenn es mit meiner Waffe ...«

»Dann?«

»Ich weiß es nicht. Es fällt mir schwer, darüber nachzudenken.«

»Selbst wenn es deine Waffe ist, bedeutet das nicht, dass du schuld bist. Du bist nicht schuldig. Du hattest Order, auch außerhalb des Dienstes bewaffnet zu sein.«

Fors seufzte tief und Hammarlund streckte sich nach

dem Telefon. Er wählte die Nummer der Zentrale. »Ist Nylander schon da?« Er lauschte eine Weile. »Ich will ihn sehen, sobald er im Haus ist.« Dann rief er in der Kantine an und bestellte Kaffee und belegte Brote für acht Personen.

Während Hammarlund telefonierte, ging Fors zu dem Flipchart in der Ecke, nahm einen Stift und begann zu zeichnen. Als er fertig war, machte er einen Schritt rückwärts und musterte sein Werk lange und in nachdenklichem Schweigen.

Hammarlund führte noch einige Telefongespräche, dann rollte er mit seinem Stuhl heran und betrachtete ebenfalls die Skizze.

»Der Schütze hat in der Toilette gestanden«, sagte Fors und zeigte mit dem Stift auf die Skizze. »Fünf Schüsse. Zwei sind durchs Fenster gegangen und haben die Mädchen getroffen. Ein weiterer ist vermutlich auch durchs Fenster gegangen, ohne jemanden zu treffen. Dann trifft ein Schuss die Küchenhilfe und schließlich der fünfte Schuss den Jungen.«

»Wissen wir, in welcher Reihenfolge die Schüsse gefallen sind?«, fragte Hammarlund. »Wissen wir, ob die Mädchen von den ersten oder den letzten Schüssen getroffen wurden?«

Die Tür zum Büro wurde geöffnet und Carin und Stjernkvist kamen herein. Carin hielt eine Plastiktüte in der Hand, auf der ›Happy Play‹ stand. Stjernkvist schloss die Tür hinter ihnen.

»Wissen wir, in welcher Reihenfolge die Schüsse fielen?« Hammarlund sah fragend von Carin zu Stjernkvist.

»Ich habe mit drei Erwachsenen gesprochen, die sich auf dem Schulhof aufhielten«, sagte Stjernkvist. »Sie sagen übereinstimmend aus, dass die Mädchen von den beiden ersten Schüssen getroffen wurden.«

»Dann wissen wir, wie der Schütze die Waffe bewegt hat«, sagte Hammarlund. »Vom Fenster zum Tresen, wo die Küchenhilfe und der Junge standen.«

»Der Schütze wollte jemanden treffen, der sich in der Nähe vom Tresen aufhielt.«

Fors nummerierte die fünf Linien, die die Schüsse markierten.

»Wir haben jemanden, der Drohungen ausgesprochen hat«, sagte Carin und ließ sich aufs Sofa sinken. »Er ist uns bekannt. Hat wegen Belästigung gesessen, wird aber als ungefährlich eingestuft.«

»Wer?«, fragte Fors.

»Pimmel-Lasse.«

Fors schüttelte den Kopf. »Der ist doch noch nie gewalttätig geworden?«

»Nein, aber bedrohlich«, sagte Carin. »Er war letzte Woche auf dem Schulhof und hat versucht, mit ein paar Mädchen aus der Ersten zu reden. Eine Lehrerin hat ihm mit der Polizei gedroht und ihn verjagt. Lasse hat gesagt, sie solle sich nicht so aufspielen, man könne ja nie wissen, was noch alles passieren könnte.«

»Er heißt Tjäder«, sagte Fors.

»Der Neger«, sagte Carin. »Oder Feger oder Greger oder Tjäder.«

»Lasst ihn von der Schutzpolizei holen«, sagte Hammarlund und sah Stjernkvist an. »Du begleitest sie. Bringt ihn sofort her.«

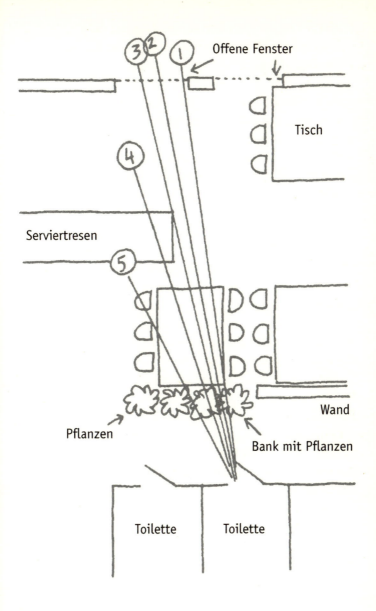

»Klar«, sagte Stjernkvist. »Wo wohnt er?«
»Bei seiner Mutter in Modalen«, sagte Fors.
Stjernkvist nickte.
»Morgen früh um acht treffen wir uns hier wieder«, sagte Hammarlund.

Stjernkvist nickte noch einmal und ging. An der Tür stieß er mit Örström zusammen.

»Gehst du?«, fragte Örström. »Ich hab gehört, es soll Kaffee und belegte Brote geben.«

»Bis dann«, sagte Stjernkvist und ging.

Gleich darauf kamen Stenberg und Karlsson. Stenberg bestätigte, dass die Schüsse in der Reihenfolge abgegeben worden waren wie vermutet. Er wies auf die Pflanzen hin und darauf, dass der Schütze mindestens eins siebzig groß sein musste, um darüber hinweg zu schießen.

Dann kam der Imbiss. Die Arbeit wurde verteilt. Fors nahm etwas gegen seine Kopfschmerzen ein und telefonierte und fragte jemanden, ob er vorbeikommen könnte, um mit Urban zu sprechen.

»Wer ist Urban?«, fragte Hammarlund, als Fors auflegte.

Der ging zum Flipchart und zeigte mit seinem angebissenen Käsebrot auf die Skizze.

»Urban ist acht Jahre alt. Hier hat er gesessen, als ihm die Kugeln um die Ohren pfiffen. Er sagt, er habe die Hand des Schützen und die Waffe gesehen.« Dann nahm Fors die Plastiktüte von ›Happy Play‹ und ging.

19

Die Villa der Wests war ein einstöckiges Ziegelgebäude am Fluss. Der Garten war derart verwildert, dass man Lust bekam, dort zu sitzen, und als Fors die Tür des dunkelblauen Saab der Polizeibehörde schloss, hörte er aus dem Hausinnern Klavierspiel. Er meinte Mozart zu erkennen, war aber nicht sicher.

Als er auf die Klingel drückte, hielt er in der Hand die Tüte von ›Happy Play‹. Er musste zweimal klingeln, ehe die Tür geöffnet wurde. Vor ihm stand ein kleinwüchsiger, breitschultriger Mann, der barfuß war. Er trug Khakishorts und ein tomatenfarbenes Pikeeshirt.

»Fors«, sagte Fors. »Ich habe eben angerufen.«

Im Hintergrund setzte das Klavierspiel erneut ein, dasselbe Stück von vorn.

»Ragnar West«, sagte der Breitschultrige. »Kommen Sie herein.«

Er trat beiseite und führte Fors durch die Diele auf eine geschlossene Glastür zu. Dort blieb er stehen. Der Tür den Rücken zugekehrt, saß Urban an einem Flügel. Auf dem Flügel stand ein Metronom und ließ sein Pendel schwingen. Der Junge hackte in die Tasten.

»Ist das Mozart?«, fragte Fors.

»Mozart«, bestätigte West. »Wir können in mein Arbeitszimmer gehen. Urban ist gleich fertig.«

West ging Fors voran auf eine offene Tür zu. Die Wände des Zimmers, das sie betraten, waren mit Bücherregalen bedeckt, und mitten im Raum stand ein sehr großer Tisch, auf dem sich Papier und Bücher häuften. Neben dem großen Tisch stand ein Computer auf einem sehr kleinen Tisch mit Rollen. An der einen Längswand war ein Sofa. Davor stand ein runder Tisch mit einem Bierglas und zwei leeren Bierflaschen. Die beiden Fenster waren offen.

Die Klaviermusik brach ab. Weit entfernt hörte man ein Mädchen lachen. Dann setzte die Musik wieder ein.

»Möchten Sie ein Bier?«, fragte West, und jetzt fiel Fors ein sehr schwacher Akzent in seiner Sprache auf.

»Danke, gern.«

West verließ den Raum. Seine nackten Füße waren nicht zu hören und auch nicht das Geräusch, als er die Kühlschranktür öffnete und wieder schloss. Das Klavierspiel übertönte alles.

Fors ließ den Blick über die Bücherregale gleiten. Die meisten Bücher schienen in einer fremden Sprache zu sein. Er blieb vor einer schönen Ausgabe von Elsa Morante stehen und hätte sie gern aus dem Regal genommen, ließ es jedoch. West kehrte zurück und zeigte aufs Sofa.

Fors nahm Platz. West setzte sich neben ihn und stellte ihm ein Glas hin. Er löste den Kronverschluss einer Flasche tschechischen Bieres und schenkte ein.

»Es ist unheimlich«, sagte er, während die helle Flüssigkeit ins Glas schäumte. »Ich habe es vor einer Weile im Radio gehört, begriff aber nicht, ob das bei uns oder woanders passiert ist. Jemand sprach von Kindern, die wissen, dass sie sterben müssen. ›Kleine Kinder, die wissen, dass sie sterben müssen, haben Angst, allein gelassen zu werden.‹ Das stimmt natürlich. Eins der Kinder lebt noch, oder?«

»Ja«, sagte Fors. »Ein Mädchen.«

»Die armen Eltern.« West seufzte und stellte die Flasche ab, dann hob er sein Glas und nahm einen Schluck und Fors trank von dem kühlen Bier.

»Ihnen scheint etwas passiert zu sein«, sagte West und musterte Fors' Gesicht.

»Ja, ich bin überfallen worden. Darf ich Sie nach Ihrem Beruf fragen?«

»Übersetzer. Aus dem Englischen und Französischen ins Schwedische und Norwegische. Eigentlich bin ich Norweger, bin aber als Student hier hängen geblieben.«

»Kann man davon leben?«, fragte Fors und ließ den Blick über die voll gestopften Bücherregale gleiten.

»Eigentlich nicht. Ich lebe von meiner Frau. Sie beschäftigt sich mit Telefonen und Bildern. Tja ... sie holt das Geld rein, während ich hier sitze und an meinen Wörtern feile. Worüber möchten Sie mit Urban sprechen?«

»Vielleicht hat er Ihnen erzählt, dass er mir in der Schule eine Zeichnung gezeigt hat?«

»Ja.«

»Ich wollte ihm ein paar Spielzeugpistolen zeigen. Vielleicht kann er uns helfen herauszufinden, um was für eine Art Waffe es sich handelt.«

West nippte am Bier. »Haben Sie eine Ahnung, wer der Verrückte ist?«

»Nein. Und wenn wir etwas wüssten, dürfte ich es Ihnen nicht sagen. Voruntersuchungen unterliegen der Geheimhaltung. Wir legen Wert darauf, dass Sie so wenig wie möglich über das reden, worüber Urban und ich sprechen werden. Allzu große Mitteilsamkeit kann einer Voruntersuchung sehr schaden. Urban darf natürlich reden, mit wem er will und was er will. Er hat ja mehr oder weniger in der Schusslinie gesessen und hat sicher begriffen, dass er in Lebensgefahr war. Er muss reden dürfen, wenn er es will. Aber es wäre gut, wenn es sozusagen in der Familie bleibt.«

»Er scheint am liebsten Klavier spielen zu wollen«, sagte West. »Er spielt sämtliche Lektionen des letzten Jahres durch.«

»Sie haben Glück, dass er so gut ist«, sagte Fors. »Wenn ein weniger begabtes Kind Stunde um Stunde spielte, würde man es wohl kaum aushalten.«

»Manchmal bitte ich ihn, ein anderes Stück zu spielen«, sagte West. »Er spielt nur Mozart. Sein Lehrer gibt ihm natürlich andere Stücke, aber wenn er für sich spielt, entscheidet er sich immer für Mozart. Ich glaube, er spielt ein Spiel, bei dem er so tut, als wäre er Mozart.«

»Er ist ein begabter Junge«, sagte Fors.

West sah bedrückt aus. »Er hat ein absolutes Gehör und ein fast fotografisches Gedächtnis. Was er behauptet, wird also vermutlich stimmen. Er kennt über hundert Vögel beim Namen.«

»Und ist erst acht Jahre alt«, sagte Fors.

»Ja. Aber er hat keine Freunde. Er ist ein sehr einsames Kind. Im vergangenen Winter haben wir uns große Sorgen um ihn gemacht. Ständig hat er gefragt, warum Menschen sich selber umbringen. Ich glaube, er hatte etwas im Fernsehen gesehen.«

»Sie leben mit seiner Mutter zusammen?«

»Ja, aber sie ist im Moment in Los Angeles. Sie ist dort seit einer Woche und kommt erst am Sonntag zurück.«

Einen Augenblick war es still, dann begann die Klaviermusik erneut, dasselbe Stück wie vorher, jetzt in einem schnelleren Tempo.

»Vielleicht würde es ihm gut tun, wenn er mit jemandem sprechen könnte«, schlug Fors vor. »Wir haben ein Krisenteam, das verschiedene Entlastungsgespräche mit den Personen führt, die sich in der Nähe der Schüsse aufhielten oder dadurch betroffen sind, was Verwandte oder Freunde erlebt haben.«

»Ich weiß«, sagte West. »Ich habe Urban vorgeschlagen, mit der Pastorin zu sprechen ... wie heißt sie noch ...«

»Aina Stare.«

»Genau, Aina Stare. Aber Urban will nicht.«

»Vielleicht können Sie noch einmal mit ihm reden. Er hat mitten in der Schusslinie gesessen und den Schützen gesehen. Er muss furchtbare Angst gehabt haben. Es waren nur einige Meter bis zu dem Täter, und eine schwerkalibrige Waffe knallt ganz ordentlich, wenn ein Schuss abgegeben wird.«

»Er hat davon gesprochen, sein Gehör könnte geschädigt worden sein. Aber das scheint auch das Einzige zu sein, was ihn beunruhigt. Ihm ist sein Gehör das Wichtigste.«

»Hat er seiner Mutter von den Schüssen erzählt?«

»Er hat ihr eine lange Mail geschrieben. Er hat sie mir nicht gezeigt, aber Karen – also meine Frau – hat mir eine Kopie geschickt.«

»Die würde ich gern sehen«, sagte Fors, »aber da muss ich wohl Urban um Erlaubnis fragen.«

»Das glaube ich auch. Und ich glaube nicht, dass er Ihnen zeigt, was er Karen geschrieben hat. Seine Kommunikation mit ihr behält er gern für sich. Er flüstert ihr sogar ins Ohr, wenn ich im Zimmer bin. Er will mich raushalten. Vermutlich grinsen Sophokles und Freud in ihren respektiven Himmeln, wenn sie das sehen.«

Dann verstummte die Musik, und bald darauf hörte Fors, wie die Doppeltür geöffnet wurde.

»Urban!«, rief Ragnar West. »Kommst du bitte mal!«

Schritte tappten durch die Diele, und dann erschien der Junge in der Türöffnung. Er trug helle Shorts und darüber ein Hemd mit langen Ärmeln. Die Ärmel waren zugeknöpft, auch das Hemd war bis oben hin zugeknöpft, darüber war der zarte Hals zu sehen, und Fors fiel auf, wie klein der Junge war, viel kleiner als andere Achtjährige.

»Ihr kennt euch wahrscheinlich?«, sagte Ragnar West. Der Junge ging auf seinen Vater zu, der ihm die Haare zerstrubbelte. Er sah Fors an.

»Mozart wurde ermordet«, sagte der Junge. »Und ich weiß, wer es war.«

»Ach«, sagte Fors, »wer war es denn?«

»Salieri. Haben Sie den Film nicht gesehen?«

»›Amadeus‹?«

»Ja.«

»Doch, den hab ich gesehen.«

»Ich hab ihn siebenmal gesehen. Hätten Sie Salieri eingesperrt, wenn Sie zu der Zeit Polizist gewesen wären?«

»Ich weiß es nicht«, sagte Fors. »Ich bin nicht sicher, ob es mir gelungen wäre, seine Schuld zu beweisen.«

»Krieg ich ein bisschen Bier?«, bat der Junge. »Nur einen Schluck.«

»Klar«, sagte West, »bitte.«

Er zeigte auf sein Glas. Der Junge führte es zum Mund und trank ungefähr so viel, wie in einem Fingerhut Platz hatte. Er verzog das Gesicht. Dann stellte er das Glas ab und zeigte auf die Plastiktüte von ›Happy Play‹, die Fors mitgebracht hatte.

»Was ist da drin?«

»Ein paar Sachen, die ich dir gern zeigen möchte.«

»Was?« Der Junge ging um den Tisch herum, nahm die Tüte und sah Fors an. »Darf ich reingucken?«

»Klar.«

Der Junge spähte in die Tüte und dann holte er sechs Spielzeugpistolen hervor. Alle sechs waren auf einem Stück Pappkarton eingeschweißt. Der Junge legte sie auf den Tisch neben die Bierflaschen und Gläser.

»Soll ich sie öffnen?«

»Mach das«, sagte Fors.

Der Junge lief aus dem Zimmer, dann hörten sie, wie er in einem anderen Raum Schubläden auf- und zuschob. Als er zurückgelaufen kam, hatte er eine Schere in der Hand.

»Solche eingeschweißten Sachen sind wirklich schwer auszupacken«, sagte West. »Manchmal könnte man meinen, die Verpackung wäre nur erfunden worden, damit man nicht an die eingekaufte Ware rankommt.«

»Wie belegte Brote im Zug«, sagte Fors.

»Möchten Sie noch ein Bier?«, fragte West.

»Nein, danke.« Fors beobachtete, wie der Junge die sechs Päckchen systematisch öffnete. Dann sortierte er die Waffen auf zwei Haufen.

»Revolver und Pistolen«, sagte Urban, »drei von jeder Sorte.«

»Nicht jeder kann einen Revolver von einer Pistole unterscheiden«, sagte Fors und dachte an die Journalistin in der Pressekonferenz.

»Wenn man sich Western anguckt, lernt man es«, sagte der Junge. »Im Wilden Westen gab es keine Pistolen, nur Revolver. Aber James Bond hat einen Revolver.«

»Du weißt wirklich viel«, sagte Fors. »Ist unter den Waffen eine, die so aussieht wie die, die du in der Schule gesehen hast?«

»Ja«, sagte Urban. »Diese drei.« Und dann zeigte er auf die Pistolen.

»Und welche sieht der am ähnlichsten, die du gesehen hast?«

»Die da.« Urban zeigte auf eine schwarze Pistole, eine Sig Sauer P 25, die Dienstwaffe der schwedischen Polizei.

»Bist du sicher?«, fragte Fors.

Der Junge schüttelte den Kopf. »Aber ziemlich. Die ist sehr ähnlich. Wer kriegt die Waffen?«

»Tja«, sagte Fors, »du hast uns sehr geholfen, möchtest du sie haben?«

»Alle?«, hauchte der Junge.

»Wenn du möchtest. Und wenn dein Papa es dir erlaubt.« Der Junge sah seinen Vater an. »Darf ich?«

»Nicht alle«, antwortete der. »Zwei darfst du nehmen.«

»Warum?«, fragte der Junge.

»Mama wäre dagegen, wenn du so viele Pistolen hast. Nimm zwei.«

Der Junge nickte und nahm sich die Sig-Sauer-Pistole und die Kopie einer Luger.

»Diese«, sagte er und sah Fors an. »Ich hab noch keine Pistolen, bloß Revolver.«

»Bitte sehr«, sagte Fors.

»Wer kriegt die anderen?«, fragte Urban.

»Das weiß ich nicht«, antwortete Fors. »Ich nehm sie mit zur Polizei. Vielleicht können wir sie irgendwann brauchen.«

Der Junge nickte. »Damit können Sie üben, oder?«

»Vielleicht«, sagte Fors. »Du hast mir jedenfalls sehr geholfen, vielen Dank.«

»Ich zeig Ihnen was«, sagte der Junge. »Soll ich?«

»Gern«, sagte Fors.

Urban lief davon und Fors hörte ihn die Treppe nach oben rennen. Nach einer Weile kam er mit einer Kassette zurück.

»Achtjährige spielen sonst nicht Chopin«, sagte der Junge. »Aber trotzdem. Falls Sie nichts haben, was Sie gern hören möchten, wenn Sie mal unterwegs sind und einen Fall lösen müssen.«

Dann nahm er die Sig-Sauer-Pistole und ging zur Tür, ließ sie dreißig Zentimeter offen stehen und stellte sich dahinter. Er streckte die Pistole vor und zog den Abzug fünfmal schnell hintereinander durch. Es klickte fünfmal, als der Hahn auf Metall stieß.

»Er hat mir fast mitten ins Gesicht geschossen!«, rief Urban. »Ich könnte genauso gut tot sein.«

Und dann tauchte er in der Türöffnung auf, richtete die Pistolenmündung gegen seine Schläfe und drückte ab. Dann lief er aus dem Zimmer. Bald darauf begann er wieder zu spielen. Fors erhob sich und nahm die Tüte mit den übrig gebliebenen Waffen und den sechs leeren Verpackungen. Er reichte West die Hand.

»Vielen Dank für das Bier. Falls Ihnen – oder Urban – noch etwas einfällt, das Ihnen wichtig erscheint, melden Sie sich bitte bei uns. Lassen Sie uns entscheiden, ob es von Bedeutung ist.«

»Wird gemacht«, sagte Ragnar West. Er begleitete Fors zur Haustür. Der Gartenweg war mit Platten belegt, aus den Ritzen wuchsen Grasbüschel. Als sie vors Haus traten, hielt ein Halbwüchsiger auf einem Fahrrad bei Wests Briefkasten. Er steckte ein Blatt Papier hinein und fuhr weiter, bevor West und Fors die Pforte erreichten.

»So eine Hitze«, sagte West, öffnete den Briefkasten und nahm ein rotes DIN-A4-Blatt heraus. Es war mit großen Buchstaben bedeckt. *Die Einwanderer kommen uns langsam teuer zu stehen.* West reichte es wortlos an Fors weiter.

»Das habe ich Ihren Kollegen heute Vormittag im Radio sagen hören. Ich glaube, er hieß Levander.«

»Nylander«, sagte Fors, »er heißt Nylander. Hat er das gesagt?«

»Ja.«

Fors drehte das Blatt um. Die Rückseite war leer. Kein Name einer Organisation, der den Absender verriet.

»Ist das nicht strafbar? Verhetzung einer Volksgruppe?«, fragte West. »Meine Frau ist nämlich Einwanderin.«

»Damit sind keine hoch ausgebildeten Amerikaner gemeint«, sagte Fors und gab West das Papier zurück. »Und obwohl ich kein Jurist bin, wage ich zu bezweifeln, dass der Text strafbar ist. Es wird gegen keine bestimmte Volksgruppe gehetzt, und es ist nicht verboten, seine Meinung zur Einwanderungspolitik zu äußern. Allerdings ist es einem Polizisten verboten, sich im Anschluss an eine Voruntersuchung auf diese Weise zu äußern. Das ist ein Dienstvergehen, abgesehen davon, dass die Äußerung auch aus anderen Gründen unangebracht ist. Sie könnte Dinge in Gang setzen, die die Ermittlung erschweren.«

»Wenn ich wegen dieses Flugblattes Anzeige erstatten will, wie gehe ich da vor? Kann ich es Ihnen übergeben?«

»Es ist besser, Sie erstatten formell Anzeige«, sagte Fors. »Schreiben Sie an die Polizei und fügen Sie das Flugblatt bei. Aber ich bezweifle, dass ein Staatsanwalt die Sache aufgreifen wird.«

»Es bedarf also gröberer Vergehen?«

»Ich fürchte, ja. Noch einmal danke für das Bier.«

Und dann stieg Fors ins Auto, steckte das Chopin-Band in den Kassettenspieler und fuhr davon.

20

Stjernkvist saß auf dem Rücksitz des blauweißen Streifenwagens, der von Nordenflycht gefahren wurde. Neben ihr auf dem Beifahrersitz saß Lund, ein großer Mann, der heftig schwitzte.

»Ach, echt?«, sagte Lund. »Jetzt ist Pimmel-Lasse dran? Übrigens war ich dabei, als er vor drei Jahren im Stadtpark festgenommen wurde. Er hatte beim Sandkasten gestanden und mit seinem Pimmel gewedelt. Die Kinder bekamen Angst, die Erzieherin war empört. Ich glaube, von dem Moment an, als wir ihn mitnahmen ins Verhörzimmer, hat er kein einziges Wort gesagt außer ›Schlagt mich nicht‹. Ich glaub auch nicht, dass man beim Verhör etwas aus ihm rausgekriegt hat.«

»In Großbritannien gibt es einhundertzehntausend verurteilte Sexualverbrecher«, sagte Stjernkvist. »Man hat vorgeschlagen, allen einen Chip zu implantieren. Der Chip soll mit einem Satellitensystem in Verbindung stehen, und immer, wenn sich die Zusammensetzung der Körperflüssigkeiten so verändert, dass alles auf eine sexuelle Erregung der Person hindeutet, soll im nächsten Polizeirevier eine Klingel ausgelöst werden.«

»Das würde aber ein mächtiges Gebimmel geben«, sagte Nordenflycht lachend.

»Niemand fürchtet sich so sehr vor Sexualverbrechern wie die Engländer«, sagte Stjernkvist.

»Woher kommt das?«, fragte Nordenflycht.

»Wahrscheinlich von ihrer seltsamen Ernährung«, sagte Lund. »Weißt du, was die Hölle ist?«

»Erzähl«, sagte Nordenflycht.

»Die Hölle ist ein Ort, wo die Deutschen Tanzmusik spielen, die Italiener für den Zugverkehr zuständig sind und die Engländer kochen.«

»Sind das nicht ein paar Vorurteile zu viel?«, fragte Nordenflycht.

»Ich merke, dass du noch nie versucht hast, dich an englischer Hausmannskost satt zu essen«, sagte Lund. »In Vorurteilen ist immer ein Fünkchen Wahrheit.«

»Wie zum Beispiel in dem, dass alle Bullen Schwulenhasser, Ausländerhasser und Gewalttäter mit einem Intelligenzquotienten sind, der sie von den meisten anderen Jobs ausschließt«, sagte Stjernkvist.

»Genau«, sagte Lund, »und dass alle Exhibitionisten mit ihrer Mama zusammenleben.«

»Ist das nicht so?«, fragte Nordenflycht.

»Das weiß ich nicht«, antwortete Lund, »Pimmel-Lasse wohnt jedenfalls bei seiner Mutter.«

»Kennst du sie?«, fragte Stjernkvist.

»Nein, aber ich hab sie zusammen gesehen. Sie sind fast immer zusammen. Man trifft sie oft in der Stadt. Wie geht es Berggren?«

Lund und Berggren waren früher miteinander Streife gefahren. Weil aber immer mehr Frauen in den Polizeidienst eintraten und Nylander ihren Fähigkeiten misstraute, in Situationen einzugreifen, wo körperlicher Einsatz nötig war, wurden ihnen jeweils männliche Streifenkollegen zugeteilt.

»Berggren hat sich die Molingeschichte sehr zu Herzen genommen.« Und dann zeigte Lund mit einem Finger, groß wie eine Banane, auf etwas. »Schaut euch den

Kerl an! Molin! Wenn man vom Teufel spricht. Dräng ihn in den Graben ab.«

Aber Nordenflycht hielt sich auf der Mitte der Fahrbahn. Stjernkvist drehte sich um und sah durchs Rückfenster einen Mann in mittlerem Alter auf einem Fahrrad. Es war Molin. Er hatte vor zweieinhalb Jahren gedroht, seine Familie mit der Axt zu erschlagen.

»Ich hab gedacht, der sitzt«, knurrte Lund. »Möchte wissen, ob er seine Kinder treffen darf, die er erschlagen wollte.«

»Wahrscheinlich«, sagte Nordenflycht. »Niemand kann einen Vater daran hindern, seine Kinder zu sehen.«

»So ein Schwein wie dieser Molin«, sagte Lund, ohne den Satz zu beenden.

»Was meinst du damit?«, fragte Stjernkvist.

»Wieso darf der hier mit dem Fahrrad rumgondeln? So einer sollte sitzen.«

»Wir sind da«, sagte Nordenflycht und hielt vor einer Fliederhecke. Hinter der Hecke lag ein eingeschossiges Haus mit Eternit verkleideter Fassade.

»Wartet hier«, sagte Stjernkvist.

»Ruf uns, wenn er dir seinen Pimmel zeigen will«, sagte Lund.

»Dann ruf ich Nordenflycht.« Stjernkvist knallte die Autotür zu und betrat das Grundstück. Ein Schotterweg voller Unkraut führte auf das Haus zu. In der Tür, die sperrangelweit offen stand, saßen zwei Katzen, die eine grau, die andere rot gestreift. Aus dem Haus ertönte Radiomusik.

Stjernkvist klopfte an den Türrahmen. »Hallo, ist jemand zu Hause?«

Da niemand antwortete, betrat er die Diele. Es roch nach grüner Seife. Keine Teppiche auf dem Fußboden. Unter der Hutablage hing eine kurze, feuerrote Regenjacke aus Plastik. Darunter stand ein Paar Herrengummistiefel.

»Hallo, ist jemand zu Hause?«

Wie aus dem Nichts tauchte eine kleine, hagere Frau vor ihm auf. Sie hatte eine Zigarette in der Hand und trug eine blau geblümte lange Hose und eine rosa Bluse. Ihre Armbanduhr hatte besonders große Ziffern für Sehbehinderte und Stjernkvist schätzte sie auf siebzig Jahre. Ihre Brillengläser waren viereckig, so groß wie Streichholzschachteln, hinter den Gläsern wirkten ihre Augen grotesk vergrößert.

»Polizei.« Stjernkvist hielt ihr seinen Ausweis hin. »Sind Sie Frau Tjäder?«

»Was hat er jetzt wieder angestellt?«, fragte die Frau und nahm einen tiefen Zug von der Zigarette.

»Ist Ihr Sohn zu Hause?«

»Was hat er jetzt wieder angestellt?«

»Ich weiß nicht, ob er etwas angestellt hat, aber ich möchte gern mit ihm sprechen.«

Frau Tjäder zog noch einmal tief an ihrer Zigarette. Dann machte sie zwei Schritte rückwärts zu einem niedrigen Tisch, auf dem ein Telefon stand, und drückte die Kippe in einem moosgrünen Aschenbecher aus, auf dessen Rand eine Nixe lag. Sie stemmte die Arme in die Seiten und baute sich vor Stjernkvist auf, legte den Kopf in den Nacken und starrte ihm ins Gesicht. Sie kann kaum größer als eins sechzig sein, dachte er.

»Ist er zu Hause?«, wiederholte er.
»Was hat er getan?«
»Nichts, soviel ich weiß.«
Sie schnaubte. »Warum wollen Sie dann mit ihm sprechen?«
»Wir ermitteln wegen der Schüsse in der Vikingaschule.«
Wieder schnaubte sie. »Dort ist er jedenfalls nicht gewesen.«
»Doch, das ist er.«
Frau Tjäder runzelte die Stirn. »Ich weiß mit Sicherheit, dass er nicht dort war.«
»Vielleicht dürfte ich mit ihm sprechen«, bat Stjernkvist.
»Wenn er nichts getan hat, gibt es auch keinen Grund, ihn zu schikanieren.«
»Ich möchte nur mit ihm sprechen.«
»Tzz«, machte Frau Tjäder. »Man weiß ja, wie ihr vorgeht.«
»Wie?«
»Wenn ihr niemand anders findet, kriegt ihr Lasse dran. So ist es immer gewesen.«
»Das wäre mir neu«, sagte Stjernkvist. »Wo ist er?«
»Er hat genug gelitten«, sagte Frau Tjäder. »Wegen nichts.«
»Ich verstehe, dass Sie Ihren Sohn schützen wollen«, sagte Stjernkvist, der langsam ungeduldig wurde. »Aber ich möchte lieber mit Lars selber sprechen.«
»Er wird Lasse genannt«, sagte Frau Tjäder, »und Sie wissen vermutlich auch genau, was für einen Spitznamen er hat.«

»Ist er da drin?« Stjernkvist zeigte auf eine der Türen.
»In meinem eigenen Haus beantworte ich nur Fragen, die ich beantworten will. Um was geht es?«
»Ich möchte wissen, was Lars …«
»Lasse …«
»… was Lasse gestern gegen zwölf Uhr gemacht hat.«
Frau Tjäder gab ein kurzes heiseres Lachen von sich. »Ach, das möchten Sie wissen? Und wenn ich es nicht sage?«
»Dann muss ich mit Lasse sprechen.«
»Das ist nicht nötig.«
»Das zu beurteilen müssen Sie schon mir überlassen«, sagte Stjernkvist.
»Ich denk nicht dran«, widersprach Frau Tjäder und ging in die Küche. Sie holte eine Zigarettenschachtel und zündete sich eine neue Zigarette an. Den Rauch blies sie ins Gesicht einer riesigen schwarzen Katze, die mit geheimnisvollem Blick zwischen den Geranien auf dem Fensterbrett saß. Stjernkvist war Frau Tjäder gefolgt.
»Haben Sie das Recht, einfach so in mein Haus einzudringen?«, fragte Frau Tjäder und blies Stjernkvist eine Rauchwolke ins Gesicht.
»Ich möchte nur mit ihm reden.«
Frau Tjäder streckte sich nach ihrer Handtasche, die eine Schnalle in Form von vergoldeten Ringen hatte. Die Vergoldung war nur noch zu ahnen. Frau Tjäder öffnete die Tasche und nahm eine Karte heraus, auf der Möwen vor einem Meereshorizont schwebten. Sie reichte Stjernkvist die Karte, der sie umdrehte. Darauf

stand der Termin für einen Zahnarztbesuch um elf Uhr. Stjernkvist schaute auf das Datum.

»Wir mussten warten«, sagte Frau Tjäder, »sind erst um Viertel nach an die Reihe gekommen. Er saß auf dem Zahnarztstuhl, als geschossen wurde. Es waren der Zahnarzt, seine Assistentin und ich anwesend.«

»Sie sind mit ins Behandlungszimmer gegangen?«, fragte Stjernkvist.

Frau Tjäder sah ihn mit zornblitzenden Augen an. »Er hat Angst vorm Zahnarzt.«

»Darf ich die Karte mitnehmen?«

»Bitte sehr. Ich sammle keine Ansichtskarten. Sie brauchen sie mir nicht wiederzubringen.«

In dem Moment wurde die hinterste Tür geöffnet und Lars Tjäder stand da, die Hand auf der Klinke. Er trug eine zerknautschte Baumwollhose, die mit einem Gürtel über seinem Kugelbauch zusammengehalten wurde. Darüber trug er ein Hemd, auf dem Hunde aufgedruckt waren. Haare hatte er nur noch über den Ohren. Das Gesicht war wie Hefeteig, aufgedunsen und farblos. Stjernkvist hatte sich informiert, bevor er das Präsidium verließ, und wusste, dass Lars Erik Tjäder fünfundvierzig Jahre alt war.

»Ich hab nichts gemacht«, sagte Lars Tjäder leise. Sein flackernder Blick ging zwischen der Mutter und Stjernkvist hin und her.

»Ich weiß«, sagte Stjernkvist.

Frau Tjäder nickte und zeigte mit ihrer Zigarettenhand in Richtung Haustür. Die schwarze Katze sprang von der Fensterbank und rieb sich an Stjernkvists Bein.

»Ich hab nichts gemacht«, wiederholte Lars Tjäder.

»Dann ist es ja gut«, sagte Stjernkvist. »Vielen Dank.«

»Nicht der Rede wert«, sagte Frau Tjäder und blies ihm Rauch hinterher, als er das Haus verließ. Auf der Treppe nahm er einen tiefen Atemzug. Dann ging er weiter durch den knirschenden Schotter zum Auto, öffnete die hintere Tür und stieg ein. »Hat er dir was gezeigt?«, fragte Lund.

»Wohin jetzt?«, fragte Nordenflycht und drehte den Zündschlüssel um.

21

Stjernkvist war mit der Niederschrift des Rapports über den Besuch bei Tjäder fast fertig, als er Fors' Stimme im Flur hörte. Stjernkvist gab den Rapport in den Hausverteiler ein und klopfte an Fors' Tür.

»Ich war bei Tjäder«, sagte er, ohne das Zimmer zu betreten.

»Komm rein«, sagte Fors, »und mach die Tür zu.«

Beide Fenster standen offen, trotzdem schien die Luft im Zimmer ganz still zu stehen. Stjernkvist setzte sich auf Fors' Sofa. Fors saß hinter seinem Schreibtisch und trank Mineralwasser direkt aus der Flasche. Vor ihm standen vier ungeöffnete Flaschen.

»Erzähl«, forderte Fors Stjernkvist auf.

Der nahm die Karte mit dem Zahnarzttermin hervor, ging die wenigen Schritte bis zum Schreibtisch und legte sie vor Fors hin. Dann kehrte er zum Sofa zurück und erzählte von dem Besuch. Als er fertig war, berichtete Fors von seinem Besuch bei Wests.

»Der Junge hat unter den fünf Attrappen eine Sig Sauer ausgewählt. Mir wird langsam mulmig«, sagte er seufzend.

»Ja, wie geht's dir überhaupt?«, fragte Stjernkvist. »Du bist sehr blass. Vielleicht solltest du nach Hause fahren und ein bisschen schlafen. Morgen könnte ein schwerer Tag werden.«

»Weißt du, wer kommt?« Fors nahm den letzten Schluck aus der Flasche.

»Nein.«

»Die Justizministerin.«

»Oh, Scheiße.«

»Das kann man wohl sagen. Die Pressekonferenz ist vorverlegt worden, damit sie eine Rede halten kann. Um zwölf Uhr. Das Lokalfernsehen überträgt direkt.«

»Willst du nicht nach Hause fahren und dich ein bisschen ausruhen?«, schlug Stjernkvist erneut vor.

»Ich hab noch was zu erledigen. Vielleicht möchtest du mitkommen?«

»Wohin?«

»Krisengruppe. Wenn du was anderes vorhast, hat das natürlich Vorrang, aber andererseits – bist du schon mal bei der Krisengruppe gewesen?«

»Nein.«

»Ich auch nicht. Vielleicht wäre es gut, wenn wir zu zweit sind. Falls es eine Krise gibt.« Fors lächelte.

»Es ist nur so ...« Stjernkvist brach ab.

»Was?«

»Ich hab noch nichts gegessen.«

»Wir essen unterwegs einen Hamburger«, schlug Fors vor.

»Ich weiß, wo es gute Cabanossi gibt«, sagte Stjernkvist.

»Einen Hamburger«, sagte Fors. »Bei Seferis. Er hat richtigen Espresso.«

Sie erhoben sich, nahmen den Fahrstuhl in die Garage hinunter und fuhren in Fors' blauem Saab los.

»Magst du Chopin?«, fragte Fors und stellte die Musik an.

»Wer spielt denn da?«, fragte Stjernkvist.

»Ein Achtjähriger, der genauso gut tot sein könnte«, antwortete Fors.

Achilles Seferis hatte Ostern eine Baugenehmigung bekommen und sein Lokal erweitert, das jetzt Platz für vierundzwanzig Gäste hatte. Er hatte Pasta und Salate in sein Angebot mit aufgenommen, und da Nudeln im Einkauf billig sind, verdiente er gut. Fors aß oft bei Seferis wegen des Kaffees, den er für den einzigen trinkbaren Kaffee in der Stadt hielt.

»Hi, Bulle!«, begrüßte ihn Seferis. »Sie waren lange nicht hier!«

»Was halten Sie von zwei Hamburgern und zwei doppelten Espressi?« Fors ergriff Seferis' ausgestreckte Hand.

»Es ist zu warm für so schweres Essen«, meinte Seferis. »Ich habe gute Salate. Hab die Salate heute selbst gemacht. Ein Mineralwasser ist im Preis inbegriffen. Und den Kaffee kriegen Sie aus alter Freundschaft. Wenn mir bloß erspart bleibt, Ihnen Hamburger zu braten. Wissen Sie, dass zehn Prozent der schwedischen Bevölkerung zu fett ist? Ich meine nicht übergewichtig. Ich meine fett. Man soll Weißwein trinken und Olivenöl nehmen. Aber keine Hamburger essen. Keine Chips. Und um Gottes willen kein Bier trinken.«

Seferis reichte Stjernkvist die Hand.

»Achilles Seferis«, stellte er sich vor.

»Stjernkvist«, sagte Stjernkvist.

»Ist das Ihr Nachfolger?«, fragte Seferis und blinzelte Stjernkvist zu.

»Könnte sein«, sagte Fors. »Dann nehmen wir also Ihre Salate.«

»Aber ich würde gern einen Hamburger essen«, sagte Stjernkvist.

»Machen Sie's wie der Chef«, sagte Seferis.

Stjernkvist nickte ergeben und Fors setzte sich an einen Tisch am offenen Fenster. Ganz hinten im Lokal saßen drei junge Mädchen. Sie reichten sich gegenseitig die Ohrstöpsel eines Discman. Das eine Mädchen hatte den Kopf kahl geschoren. Fors dachte an Jeanne d'Arc und dann sah er Achilles nach, der ein kurzärmeliges blauweiß kariertes Hemd trug.

Stjernkvist ließ sich auf den Stuhl Fors gegenüber sinken. »Also«, sagte er, »die Justizministerin. Was will die hier?«

»Die Leute beruhigen.«

»Wie?«

»Davon reden, dass die Schüsse sich nicht wiederholen werden, dass es in Schweden keine Schüsse mehr in Schulen geben wird, dass die Regierung eine Ermittlungskommission einsetzen wird, damit die Eltern sich sicher fühlen können, wenn sie ihre Kinder zur Schule schicken. Die Schulen sollen mehr Mittel zur Verfügung gestellt bekommen. Dass aber mehr Polizisten die Probleme auch nicht lösen werden. Diese Art Gelaber.«

Stjernkvist nickte. »Warum mögen die Sozialdemokraten keine Polizisten?«, fragte er.

»Vor hundert Jahren hat man sich gegen die bestehende Gesellschaft organisiert. Man wollte sie verändern. Man streikte. Man geriet mit der Obrigkeit in Konflikt. Polizisten wurden auf die Arbeiter losgelassen. Die Arbeiter hatten hungernde Kinder zu Hause. Es war kein Wunder, dass man die Polizisten für Verräter hielt. Vor hundert Jahren gehörten die Bullen zur niedrig entlohnten Schicht, genau wie die Arbeiter. Häufig waren es ehemalige Berufssoldaten. Jetzt trugen sie Goldknöpfe an ihren Uniformmänteln und schlugen mit Säbeln auf Streikende ein. In Ådalen schoss das Militär auf Arbeiter, die Streikbrecher aufhalten wollten. Nachdem das Militär Arbeiter in Ådalen erschossen hatte, wurde die Staatspolizei gegründet, damit man in Zukunft kein Militär auf die Arbeiter hetzen musste. Die Sozialdemokraten hielten die Staatspolizei für in Polizeiuniform verkleidetes Militär. Kein Wunder, dass die Sozis einen Hass auf das Polizeiwesen hatten. Und das wurde nicht gerade dadurch besser, dass es bei der Polizei eine beträchtliche Anzahl reaktionärer Typen gibt. Leute, die schon fast braun sind. Außerdem scheint es sinnlos, Gauner festzunehmen, weil sie fast nie sozialisiert werden. Die Spitzbuben sitzen eine Zeit lang im Gefängnis, und dann kommen sie raus und machen genauso weiter wie vorher. Wenn sie jung sind, sind sie nicht mehr mal genauso, sondern schlimmer. Wir Bullen werden im Großen und Ganzen für unproduktiv gehalten. Die Leute sehen nicht, dass wir versuchen, Gesetz und Ordnung aufrechtzuerhalten. Man hält uns für ein Problem. Und wir sind tatsächlich eins, da wir ständig daran erinnern, dass die sozialdemokratische Ingenieurskunst nicht immer funktioniert hat. Und wir sind – genau wie das Militär – eine unangenehme Erinnerung daran, dass die Einstellung der Sozis zu den Menschen etwas naiv ist.«

»Und das will die Justizministerin morgen abhandeln?«, sagte Stjernkvist.

»Nicht nur das. Man kann sich ja vorstellen, was die Leute am heutigen Abend so reden. Vermutlich sitzen verschreckte Eltern über Listen und entwerfen Aufrufe. Man wird Wachen in den Schulen fordern. Man wird Sicherheit für die Kinder fordern.«

»Und werden sie sie bekommen?«

»Nein.«

Stjernkvist fingerte an den Salz- und Pfefferstreuern herum. Er verschob sie wie Schachfiguren, indem er ihre Plätze tauschte.

»Aber wie schafft man eine sichere Gesellschaft?«

Fors schüttelte den Kopf. »Die kriegt man nie. Allenfalls eine annehmbare Gesellschaft, eine, in der es nicht allzu große Gegensätze, Klüfte und Konflikte gibt. In der Gesellschaft, von der die Sozialdemokraten träumen, werden die Klüfte wahrscheinlich so klein sein, wie es nur geht. Aber sicher wird keine Gesellschaft sein.«

Seferis brachte die Salate. Sie waren in Plastikschalen verpackt und mit einer Frischhaltefolie bedeckt.

»Seferis«, sagte Fors, »Sie enttäuschen mich.«

»Wieso?«, fragte Achilles Seferis.

»Sie servieren den besten Kaffee in der Stadt, und Sie nehmen die Hamburger aus Ihrem Angebot. Und das Essen setzen Sie uns vor, als wären wir Hunde.«

»Ich ändere das bis zum Herbst.« Seferis seufzte. »Dann stelle ich ein Mädchen an. Aber noch kann ich es mir nicht leisten. Darum muss ich das so handhaben, damit ich alles schaffe. In Schweden ein Restaurant ohne schwarze Arbeitskräfte zu betreiben, ist fast unmöglich. Aber ich tue es. Den Preis müssen Sie zahlen. Sie kriegen das Essen in einer Hundeschüssel, und es steht schon seit heute Morgen im Kühlschrank. Ich bitte um Entschuldigung, aber wenn ich das nicht so machen würde, müsste ich schließen.«

Achilles Seferis zog seine buschigen Augenbrauen fast bis zum Haaransatz hoch und kehrte die Handflächen in einer resignativen Geste nach außen. »Guten Appetit.«

Fors und Stjernkvist aßen schweigend und Seferis brachte ihnen den Kaffee.

»Ich werde das Restaurant umbenennen«, sagte Seferis. »Es soll nicht mehr ›Grekens Wurre‹ heißen, sondern ›Der Grieche‹. Ist das gut?«

»Sehr gut«, sagte Fors.

Achilles Seferis beugte sich über den Tisch.

»Das Problem der USA sind nicht ihre Flugzeugträger und Bomber. Das Problem der USA ist ihre Esskultur. Haben Sie mal im Fernsehen gesehen, wie die aussehen in den USA? Entsetzlich. Im Kino sehen die Amerikaner ganz normal aus. Im Kino wollen sie nicht zeigen, wie es um sie bestellt ist. In amerikanischen Filmen kommen keine fetten Menschen vor, höchstens in Krimis. Italiener dürfen fett sein in amerikanischen Filmen, wenn sie die Bösen darstellen. Aber in Reportagen und Dokumentarfilmen sieht man, was da los ist. Die Amerikaner sind so fett, dass sie kaum noch gehen können. Sie ernähren sich von Limo, Chips und Hamburgern. Und dann exportieren sie ihre Scheißkultur auch noch an uns. Guckt euch bloß mal die dahinten an. Die haben gerade ein Lokal eröffnet.«

Achilles Seferis zeigte auf die andere Seite des Parkplatzes, wo eine Fast-Food-Kette ihre Tore geöffnet hatte. »Aber ich werde Widerstand leisten. Ich werde griechisches Olivenöl importieren. Ich werde für Abonnenten sorgen. Man kann mein Öl abonnieren, was meinen Sie? Vielleicht wollen Sie mein erster Kunde werden?«

»Warum nicht?«, sagte Fors. »Aber ich hab nur einen kleinen Haushalt.«

»Ah!« Seferis lachte. »Sie müssen heiraten! Sie sind ein Mann in den besten Jahren. Sie sollten nicht allein leben. Gründen Sie eine Familie, setzen Sie Kinder in die Welt, fangen Sie von vorn an und kaufen Sie griechisches Olivenöl. Sie wissen, Olivenöl ist gut für alles Mögliche.«

Und wieder zog Seferis die Augenbrauen fast bis unter den Haaransatz hoch. In dem Augenblick betraten zwei Taxifahrer das Restaurant. Seferis wandte sich ihnen zu.

»Guten Abend, meine Herren. Wie geht's Ihnen in der Hitze? Heute Abend ist es hier heißer als in Athen, wissen Sie das?«

Seferis stellte sich hinter den Tresen und bereitete einen Espresso vor.

»Sie exportieren nicht nur Nahrung«, sagte Fors und nippte an seinem Kaffee. »Erinnerst du dich an den 20. April 1999?«

»Nein«, sagte Stjernkvist. »Was war da!?«

»Adolf Hitlers Geburtstag«, sagte Fors.

»Aber was ist passiert?«

»In Colorado haben zwei Schüler eine Schule betreten und zwölf Schüler und drei Lehrer erschossen, ehe sie sich selbst umgebracht haben.«

»Du glaubst doch wohl nicht, dass unser Täter von den amerikanischen Schüssen inspiriert wurde?«

Fors seufzte. »Wir haben den ersten schwedischen Fall von Schüssen in der Schule mit mehreren Toten. Wenn sich herausstellt, dass ethnische Motive dahinter stecken, dann sind die Konsequenzen nicht abzusehen.«

»Warum sollte das Ganze ethnische Motive haben?«

»Tja ...«

»Du meinst ...«

»... wenn jemand mit Einwanderungshintergrund geschossen hat, das Schlimmste passieren kann.«

Und dann gingen sie hinaus zum Auto und fuhren zur Vikingaschule.

22

Das Krisenteam bestand aus elf Schulkrankenschwestern, zwei Sanitätern, zwei Feuerwehrmännern, einem Arzt und einem Methodistenpastor. Das Team wurde von Pastorin Aina Stare und dem Chef des Rettungsdienstes, Ralf Låftman, geleitet. Sie saßen in dem Raum, in dem Fors am Morgen Filippas Klasse getroffen hatte. Als Fors und Stjernkvist das Zimmer betraten, hörten alle auf zu reden und musterten Fors. Die neunzehn Teilnehmer des Krisenteams saßen im Kreis auf den kleinen Stühlen. Stjernkvist schloss die Tür hinter sich.

Fors räusperte sich. »Ich heiße Harald Fors und leite die Ermittlungen in diesem Fall. Das ist mein Kollege, Kriminalassistent Stjernkvist.«

»Hallo«, sagte Stjernkvist und hob grüßend die Hand.

Die Teilnehmer des Krisenteams, die Fors und Stjernkvist nicht den Rücken zukehrten, nickten.

»Kommen Sie in den Kreis«, forderte Aina Stare sie auf. Sie erhob sich und schob zwei Stühle zwischen zwei Schwestern hindurch, die beiseite rückten. Stjernkvist lächelte die eine an. Sie war sehr hübsch, aber nicht so attraktiv wie Annika Eriksson.

»Danke«, murmelten Fors und Stjernkvist und ließen sich auf den niedrigen Stühlen nieder.

»Sie wollten mit uns sprechen«, sagte Låftman.

»Ja«, sagte Fors. »Wir haben ein Problem. Natürlich haben wir viele Probleme, aber eins davon bezieht sich auf das Krisenteam, und ich möchte Sie um Hilfe bitten.«

Die Teilnehmer beobachteten Fors. Eine Frau, die ihm gegenübersaß, legte den Kopf schräg und lächelte.

»Wenn wir uns das wünschen dürften«, sagte Fors, »würden wir gern alle vierundfünfzig Kinder befragen sowie die Erwachsenen, die sich im Speisesaal befanden, alle anderen Erwachsenen an der Schule und die Kinder und Erwachsenen, die sich auf dem Hof aufhielten. Am liebsten würden wir all diese Leute befragen, bevor Sie mit der Betreuung und den Gesprächen beginnen. Aber das ist unmöglich. Wenn wir uns an die vierundfünfzig Kinder im Speisesaal halten, würde es zu lange dauern, und es würde allzu viele Leute erfordern, allein sie zu befragen.

Wenn jemand gut ist, schafft er es, mit drei Kindern am Tag zu sprechen. Hinterher muss das Ergebnis diskutiert und noch einmal mit jemandem durchgegangen werden, der entweder dabei anwesend gewesen ist oder die Videoaufzeichnung gesehen hat. Über jede Befragung muss außerdem ein Bericht geschrieben werden. Drei Kinder beschäftigen also an einem Tag zwei Polizisten. Diese Polizisten sind nicht irgendwelche Bullen. Kinder zu befragen ist heikel, und in unserem Polizeidistrikt gibt es vielleicht drei, die dazu in der Lage wären. Nehmen wir mal an, dass wir schon morgen weitere drei Polizisten zur Verstärkung bekommen würden, die im Befragen von Kindern ausgebildet sind. Dann hätten wir drei Gruppen mit jeweils zwei Personen, die an einem Tag neun Kinder befragen könnten. Wir würden sechs Tage brauchen, um die vierundfünfzig Kinder aus dem Speisesaal zu befragen.«

Fors sah sich um und begegnete fragenden Blicken.

»Ich weiß, dass Sie Entlastungsgespräche und Debriefing in Gruppen durchführen und dass Sie schon heute Morgen mit vielen der Betroffenen gesprochen haben. Ich möchte, dass Sie darauf achten ...«
»Moment«, unterbrach ihn Låftman.
»Bitte?«
»Ich bin nicht sicher, ob Sie wirklich wissen, womit wir uns beschäftigen?«, sagte Låftman.
»Vielleicht nicht«, antwortete Fors.
»Soll ich berichten?«
»Bitte.«
Låftman holte tief Luft, als müsse er einen Anlauf nehmen. »Wir treffen Menschen in Gruppen. Diese Menschen sind in erster Linie die, die unmittelbarer Gefahr ausgesetzt waren. Also alle – Kinder und Erwachsene –, die sich im Speisesaal aufhielten. Dann geht es um jene, die auf dem Hof waren. Sie haben Freunde oder Schüler verletzt gesehen oder gar sterben sehen. Ferner das übrige Personal, das gekommen ist, nachdem geschossen wurde. Außerdem haben wir Eltern, Geschwister und Angehörige. Wir beginnen mit denen, die sich in der Gefahrenzone aufhielten. So arbeiten wir. Wir gehen davon aus, dass die Menschen, mit denen wir arbeiten werden, sich bedroht gefühlt haben, einen Verlust oder Verluste erlitten haben, unfähig waren einzugreifen und die Situation zu beeinflussen. Sie stehen unter Schock. Wir lassen sie erzählen. Wenn es sich um Kinder handelt, kann Malen hinzukommen. Aber in erster Linie erzählen sie, was sie erlebt haben. Eine Voraussetzung, dass das Ganze funktioniert, ist die, dass alle, die etwas erzählen, si-

cher sein können, dass nichts weitergetragen wird. Die Polizei kann nicht erwarten, dass diese traumatisierten Menschen als Zeugen auftreten können, während sie gleichzeitig versuchen, das Erlebte zu verarbeiten. Wir führen Entlastungsgespräche und Debriefing durch. Wir befragen nicht. Die Befragungen muss die Polizei selbst in die Hand nehmen.«

Fors betrachtete Låftman, der rote Wangen bekommen hatte.

»Ich hab versucht zu erklären, dass sich die Befragungen hinauszögern können«, sagte Fors. »Es kann lange dauern. Und wir haben einen unbekannten Täter, der vermutlich bewaffnet ist und die Waffe womöglich noch einmal benutzen will.«

»Das ändert nichts«, sagte Låftman. »Die Mitglieder dieser Gruppe sind keine Polizisten.«

»Warten Sie«, sagte Aina Stare. »Kann man das nicht ziemlich einfach lösen?«

»Wie?«, fragte Låftman und drehte sich hastig zu Stare um, die neben ihm saß.

»Kann man die Gruppen nicht selbst entscheiden lassen, wie sie sich zu dem stellen, was Fors gesagt hat? Wir können die Gesprächspartner doch darum bitten, unverzüglich Kontakt zu Harald Fors oder einem anderen Polizisten aufzunehmen, falls ihnen etwas aufgefallen ist, das die Polizei wissen sollte.«

»Genau«, sagte Fors. »Das wollte ich erreichen. Natürlich möchte ich mich nicht in Ihre Arbeit einmischen. Ich hab keinen blassen Schimmer von dem, was Sie machen, und mir würde nicht mal im Traum einfallen, Ihnen vorschreiben zu wollen, wie Sie vorgehen sollen. Wenn Sie nur das weitergeben, was Aina Stare gesagt hat, dass wir zu jedem in Kontakt treten wollen, der etwas über das Verhalten des Täters oder seine Identität aussagen kann, dann bin ich schon zufrieden.«

»So können wir es doch machen?«, sagte Aina Stare und wandte sich der Gruppe zu.

23

Über Funk erfuhren sie, dass das Mädchen mit dem Halsschuss gestorben war.

Fors fuhr zurück zum Polizeipräsidium.

»Wie geht es dir?«, fragte Stjernkvist.

»Nicht besonders.«

»Du solltest nach Hause fahren und dich hinlegen. Wir haben morgen einen langen Tag vor uns.«

»Ich hätte mir nicht die Pistole stehlen lassen sollen.«

Stjernkvist seufzte. »Du konntest aber doch nichts tun.«

»Urban Wests Vater hat ein Radioprogramm gehört. Jemand sprach von Kindern, die wissen, dass sie sterben müssen. ›Wenn kleine Kinder wissen, dass sie sterben müssen, haben sie keine Angst vorm Tod, denn sie können ihn sich nicht vorstellen. Kleine Kinder, die wissen, dass sie sterben müssen, haben Angst, allein gelassen zu werden.‹ Ich denke an das Mädchen, das gerade gestorben ist.«

Stjernkvist schwieg.

»Wusste das Mädchen, dass es im Sterben lag? Hat sie noch mitbekommen, dass ihre Eltern neben ihr gesessen haben, während sie starb? Hat sie gemerkt, dass sie nicht allein war? Und trotzdem – wie viele Menschen auch im Zimmer anwesend gewesen sein mögen, sie war trotzdem allein, nicht wahr? Es ist entsetzlich, wenn Kinder sterben müssen.«

»Ich hatte einen Bruder, der gestorben ist«, sagte Stjernkvist. »Er ist gestorben, bevor ich geboren wurde, nach und nach habe ich dann begriffen, dass es ihn gegeben hat. Er war fünf Jahre älter. Wurde auf einem Parkplatz überfahren. Mein Vater hat am Steuer gesessen. Darüber ist er nie hinweggekommen.«

»Schuld ist etwas Furchtbares«, sagte Fors. »Ich werde es mir nie verzeihen, wenn sich herausstellt, dass es meine Waffe war.«

»Aber das ist doch verrückt! Es ist doch nicht deine Schuld!«

Fors seufzte tief und spürte, wie die Angstatmung einsetzte. Früher hatte er Flugangst gehabt, jedes Mal, wenn er versucht hatte zu fliegen, hatte er schwere Angstattacken gehabt. Die Flugangst hatte er inzwischen im Griff, aber die Angst war ihm vertraut. Sie tobte wie ein schnaubendes Tier in seiner Kehle.

»Solltest du nicht nach Hause fahren und versuchen zu schlafen?«, schlug Stjernkvist vor.

»Ich fürchte, das geht nicht.«

»Du willst also reden?«

»Vielleicht sollten wir raufgehen und uns einen Überblick verschaffen, wo wir stehen?«

»Klar«, sagte Stjernkvist.

Fors parkte das Auto in der Tiefgarage des Präsidiums, sie nahmen den Fahrstuhl nach oben und Stjernkvist ging in sein Zimmer und schloss die Tür hinter sich. Er wählte die Nummer von »Lymans Eck«. Annika war am Telefon.

»Hallo«, sagte Stjernkvist. »Ich komme leider nicht weg um zehn. Vielleicht ein andermal?«

»Ich verstehe«, antwortete Annika, und Stjernkvist dachte, er hätte sich mit seinem Namen melden sollen. Er erkannte ihre Stimme kaum wieder.

»Ich hab im Radio gehört, was passiert ist«, sagte Annika. »Ich hab mal eine Vertretung in der Vikingaschule gemacht.«

»Ich lass von mir hören«, sagte Stjernkvist. »Jetzt muss ich arbeiten.«

Dann ging er zu Fors, der eine Flasche Mineralwasser geöffnet und zwei Gläser eingeschenkt hatte. Fors zeigte auf das eine Glas und setzte sich neben Stjernkvist aufs Sofa. Beide betrachteten die Skizze des Speisesaals.

»Wir müssen herausfinden, wer in der Schlange bei der Essensausgabe gestanden hat«, sagte Fors.

»Vielleicht hat der Schütze zum ersten Mal in seinem Leben geschossen«, sagte Stjernkvist.

»Ein Kind«, sagte Fors. »Da wollte einer jemandem, der in der Schlange stand, etwas heimzahlen. Jemand, der noch nie eine Waffe in der Hand gehabt hat, er bewegte den Lauf in die Richtung, wohin die Kugeln gehen sollten.«

»Er?«, sagte Stjernkvist.

»Wahrscheinlich. Natürlich schießen Mädchen auch,

aber nicht so oft. Vor zweieinhalb Jahren hatten wir hier eins, die hat einen Jungen erschossen, der ihre kleine Schwester schikaniert hat. Heutzutage hantieren nicht nur Männer mit Schusswaffen.«

»Ist es zu spät, um einen der Lehrer anzurufen?«, fragte Stjernkvist.

»Wir versuchen es. Hast du die Nummern?«

»Die Nummern der Erwachsenen habe ich in meinem Zimmer«, sagte Stjernkvist.

»Da gibt es eine, die heißt Filippa Sowieso. Ich hab gesagt, dass ich von mir hören lasse. Sie findet es vielleicht nicht zu spät für einen Anruf.«

»Ich hol den Ordner«, sagte Stjernkvist, er ging und kam mit dem Ordner zurück. Dann saß er wieder auf dem Sofa, den Ordner mit den Telefonlisten auf dem Schoß, die ihm der Hausmeister der Schule kopiert hatte. Er las die Telefonnummer von Filippa Ernblad vor.

Fors wählte und nahm einen Schluck Wasser.

»Ja, hallo«, sagte er, als sich jemand meldete. »Ich möchte gern Filippa Ernblad sprechen. Mein Name ist Fors. Ich bin Polizist ... Danke.« Eine Weile schwieg er, ehe er fortfuhr: »Hallo, Frau Ernblad, hier ist Harald Fors, wir sind uns in Ihrer Klasse begegnet. Inzwischen habe ich mit Urban West gesprochen und von der Seite einige Hinweise bekommen, aber ich möchte gern wissen, wie es im Speisesaal aussah ... Nein, das kann nicht bis morgen warten. Darf ich jetzt gleich vorbeikommen?«

Dann standen beide auf und wollten gehen, aber bevor sie den Korridor erreichten, wurde die Tür von der anderen Seite geöffnet und ein Mann mit Krücke betrat das Büro. An seiner Seite war ein junger Schäferhund. Stjernkvist erkannte den Mann, den er mit der alten Dame hatte sprechen sehen, als er mit Annika Eriksson auf der Bank gegenüber von »Lymans Eck« gesessen hatte. Hinter dem Mann mit der Krücke tauchte Carin auf.

»Ach, das ist ja Nilsson! Hallo!«, sagte Fors. »Ist das dein Hund?«

»Genau«, sagte Nilsson, »das ist Palle.«

»Was für ein netter kleiner Hund«, sagte Fors, kauerte sich hin und streichelte ihn. »Der ist noch nicht alt.«

»Ein halbes Jahr«, sagte Nilsson, dann begrüßte er Stjernkvist. »Nilsson«, sagte er. »Ich bin Rentner. Früher war ich Polizist.«

»Stjernkvist«, sagte Stjernkvist.

»Am besten, du erzählst selbst«, sagte Carin. Alle vier setzten sich, Nilsson und Carin aufs Sofa, Fors auf den Schreibtischstuhl und Stjernkvist auf einen Klappstuhl mit Holzsitz.

Der Hund winselte und wollte aufs Sofa. Nilsson kraulte ihn zwischen den Ohren, und der Hund legte sich zu seinen Füßen nieder, der Kopf ruhte zwischen seinen Pfoten.

»Ich wohne nicht weit entfernt von ›Lymans Eck‹«, begann Nilsson. »Hab das Haus im letzten Jahr verkauft und bin in die Stadt gezogen, in die Torstenssonsgatan 26. Das ist das Haus zwischen Ugglevägen und dem Stadtpark. Ich habe keinen Ausblick auf den Ugglevägen, ich habe also nichts mit eigenen Augen gesehen, aber als Hundebesitzer findet man Freunde. Ich habe eine Bekannte mit einem Pudel. Sie hat mich gegen sieben angerufen und gesagt, dass sie mit mir sprechen muss. Ja, sie hatte was gesehen, wollte aber nicht hineingezogen werden, wie sie sich ausdrückte. Also habe ich sie besucht. Palle durfte mitkommen und Lisa treffen, also den Pudel. Er mag Lisa und Lisa ist ihm ein wenig überlegen, weil Palle so kindisch ist, aber sie sind gern zusammen. Also, die Dame, sie heißt Elna, wollte mir erzählen, dass sie vor einer Viertelstunde, bevor der Krankenwagen kam, etwas vor ›Lymans Eck‹ beobachtet hatte. Ich habe sie gefragt, was sie gesehen hat, und ihr vorgeschlagen, sich bei euch zu melden, aber das wollte sie nicht. Darauf habe ich ihr geraten, aufzuschreiben, was sie gesehen hat. Wir haben ein wenig darüber geredet, was von Interesse sein könnte. Das hier hat sie aufgeschrieben.«

Nilsson zog ein liniertes Blatt aus seiner Brusttasche und reichte es Fors. Das Papier war rosa. Fors las den Text laut vor.

»Ich war mit Lisa draußen gewesen und auf dem Heimweg. Als ich an ›Lymans Eck‹ vorbeikam, standen dort ein paar Jungen, ich glaube, es waren drei. Vielleicht gab es noch einen, aber ich glaube, es waren drei, und alle drei rauchten Zigaretten. Als ich an ihnen vorbeiging, warf einer von ihnen Lisa eine Kippe vor die Pfoten. Ich hatte natürlich Angst, sie könnte sich an der Glut verbrennen, wenn sie darauf trat. Aber ich hab nichts gesagt, heutzutage traut man sich nicht mehr, Jugendlichen etwas zu sagen, man weiß ja nie, wozu das führt. Einer von denen war größer als Herr

Nilsson. Die anderen beiden waren kleiner, fast kleinwüchsig. Sie hatten helle Haare, jedenfalls der Große, aber ich glaube, die anderen auch. Einer trug eine Kappe. Sie trugen diese Art Trainingshosen, in denen gerade alle herumlaufen. Und diese weiten Shirts. Der eine hatte die Ärmel aufgekrempelt und die Zigarettenschachtel hineingesteckt. Ich würde sie wahrscheinlich wieder erkennen, wenn ich sie sehe, jedenfalls den Großen, der die Kippe weggeworfen hat. Als dann der Krankenwagen kam, bin ich auf den Balkon gegangen, von dort aus kann ich ›Lymans Eck‹ und die Würstchenbude sehen, da sitze ich abends, wenn es warm ist. Die Jungen habe ich nicht mehr gesehen, aber ich würde sie, wie gesagt, wieder erkennen, wenn ich sie sähe, da bin ich ziemlich sicher.«

»Sehr gut«, sagte Fors. »Richte ihr bitte meinen Dank aus. Sie schreibt allerdings nicht, wie alt die Jungen waren.«

»Sie meint, ungefähr siebzehn«, sagte Nilsson.

»Wie groß bist du, Nilsson?«, fragte Fors.

»Eins dreiundachtzig.«

»Spjuth sprach von Larsson, Holm und Söder«, sagte Stjernkvist. »Wir haben Unterlagen über Larsson. Er ist auch groß. Das Alter könnte stimmen.«

Fors erhob sich und wandte sich an Carin.

»Sieh zu, dass du Spjuth erwischst, und ihr beiden holt Larsson, Holm und Söder. Nehmt euch einen nach dem anderen vor. Setzt Örström auf Bogdan an. Den will ich auch sprechen. Sie werden wegen des Verdachts auf Überfall festgenommen. Den Haftrichter werden wir nicht vor morgen früh benachrichtigen, dann haben wir den ganzen Tag. Unterrichtet Hammarlund davon, dass wir sie festnehmen. Ich fahre mit Stjernkvist zu einer der Lehrerinnen und komme heute Abend nicht mehr zurück.«

»Ich auch nicht«, ergänzte Stjernkvist.

»Du brauchst nicht mitzukommen«, sagte Fors. »Ich kann das allein machen, falls du nach Hause möchtest.«

»Ich komme gern mit«, sagte Stjernkvist.

»Nochmals vielen Dank, Nilsson«, sagte Fors. Dann verließ er zusammen mit Stjernkvist den Raum.

24

Filippa Ernblad wohnte in Höljesholm auf halbem Wege nach Vebe. Fors und Stjernkvist fuhren in ihren eigenen Autos, um nicht ins Polizeipräsidium zurückkehren zu müssen. Als sie ankamen, saßen Filippa und ihr Mann unter einer Petroleumlampe auf der Veranda. Über dem Waldrand stand ein großer feuerroter Mond. Um die Lampe flatterten Nachtfalter und Filippa Ernblad hatte eine dunkelblaue Decke über ihre Beine gebreitet.

»Wir trinken Saft«, begrüßte Filippa sie. »Möchten Sie auch ein Glas?«

»Gern«, sagte Fors. Stjernkvist musterte Filippa. Er fand sie sehr attraktiv, fast so attraktiv wie Annika.

Auf einem Tablett standen vier Gläser und ein Krug mit etwas, das aussah wie Schwarzer Johannisbeersaft.

»Wollen Sie allein sein?«, fragte der Ehemann.

»Tja«, sagte Fors, »das ist vielleicht besser.«

Der Mann erhob sich und ging ins Haus, und nach einer Weile hörten sie die Geräusche eines Fernsehers.

»Er wollte sowieso Fußball schauen«, sagte Filippa. »Er ist also heilfroh, dass Sie gekommen sind. Nun hat er einen Grund reinzugehen.«

»Wer hat an der Essensausgabe gestanden?«, fragte Fors und führte das Saftglas zum Mund. »Als die Schießerei begann«, fuhr er fort, nachdem er am Saft genippt hatte.

»Jaaa ...« Filippa zögerte mit der Antwort. »Tja ... Richard natürlich, der Junge, der getroffen wurde, aber wer waren die anderen? Wahrscheinlich Richards Freunde. Einer heißt Daniel, glaube ich. Im Lehrerzimmer gibt es Fotos von den Schülern der Schule. Ich unterrichte ja die Kleineren, Daniel kenne ich nur, weil er Pate meiner Klasse ist. Als unsere Schule abbrannte und wir provisorisch in der Vikingaschule untergebracht wurden, bekamen unsere Kinder Paten. Daniel und ein Mädchen mit Namen Elin sind Paten meiner Klasse. Die Patenschaften wurden eingerichtet, damit die Kleinen keine Angst vor den Großen haben.«

»Daniel hat also am Tresen gestanden, als die Schießerei begann?«

»Ja, bei Richard.«

»Wenn man zum Paten ernannt wird, hat man vermutlich den Ruf, ein anständiger Junge zu sein, oder?«

»Das nehme ich an. Daniel wirkt sehr anständig. Er ist mit Elin zusammen, glaube ich. Man sieht sie jedenfalls häufig zusammen. Und sie wirkt auch wahnsinnig ordentlich. Sie ist die Tochter meines Zahnarztes.«

»Aha«, sagte Fors. »Dann hat Daniel also in der Schlange gestanden. Hat er vor oder hinter Richard gestanden?«

»Hinter ihm, glaube ich. Aber sicher bin ich nicht.«

»Und wer stand vor ihm?«

»Das weiß ich nicht. Ich kenne nicht alle Schüler der Oberstufe und nur einige wenige mit Namen.«

»Aber Sie glauben, dass ein Junge vor Richard gestanden hat?«

»Ganz sicher. Aber ich weiß nicht, wer es war.«

»Wer von den anwesenden Erwachsenen im Speisesaal könnte den Namen des Jungen kennen, der vor Richard gestanden hat?«

»Vielleicht das Personal der Essensausgabe. Es sind vier Frauen. Lisbeth – glaube ich – war draußen in der Küche, aber Sofia und Märit waren hinterm Tresen. Sie hatten neue Milch rausgestellt, weil ich ihnen gesagt hatte, dass die Milch alle war. Außerdem hatte ich gebeten, einen anderen Platz dafür zu wählen, weil meine Kleinen nicht heranreichten. Das sind ja keine Ein-Liter-Packungen, sondern Zwanzig-Liter-Kartons. Und meine Kinder kamen nicht heran. Ich habe mit Sofia darüber gesprochen, kurz bevor es knallte. Und in dem Augenblick stand Märit daneben. Die beiden wissen wahrscheinlich, wer in der Schlange stand, und sie kennen die Namen aller Schüler. Es gehört zu ihrer Philosophie, die Namen der Kinder zu lernen und sie damit anzusprechen. Wir haben sehr gutes Küchenpersonal.«

Fors wandte sich an Stjernkvist. »Hast du den Ordner dabei?«

»Ja«, sagte Stjernkvist, »er liegt im Auto.«

Fors erhob sich. »Vielen Dank und entschuldigen Sie bitte die Störung.«

Dann gingen sie zurück zu ihren Autos. Fors drehte sich um und schaute zur Veranda, wo Filippa Ernblad unter der Petroleumlampe saß.

»Die Idylle«, sagte Fors. »Was meinst du, bei wem fangen wir an?«

»Ich habe die Namen und Telefonnummern von allen Schülern«, sagte Stjernkvist. »Im Ordner.«

»Dann versuchen wir es mit Daniel«, sagte Fors.

25

Daniel Levin war ein kleinwüchsiger, ziemlich stämmiger Junge mit runden Brillengläsern und einem Ring im rechten Ohr. Er war selbst am Telefon gewesen und Fors hatte ihn um ein Gespräch gebeten. Daniel hatte gesagt, das gehe in Ordnung. Für den Weg zu der Villa am Stadtrand hatten Fors und Stjernkvist eine Viertelstunde gebraucht.

Es stellte sich heraus, dass Daniel allein zu Hause war. Als er die Haustür öffnete, hatte er die Fernbedienung des Fernsehers in der Hand. Er trug Shorts und war barfuß.

»Meine Eltern sind bei einer Elternbesprechung. Sie kommen wahrscheinlich bald«, erklärte Daniel und führte Stjernkvist und Fors ins Wohnzimmer.

Der Junge setzte sich auf das eine der beiden Sofas, die über Eck standen. Davor stand ein rustikaler Tisch aus Birkenholz. Auf dem Tisch lag Strickzeug, das aussah, als sollte es ein Pullover werden.

»Du warst im Speisesaal, als geschossen wurde«, begann Fors, nachdem er und Stjernkvist sich nebeneinander auf die Couch schräg gegenüber von Daniel hatten sinken lassen.

Der Junge nickte.

»Wir möchten gern wissen, was du von dem mitbekommen hast, was passiert ist.«

Stjernkvist hatte einen Notizblock und einen Kugelschreiber hervorgenommen.

Der Junge dachte eine Weile nach, bevor er antwortete.

»Ich stand in der Schlange und war fast an der Reihe. Da knallte es. Ganz furchtbar. Ich glaube, ich habe mich instinktiv geduckt. Ich bückte mich, und als es zum letzten Mal knallte, lag ich auf dem Fußboden. Die Kleinen schrien, eine der Lehrerinnen kroch unter einen Tisch, und die Kleinen klammerten sich förmlich an sie. Dann wurde es still. Es schien eine Ewigkeit still zu sein, aber das war natürlich nicht so. Dann begannen die Kinder zu heulen und ich bemerkte, dass jemand neben mir lag. Ich wusste nicht, wer es war. Das heißt, schon, aber ich wusste nicht seinen Namen. Er ist neu, geht in die Parallelklasse. Ich kannte ihn nicht. Die waren gerade hierher gezogen, aber ich wusste, dass er Fußball spielt und dass er gut ist.«

»Spielst du auch Fußball?«

Daniel nickte.

»Du hast den Jungen also auf dem Fußboden liegen sehen. Was hast du sonst noch gesehen?«

»Jonny. Er hatte sich auch hingeworfen. Zuerst glaubte ich, dass er ... na ja, verletzt oder tot war, denn er rührte sich nicht.«

»Wo hat Jonny gestanden?«

»Vor mir.«

»Und wo hast du selber gestanden?«

»Vor dem Jungen, der getroffen wurde.«

»Richard«, sagte Fors.

»Genau«, sagte Daniel. »Richard.«

»Also hat Richard am Tresen gestanden. Und dann?«

»Dann ich und ganz vorn Jonny.«

»Kennst du Jonny?«

»Klar. Er geht auch in die Parallelklasse, in dieselbe wie der Neue.«

»Wer hat vor Jonny gestanden?«

»Jonny war der Erste, dort, wo der Tresen anfängt. Er hat das Tablett fallen lassen, aber ich nicht.«

»Wie meinst du das?«

»Als ich mich duckte. Ich hatte das Tablett noch in der Hand und ließ es nicht los. Erst als ich mich auf den Boden kauerte, hab ich es losgelassen. Aber der Junge, der getroffen wurde, hat seins natürlich fallen lassen. Ich hatte Spaghettisoße an der Hose, aber das hab ich erst später gemerkt. Erst hab ich gedacht, es sei Blut, aber es war Hackfleischsoße.«

»Jonny hat also vor dir gestanden?«

»Ja.«

»Und hinter dir Richard?«

»Ja.«

»Fällt dir ein Grund ein, warum jemand auf Richard schießen wollte?«

Daniel dachte eine Weile nach.

»Er ist neu hier. Keine Ahnung. Es ist so unglaublich, dass ein Schulkamerad angeschossen wird, während man vor der Essensausgabe in der Schlange steht. Ich habe es immer noch nicht begriffen. Es kommt mir vor wie im Film.«

»Hätte jemand auf dich schießen wollen?«

Daniel lachte. Dann wurde er schnell wieder ernst. »Auf mich, nee. Niemals. Ich kenne keinen, der schießen kann.«

»Und Jonny?«

Daniel dachte eine Weile nach. »Nein, aber mit Jonny kriegt man leicht Ärger.«

»Wie meinst du das?«

»Zoff, kleine Reibereien. Aber nichts, weswegen jemand schießen würde.«

»Worüber streitet man sich?«

Diesmal dachte Daniel eine ganze Weile nach, ehe er antwortete. »Erfährt es jemand, wenn ich etwas sage? Bei einem Prozess oder so?«

»Was du jetzt sagst, bleibt ganz unter uns.«

Der Junge seufzte. »Jonny ist kein netter Junge.«

»Nein?«

»Er legt sich mit den Leuten an.«

»Wie?«

»Ärgert sie. Sagt fiese Dinge. Viele haben Angst vor ihm.«

»Warum?«

»Weil er gemein ist.«

»War er auch schon mal gemein zu dir?«

»Nein.«

»Zu wem ist er gemein gewesen?«

»Zu vielen.«

»Wie viele?«

»Sehr viele.«

»Aber zu dir nicht?«

»Nein, außerdem ist es übertrieben zu behaupten, er sei zu allen gemein, aber er ist tatsächlich oft gemein, zu vielen.«

»Zu wie vielen?«, fragte Fors. »Wie viele könntest du benennen, zu denen er gemein war?«

»Zwanzig?«

»Zwanzig? Jonny war zu zwanzig Leuten gemein?«

»Mindestens.«

»Wie verhält sich einer, der gemein ist?«

Daniel nahm seine Brille ab, musterte die Gläser und setzte die Brille wieder auf. »Er geht zu irgendjemandem und sagt: ›Bah, bist du hässlich‹.«

»Und was passiert dann?«

»Nichts.«

»Wenn jemand so was zu dir sagen würde, was würdest du dann tun?«

Daniel schüttelte den Kopf. »Zu mir sagt niemand so was.«

»Aber wenn.«

»Würde nie passieren.«

»Warum nicht?«

Daniel dachte wieder nach, fingerte an seiner Brille und seufzte. »Ich hab einen Status.«

»Was bedeutet das?«

»Ich bin jemand.«

»Und die, die niemand sind?«

»Die sind nichts. Die triezt Jonny.«

»Geht das schon lange so?«

»So war Jonny schon in der ersten Klasse. In der Mittelstufe war er einer, der jemandem das Buttermesser beim Mittagessen hinstreckte. Und wenn man danach griff, zog er es weg, sodass man Butter an den Fingern hatte. Wenn man sauer wurde, sagte er, man stelle sich an, ein bisschen Spaß müsse man schon vertragen. Er konnte jemanden von hinten treten, in den Hintern, einfach so im Vorbeigehen. Wenn man was sagte, behauptete er immer, es sei nur Spaß. Man musste Spaß vertragen. In der Oberstufe wurde er bösartiger. Er erzählte den Leuten, dass sie blöde Klamotten trugen oder sonst wie hässlich seien oder dass er von jemandem gehört hatte, der fand, dass man hässlich war. Er verbreitet gern Gerüchte. Er ist wirklich ein ziemlich hoffnungsloser Fall.«

»Aber dich hatte er nie auf dem Kieker?«

»Er hat es nur auf Bestimmte abgesehen.«

»Auf wen?«

»Auf Typen, die nicht so viele Freunde haben.«

»Aber jemand muss doch sauer auf ihn geworden sein?«

»Nicht sehr viele.«

»Warum nicht?«

»Man will halt keinen Streit.«

»Und die Lehrer?«

»Die sagen nichts.«

»Warum nicht?«

»Das ist ihre Methode. Nichts merken. Dann brauchen sie auch nicht einzugreifen. In der Sechsten hatten wir eine Lehrerin, die hat es versucht. Sie hat ein Gespräch mit der Klasse organisiert. Die Schulkrankenschwester war auch dabei. In der Klasse war ein Junge, der hatte dauernd Pech. Er hieß Anton und ist in der Siebten nach Stockholm gezogen. Anton hatte ältere Geschwister und trug deren abgelegte Kleidung. Und er hatte fast keine Freunde. Dauernd gab Jonny Kommentare zu Antons Kleidung ab. Dass es prima war, so ätzende Sachen zu besitzen, die wollte wenigstens niemand klauen. Dass Anton nach Mist roch – ich glaube, sie hatten Hühner. Anton kam nicht mehr in die Schule. Und dann hatten wir das Gespräch mit der ganzen Klasse, der Schulschwester und Anton – er war ziemlich klein, sehr dünn –, er saß bloß da und starrte zu Boden, als unsere Lehrerin sagte, dass wir nun darüber sprechen wollten, wie wir miteinander umgingen und wer anfangen wollte? Jonny meldete sich und sagte, etwas gefalle ihm gar nicht in der Klasse. Es gebe niemanden, der Spaß versteht. Nur er machte Späße. Und dann nannte er ein Beispiel und sagte, dass er, wenn er zu Lotta sage, sie sei hässlich, es doch nicht so meine. Jeder kann doch sehen, dass sie hübsch ist. ›Aber es scheint einige zu geben, die verstehen keinen Spaß. Die nehmen alles so ernst‹, sagte er.

Da lachte Lotta und einige andere fingen auch an zu lachen. Schließlich will niemand zu den Spaßverderbern gehören. Nach einer Weile fragte die Schulschwester Anton nach seiner Meinung. Er starrte nur zu Boden. Die Schwester fragte, ob Anton häufig Spaß machte. An seiner Stelle antwortete Jonny, dass er und Anton oft Spaß machten. Anton sei einer der wenigen in der Klasse, der Spaß verstehe. Da schaute Anton auf und sah Jonny an und lächelte und Jonny nickte. Es war ekelhaft. Ich war erst zwölf und wusste nicht, was ich tun sollte. Es war ein scheußliches Gefühl, machtlos zusehen zu müssen, wie Anton seinen Peiniger angrinste. Die Lehrerin und die Schwester begriffen nicht die Bohne. Sie waren froh und fanden es gut, dass Anton und Jonny Freunde waren, denn das waren sie doch? ›Klar‹, sagte Jonny. Klar waren sie Freunde. Am nächsten Tag hat Jonny Antons neues Hemd im Klo versenkt. Es war das einzige neue Hemd, das ich je bei Anton gesehen habe, und das schmiss Jonny ins Klo. Er sagte, das sei nur ein Spaß gewesen, sie hätten gespielt, und unsere Lehrerin ging ihm auf den Leim. Denn auch Anton behauptete, dass es nur ein Spaß war und dass es nichts mache.«

Daniel hörte auf zu reden und nahm sich die Brille ab. Er hatte angefangen zu weinen, seine Oberlippe zitterte. »Es ist schrecklich, so was zu sagen, aber wenn es Jonny gewesen wäre, wenn Jonny im Speisesaal gestorben wäre – ich glaube, dann wäre niemand traurig gewesen. Vielleicht seine Eltern, aber sonst niemand.«

»Du meinst also, Jonny hat viele Feinde?«, fragte Fors.

»Ich weiß nicht, ob Feinde das richtige Wort ist«, antwortete Daniel, »Freunde hat er jedenfalls nicht. Aber deswegen wird man ja nicht gleich erschossen, oder? Man wird ja nicht einfach erschossen, nur weil man keine Freunde hat.«

»Nein«, sagte Fors, »das wohl nicht. Hast du gesehen, aus welcher Richtung die Schüsse kamen?«

Daniel drehte den Kopf und runzelte die Stirn. »Jetzt kommen meine Eltern.«

Er lauschte auf die Geräusche eines Pkws, alle drei hörten, wie Autotüren zugeschlagen wurden.

»Hinter den Pflanzen, ich glaube, der Schütze hat hinter den Pflanzen gestanden«, sagte Daniel dann.

»Hast du etwas von dem Schützen gesehen?«

»Nein, nur die Geräusche gehört. Es hat wahnsinnig geknallt.«

Daniel wischte sich mit der rechten Handfläche über die Wange. Die Haustür wurde geöffnet.

»Hallo, jemand zu Hause?«, ertönte eine Frauenstimme.

»Wir sind im Wohnzimmer!«, rief Daniel und wischte sich mit beiden Händen über die Wangen, damit seine Eltern nicht sahen, dass er geweint hatte.

Frau Levin war eine kleine rundliche Frau in einem weißen Jeansrock und dunkelblauem T-Shirt. Ihr Mann war so groß wie Fors und hatte einen kleinen Bart um den Mund. Er hatte gelockte rote Haare.

Fors und Stjernkvist erhoben sich. Frau Levin betrachtete ihren Sohn. »Hast du geweint?«

Daniel schaute zur Seite. Dann zeigte er mit einem Finger auf Fors. »Sie sind Polizisten.«

Frau Levin gab den beiden rasch die Hand, bevor sie sich neben ihren Sohn setzte und einen Arm um ihn legte. »Es ist der Schock«, sagte sie. »Du kannst noch mehrere Tage Weinausbrüche bekommen.« Sie strich Daniel übers Haar, während Herr Levin Fors und Stjernkvist begrüßte.

»Wir haben angerufen und Daniel um ein Gespräch

gebeten«, erklärte Fors. »Wir müssen uns einen Überblick verschaffen, was im Speisesaal passiert ist.«

»Müssen nicht die Eltern zugegen sein, wenn Kinder verhört werden?«, fragte Levin und verschränkte die Arme. Stjernkvist und Fors blieben stehen. Sie warteten darauf, dass Levin sie bitten würde sich zu setzen. Aber das tat er nicht. »Das schreibt doch das Gesetz vor?«, fuhr er fort.

»Das ist richtig«, antwortete Fors. »Wenn es sich um ein Verhör handelt. Aber Daniel ist keines Verbrechens verdächtig. Deshalb ist es kein Verhör, eher ein Gespräch.«

»Es ist etwas so Entsetzliches passiert«, sagte Frau Levin, während sie ihrem Sohn über die Stirn strich. Sie sagte es teils zu ihrem Sohn, teils zu Fors und Stjernkvist.

»Bei Abdi Mahammed Adan ist eingebrochen worden«, fuhr sie fort. »Jemand hat eine Brandbombe geworfen.«

»Nein«, stöhnte Daniel mit offenem Mund. »Sind sie verletzt?«

»Nur Abdi. Sie haben ihn mit einem Baseballschläger niedergeschlagen und eine Flasche mit Benzin in die Wohnung geschmissen. Faduma hat einen Teppich über das Feuer geworfen und es gelöscht.«

»Faduma geht in Daniels Klasse«, erklärte Levin. »Sie war gestern hier, ein sehr nettes Mädchen. Und jetzt haben ein paar Verrückte versucht, sie, ihre Geschwister und Eltern zu verbrennen, weil sich einer Ihrer Kollegen negativ über Einwanderer geäußert hat.« Levin zeigte mit einem Finger auf Fors. »Ich habe ihn selber gehört. Es ist unbegreiflich, wie man sich so im Rundfunk äußern kann. Und es war nicht mal ein gewöhnlicher Bulle, sondern ein Vorgesetzter.«

»Nylander«, sagte Fors. »Er ist Chef der Schutzpolizei.«

Levin schüttelte den Kopf, dann ballte er die Fäuste. »Vollkommen unbegreiflich! Heute Nachmittag hatten wir ein ausländerfeindliches Flugblatt im Briefkasten. Jetzt versucht man schon, die Freunde der Familie zu verbrennen! In was für einer Gesellschaft leben wir eigentlich? Was ist aus unserer Polizei geworden?«

»Es ist bedauerlich«, begann Fors, wurde jedoch unterbrochen.

»Bedauerlich!«, brüllte Levin. »Es ist ein Skandal, nicht mehr und nicht weniger. Ein einziger Skandal! Man sollte die Polizeireviere schließen und die ganze Bande verabschieden. Da schickt man seine Kinder in die Schule, und dann taucht dort jemand auf und fängt an zu schießen, und nun heißt es, die Waffe sei einem Polizisten gestohlen worden.«

»Das wissen wir nicht«, sagte Stjernkvist.

Levin starrte ihn böse an. »Es heißt, einem Polizisten sei die Waffe gestohlen worden, und dass genau diese Waffe in der Vikingaschule benutzt wurde. Kennt denn die Einfalt der Bullen überhaupt keine Grenzen? Als ich jung war, wurde mein Telefon von der Geheimpolizei abgehört, weil ich politisch aktiv war. Das fand ich damals eher komisch, aber heute hat man noch ganz andere Sachen gesehen. Meine Nichte wurde vor einigen Jahren von euren Kollegen in Göteborg während des Gipfeltreffens misshandelt. Dort wurde auch geschossen, aber Gott sei Dank hat niemand sein Leben verloren. Und nun hat also dieser Verrückte, dieser formidable verdammte Idiot, dieser Kommissar Hylander ...«

»Nylander«, korrigierte Stjernkvist.

Wieder starrte Levin ihn wütend an. »Nylander, der Idiot Nylander. Er ist die direkte Ursache dafür, dass fünf Menschen einem Brandanschlag ausgesetzt waren. Wo zum Teufel finden Sie bloß alle diese Idioten für den Polizeidienst?« Levin war so wütend, dass er zitterte.

»Setz dich«, forderte seine Frau ihn auf und strich ihrem Sohn über die Stirn. Artur Levin nahm neben seiner Frau auf dem Sofa Platz.

»Gottverdammte Einfalt!«, knurrte er viel sagend und fuhr sich mit der Hand über den Haaransatz. »Drei tote Kinder, ein Brandanschlag gegen eine Familie aus Somalia, ausländerfeindliche Propaganda und – was macht die Polizei? Ermittelt gegen sich selber. Versucht rauszufinden, ob einem Polizisten seine Waffe geklaut wurde, ob ein Kommissar was Dummes gesagt hat. Ich bin so wütend, dass ich gar nicht weiß, wohin mit meiner Wut. Wie sollen wir es in Zukunft wagen, unsere Kinder in die Schule zu schicken? Wie sollen wir wissen, ob nicht irgendein Bekloppter in einer Abstellkammer sitzt und an einer halbautomatischen Pistole rumfummelt, mit der er später unsere Kinder erschießen wird? Wie sollen wir uns jemals wieder sicher fühlen, können Sie mir das beantworten – wie heißen Sie noch?«

»Fors«, sagte Fors.

»Fors«, wiederholte Levin. »Können Sie mir das beantworten?«

»Nein«, sagte Fors. »Das kann ich nicht. Aber wir haben einen kleinen Schritt in die richtige Richtung gemacht, wenn wir den fassen, der in der Vikingaschule geschossen hat.«

Levin schüttelte energisch den Kopf. »Den kriegen Sie nie. Wir haben die ineffektivste Polizei der Welt. Das Einzige, wozu ihr taugt, ist Telefone abhören und demonstrierende Jugendliche misshandeln, und nicht mal das kriegt ihr hin, ohne wild um euch zu schießen. Und dann lasst ihr euch auch noch eure Waffen klauen.«

Dann verstummte Levin, runzelte die Stirn und musterte Fors. »Was ist mit Ihrem Gesicht?«

»Ich bin kürzlich überfallen worden«, antwortete Fors.

Frau Levin legte die Hand auf den Mund.

»Jetzt seh ich es erst. Himmel, wie Sie aussehen!«

»Ja«, sagte Fors, »und morgen bin ich vermutlich auch noch nicht hübscher.«

»Ihr ganzes Gesicht wird blaugrün«, sagte Levin. »Entschuldigen Sie bitte, wenn ich etwas ausfallend geworden bin, aber es ist alles so schrecklich, man weiß gar nicht mehr, was man sagen soll.«

»Ich verstehe Ihre Aufregung«, sagte Fors. »Hätte mein Sohn neben dem Erschossenen im Speisesaal gestanden, wäre ich auch an die Decke gegangen.«

»Wer hätte ahnen können, dass so was mal bei uns in Schweden passiert«, sagte Frau Levin.

»So was verbreitet sich wie eine Epidemie«, behauptete Levin. »Überall sitzen durchgeknallte Typen. Wenn die kapieren, dass man es so machen kann, braucht man nur abzuwarten, wann sich die nächste Tragödie ereignet.«

Levin zeigte aufs Sofa, und Fors und Stjernkvist setzten sich.

»Wie geht es dir?« Frau Levin strich ihrem Sohn über die Haare. Der Junge rutschte beiseite, ziemlich unwirsch, weg von der Hand seiner Mutter.

»Ich kriege eine Migräne«, antwortete er.

»Er hat Migräne«, erklärte Frau Levin und sah Fors an.

Der Junge wurde wütend. »Ich kann selber reden!«

»Natürlich, ist doch klar«, sagte die Mutter mit einer Miene, als wollte sie einen bissigen Hund streicheln.

Daniel war weiß geworden. »Ich muss mich hinlegen.«

»Vielen Dank für deine Hilfe, Daniel«, sagte Fors.

Der Junge streckte die Hand über den Tisch und verabschiedete sich von Fors und Stjernkvist. Dann verließ er das Zimmer.

Die Eltern sahen sich an.

»Er ist furchtbar erregt über all das, was passiert ist, und die Sache mit Fadumes Familie macht es nicht besser. Er mag Fadume sehr gern«, sagte Frau Levin.

»Verzeihen Sie die Störung«, sagte Fors und erhob sich. »Hoffentlich haben wir nicht dazu beigetragen, dass es Daniel schlecht geht.«

»Er bekommt immer Migräne, wenn er sich aufregt«, erklärte die Mutter.

Sie verabschiedeten sich mit Handschlag, dann gingen Fors und Stjernkvist. Als sie auf die Straße kamen, stand der Mond am Himmel und leuchtete mystisch schön über dem Dach des Nachbarhauses.

26

Fors konnte nicht schlafen. Er hatte das Schlafzimmerfenster weit geöffnet, trotzdem war es noch zu warm.

Er wurde von seiner Angst gepeinigt. Er schwitzte und sein Atem ging wie ein glühendes Eisen in seiner Kehle auf und ab. Er versuchte, sich an Orte seiner Kindheit zu erinnern, Orte, die er gern gehabt hatte, und er begab sich auf eine Fahrradtour zum Angeln an den Tümpel im Wald. Er ging mit Angel und selbst gemachten Fliegen über Bergwiesen, Huflattich und Wollgras neigten sich unter seinen Stiefeln, er stieg über Biberfallen, wo Birken so geschlagen worden waren, dass sich fast undurchdringliche Hindernisse gebildet hatten.

Manchmal kauerte er sich an einem Bach mit klarem Wasser nieder und trank. Er hörte den Steinfalken und sah ihn über dem Bergkamm, in der kühlen Dämmerung sah er draußen den Seetaucher liegen, majestätisch und großartig, dort, wo sich der Bach zu einem kleinen Tümpel weitete. Er schlug nach den Mücken und rieb sich mit Mückenöl ein, dann erwachte die Lachsforelle, und Fische so groß wie sein Unterarm hoben sich aus dem Wasser und zeigten sich dreißig Zentimeter über der Oberfläche, bevor sie wieder zurückklatschten, und der vierzehnjährige Fors hielt dem

Fisch seine weiße, selbst gebundene Fliege hin, und dann kamen der Ruck und das intensive Glücksgefühl darüber, in dem Moment am lebendigsten zu sein, in dem jemand oder etwas sterben würde.

Fünf Minuten vor acht betrat Fors sein Büro. Er ging zum Flipchartblock und begann zu schreiben. Eine Weile später hatte er eine Liste mit acht Punkten vor sich:
die Gefassten
Brandanschlag
Eltern mit Waffen
Bericht der Spurensuche
der tätowierte Mann
Frageaktion an den Türen
der Brief
Spjuth

Er war gerade einen Schritt zurückgetreten, als Carin mit einem Bündel Zeitungen in der Hand hereinkam.
»Geschmier«, sagte sie.
»Was?«, fragte Fors.
»Das kannst du an die erste Stelle setzen«, sagte Carin und ließ sich auf dem Sofa nieder. »Wie siehst du denn aus, Harald!«
Fors starrte sie an.
»Ich?«
»Das ganze Gesicht blaugrün. Wie oft haben sie dich eigentlich getreten?«
»Was steht in den Zeitungen?«, fragte Fors, während

er »Geschmier« und »Sonstige Berichte« auf den Block schrieb.

Carin hielt eine der Zeitungen hoch. Auf der ersten Seite waren Fotos von den drei toten Kindern. »Tragödie« lautete die fette Überschrift. Sie hielt die nächste Zeitung hoch. »Keine Spuren vom Täter« war die Überschrift, auch hier waren die Kinder abgebildet, nur kleiner, stattdessen ein großes Foto von der Vikingaschule.

Stjernkvist betrat das Zimmer. Er war genauso gekleidet wie am vergangenen Tag, nickte Carin hastig zu und wandte sich an Fors. »Der Schmierer war auch im Gymnasium tätig.«

»Was für ein Schmierer?«, fragte Fors.

»Wie siehst du denn aus!« Man merkte, dass Stjernkvist versuchte, seinen Unwillen zu unterdrücken.

Fors sah resigniert aus. »Genau das hat Carin eben auch gesagt.«

»Hast du heute schon in den Spiegel geguckt?«, fragte Stjernkvist.

»Ich versuche es zu vermeiden«, sagte Fors. In dem Moment strömten Hammarlund, Spjuth, Karlsson, Örström und Stenberg ins Zimmer.

»Gibt's Kaffee?«, fragte Stenberg.

»Wir fangen an.« Hammarlund setzte sich auf Fors' Stuhl mit den Rollen. Die anderen drängelten sich auf dem Sofa oder nahmen auf Klappstühlen Platz. Stjernkvist öffnete ein Fenster.

»Wir haben einen Künstler«, sagte Hammarlund. »Oder mehrere. Der Künstler – oder die Künstler – haben heute Nacht ganze Arbeit geleistet. Das Ergebnis kann man an den Wänden und Fenstern der Vikingaschule bewundern. An vierzehn Stellen hat jemand ›kill‹ gesprayt. Das größte Kunstwerk ist einen Quadratmeter groß und in Schwarz und Rot ausgeführt. Vor einer Weile hat die aufgeregte Direktorin des Gymnasiums angerufen. Sie berichtete, bei ihnen gebe es dasselbe Kunstwerk an sechs Stellen. Ich habe Ygberg und Franke hingeschickt. Du, Spjuth, nimmst zu ihnen Kontakt auf, sobald wir hier fertig sind. Ich habe auch zwei Männer von der Schutzpolizei hingeschickt. Sie sollen sich bis auf weiteres in der Schule aufhalten. Wir wissen ja nicht, ob der Täter auch der Schmierer ist oder irgendwelche anderen Burschen, die unbedingt kommentieren wollen, was in unserer kleinen Stadt passiert.«

»Express yourself«, knurrte Spjuth.

»Man sollte ihnen die Finger abhauen«, meinte Örström.

»Mehr Scharia«, sagte Carin. »Möchtest du das? Vielleicht sollten wir sie bis zu den Hüften eingraben und anschließend steinigen.«

»Wir müssen diese Malerjünglinge fassen«, sagte Hammarlund. »Wir müssen sichergehen können, dass es nicht der Täter ist, der mit uns kommunizieren will.« Dann sah er Fors an. »Weißt du, wie du aussiehst, Harald?«

»Das haben mir schon einige zu sagen versucht«, antwortete Fors.

»Wenn wir diese Schmierfinken haben, sollen sie am besten Harald treffen. Dann wären sie für den Rest ihres Lebens traumatisiert«, sagte Spjuth.

»Unsere eigene Form von Scharia«, sagte Örström. »Die Schurken müssen Harald ins Gesicht schauen und werden auf der Stelle brav.«

»Ygberg übernimmt die Verantwortung bei der Schmieraktion«, sagte Hammarlund. »Ich ruf die Direktorin an und schlage ihr vor, die Schüler nach Hause zu schicken.«

»Dann treiben sich achthundert Jugendliche in der Stadt rum«, sagte Carin. »Ist das gut?«

Hammarlund breitete resigniert die Arme aus. »Ist es besser, wenn sie sich in einem Gebäude befinden, das so beschmiert wurde, dass man gut glauben kann, dort will auch jemand eine Schießerei anfangen?«

»Wie haben sie das in der Vikingaschule geschafft?«, fragte Spjuth. »Gibt's da keine Bewachung?«

»Der Wachdienst ist beauftragt. Die hatten bis vierundzwanzig Uhr einen Mann vor Ort. Danach fuhr jede Stunde eine Autopatrouille vorbei.«

Spjuth stieß Luft aus. Es klang, als tauche ein Walfisch an die Wasseroberfläche. »Ich hab all diese Schlampereien bei uns so satt«, sagte er seufzend. »Könnte es nicht ausnahmsweise einmal funktionieren, hätte der Wachdienst nicht ausnahmsweise den Schmierer erwischen können?«

»Ein kluger Wachmann wird das tunlichst lassen«, sagte Örström. Alle wussten, worauf er anspielte: Vor einem Jahr hatte ein Wachmann versucht, zwei ›Künstler‹ aufzuhalten, die in einer Garage Busse besprayten. Der Wachmann bekam einen Messerstich in den Hals und schwebte drei Tage lang zwischen Leben und Tod.

»Können wir das Thema Schmiererei jetzt abhaken?«, schlug Hammarlund vor. »Ich kann euch übrigens mitteilen, dass Nylander freigestellt wurde. Bis auf weiteres ist Pärsson Chef der Schutzpolizei.« Er fuhr fort: »Dann haben wir da noch den Brandanschlag. Gestern Abend wurde eine somalische Familie in ihrer Wohnung überfallen. Dieser Überfall kann mit Nylanders Äußerung in Verbindung gebracht werden.«

»Nylander«, grunzte Spjuth. »Dem sollte man die Zunge rausreißen und ihn dann wirklich verbuddeln.«

»Noch mehr Scharia!«, brummte Örström. »Habt ihr noch mehr auf Lager?«

Hammarlund seufzte. »Darum soll sich auch Ygberg kümmern. Es gibt keine Spuren von den Tätern. Es waren drei oder vier und sie hatten Strumpfmasken an.« Er sah Karlsson an. »Was sagt das Waffenregister?«

»Unter den Eltern der Kinder von der Vikingaschule gibt es zwei Pistolenschützen. Beide sind in einem Schützenverein. Beide besitzen Wettkampfwaffen vom Kaliber 22.«

Hammarlund sah unzufrieden aus. »Aber bei uns gibt es doch eine Angestellte, die Kinder an der Schule hat?«

Karlsson wurde rot. »Ja, Högberg.«

»Hast du ihre Waffe gesehen?«

»Nein.«

»Guck sie dir an, krieg raus, wo sie verwahrt wird.«

»Ja«, antwortete Karlsson beschämt.

»Wisst ihr noch mehr über die Waffen?«, fragte Hammarlund.

»Wir haben drei Kugeln gefunden«, sagte Stenberg. »Es ist Sicherheitsmunition.«

Im Raum wurde es still.

Alle wussten, dass es die Weichmantel-Sicherheitsmunition nicht im Handel zu kaufen gab und dass nur die Polizei Zugang dazu hatte.

Fors begann keuchend zu atmen. »Scheiße«, sagte er. »So eine Scheiße.«

»Harald«, sagte Hammarlund, »Harald … hör zu.«

»Scheiße«, wiederholte Fors. »Das halt ich nicht aus.«

Stenberg sah auch unglücklich aus.

»Außerdem sind es sechs Rillen.«

Wenn man einen Schuss auslöst, wird die Kugel durch den Pistolenlauf gepresst, und dabei graben sich die Kanten der spiralig verlaufenden Züge im Innern des Pistolenlaufs in den Geschossmantel ein. In besonderen Revolvern sind das manchmal fünf Züge, die Sig-Sauer-Pistole der Polizei enthält sechs.

»Verdammte Scheiße«, keuchte Fors. »Das halte ich nicht aus.« Dann schluchzte er auf und wischte sich die Augen. Tränen liefen ihm über die Wangen. »Scheiße!«, stöhnte er.

Carin setzte sich neben ihn und legte ihm einen Arm um die Schultern.

»Du bist ein guter Polizist, Harald«, sagte Hammarlund. »Du bist der beste, den wir haben. Brich jetzt nicht zusammen, wir brauchen dich. Wenn es deine Waffe ist, dann gibt es dort draußen jemanden, der damit rumläuft und sich überlegt, wie er sie das nächste Mal einsetzen kann. Wir brauchen dich, um den Kerl zu fassen.«

»Es ist ein Kind«, sagte Fors. »Niemand sonst würde

sich in die Schultoilette stellen und versuchen, durch den Türspalt zu schießen. Wir suchen nach einem Kind.«

»Vielleicht«, sagte Hammarlund. »Aber wir brauchen dich, Harald, brich jetzt um Gottes willen nicht zusammen.«

Fors sah seine Kollegen an, einen nach dem anderen. »Ich kann überhaupt keinen klaren Gedanken fassen.«

»Wir brauchen dich, Harald«, wiederholte Hammarlund. »Du schaffst das. Wir helfen dir, aber wir brauchen dich. Und jetzt machen wir weiter.«

»Scheiße!«, stöhnte Fors. »Scheiße!«

»Der tätowierte Mann«, sagte Hammarlund. »Was bedeutet das?«

»Vor ›Lymans Eck‹ war ein alter Mann, kurz nachdem Harald niedergeschlagen wurde. Er war tätowiert. Er hat angerufen, aber nicht bei uns. Wir sollten herausfinden, wer er ist«, sagte Stjernkvist.

»Wer hat ihn gesehen?«, fragte Carin.

»Das Mädchen im Laden.«

Alle Anwesenden im Raum dachten dasselbe: Ein Verbrecher, der ein Motorrad fährt, ist häufig tätowiert. Und die Motorradfahrer in Vebe hatten Harald bedroht.

»Zeig der Zeugin ein paar Fotos«, schlug Spjuth vor. »Die Motorradfahrer haben wir doch auf Fotos, oder?«

»Fast alle«, sagte Stjernkvist.

»Na also«, sagte Hammarlund. »Stjernkvist zeigt der Zeugin Bilder und sorgt dafür, dass wir den Kerl erwischen. Was hat die Frageaktion an den Türen erbracht?«

Carin berichtete. Während sie sprach, sah sie hin und wieder Fors an, der mit in die Hände gelegtem Kopf dasaß und die Ellenbogen auf die Knie stützte.

Dann wurde der Brief von Lisas Frauchen vorgelesen und man diskutierte, ob man Nilsson bitten sollte, auch der alten Dame Bilder zu zeigen.

»Wir haben ein Foto von Larsson«, sagte Spjuth. »Das können wir ihr zusammen mit Fotos von den sieben anderen Typen vorlegen und sie fragen, ob sie jemanden erkennt.«

»Macht das«, sagte Hammarlund. »Aber bittet Nilsson, sich darum zu kümmern. Haben wir Fotos von Jugendlichen?«

»Dafür sorge ich«, sagte Spjuth. Dann berichtete er alles, was er von den Jugendlichencliquen bis vor einem Jahr wusste, und Hammarlund bat ihn, seine alten Kontakte zu erneuern.

»Und schließlich«, sagte Hammarlund, lehnte sich zurück und wippte mit der Rückenlehne, »haben wir doch einige gefasst, oder?«

»Wir haben Larsson gesucht«, sagte Carin, »ihn aber nicht gefunden. Von seinen Kumpeln haben wir einen gefasst – Holm, gestern Abend. Er scheint Angst zu haben. Bogdans Vater sagt, dass Bogdan zu seinem Onkel nach Sarajewo gefahren ist, als er die Schule beendet hatte. Er ist nicht zurückgekommen. Sein Vater sagt, dem Jungen gefällt es dort.«

»Dann haben wir also einen, der vielleicht dabei war, als die Waffe gestohlen wurde. Wer verhört ihn?«

Alle sahen Fors an. »Ich weiß nicht, ob ich das schaffe.« Fors seufzte.

»Wir machen es zusammen«, sagte Carin, »wie üblich. Klar schaffst du das. Das ist doch bloß ein Würstchen. Der bricht zusammen, wenn er dich nur sieht.«

»Gut«, sagte Hammarlund. »Die Justizministerin kommt um zehn. Sollte jemand mit ihr zusammentreffen und sollte sie nach Nylander fragen, sagt, dass ihr nichts wisst.«

»Das ist die reinste Wahrheit«, sagte Spjuth seufzend. »In diesem Haus weiß niemals jemand irgendetwas.«

»Also dann«, sagte Hammarlund und erhob sich. »Wir sehen uns um siebzehn Uhr.«

27

»Wo sind meine Flaschen?«, fragte Fors, als alle außer Carin das Zimmer verlassen hatten.

»Welche Flaschen?«

Fors ging zum Schreibtisch und starrte auf die Tischplatte. »Gestern hatte ich vier Stück hier. Jetzt sind sie weg.«

»Vier was?«

»Flaschen mit Mineralwasser.«

»Sind sie geklaut worden?«

»Wer klaut denn im Polizeipräsidium?«, seufzte Fors. »Vielleicht jemand, der Nachtdienst hatte. Irma war vielleicht schon gegangen. Jemand, der Durst hatte.«

»Aber ich hab jetzt Durst«, jammerte Fors. »Und es waren meine Flaschen. Sie klauen mir meine Waffe, sie klauen mein Wasser, was ist bloß los mit mir? Warum wollen alle haben, was mir gehört?«

»Mit dir ist alles in Ordnung«, tröstete Carin ihn. »Abgesehen davon, dass du beschissen aussiehst mit den blauen Flecken im Gesicht.«

»Ich brauch Wasser. Kommst du?«

»Klar.«

Sie gingen hinaus in den Korridor und drückten auf den Fahrstuhlknopf.

»Seh ich wirklich so schlimm aus?«, fragte Fors.

»Schlimmer«, sagte Carin. »Schlimmer als schlimm.«

Die Fahrstuhltüren öffneten sich. Im Fahrstuhl standen drei uniformierte Polizisten. Die Uniformierten grüßten mit einem Nicken und setzten ihre Unterhaltung fort. Fors begegnete seinem Blick im Spiegel. Er erkannte sein eigenes Gesicht nicht.

»›Sopranos‹«, sagte der eine Uniformierte, ein großer Mann mit kurzem Bart. »Den verpass ich nie.«

Einer der beiden anderen schüttelte den Kopf. Er war klein. Pat und Patachon, dachte Fors.

»Total unrealistisch. Ein Gangster sucht nie einen Psychologen auf.«

»Tony macht das«, sagte der Bärtige. »Er ...«

»Wie bitte, was haben Sie gesagt?«, unterbrach Fors ihn.

Der Bärtige reckte sich und wurde dadurch noch größer.

»Wir reden über eine Fernsehserie. ›Sopranos‹.«

»Verstehe«, sagte Fors, »wie sagten Sie, heißt er?«

»Tony«, antwortete der Bärtige. »Er heißt Tony Soprano.«

»Natürlich«, sagte Fors, »ist ja klar. Er heißt Tony. Entschuldigen Sie, dass ich Sie unterbrochen habe.«

Der Bärtige zuckte mit den Schultern. Die Fahrstuhltüren öffneten sich und alle fünf verließen den Aufzug. Fors griff nach Carins Arm und hielt sie zurück, während die drei Uniformierten weiter auf die Cafeteria zugingen.

»Tony«, flüsterte Fors.

»Wovon redest du?«, fragte Carin.

Fors sprach flüsternd weiter, während er Carins Arm festhielt: »Ich hatte ein unerklärliches Bild von den Geschehnissen bei ›Lymans Eck‹. Ich hab die Täter zwar nicht gesehen, trotzdem hab ich mir vorgestellt, dass sie alle kurzärmelige Hemden über der Hose trugen. Ich hab die ganze Zeit über Namen wie Falconetti und Falcone nachgedacht, ohne zu begreifen, warum ich mir darüber den Kopf zerbreche. Ich hab das, was mir passiert ist, mit was Italienischem in Verbindung gebracht. Und jetzt weiß ich es. Ich weiß endlich, was jemand bei ›Lymans Eck‹ gerufen hat.«

»Was?«, fragte Carin.

»Tony«, sagte Fors. »Jemand rief Tony.«

Carin biss sich auf die Unterlippe und legte eine Hand auf Fors' Hand, die immer noch ihren Oberarm umklammert hielt. »Das tut weh.«

Fors ließ los. »Kurzärmelige Hemden«, sagte er. »Gibt es so was im Unterbewusstsein?«

»Weißt du, wie Larsson heißt?«

»Nein«, sagte Fors.

»Tony«, sagte Carin. »Er heißt Tony Larsson.«

»Mensch«, schnaufte Fors, »ich wusste doch, dass was mit den Hemden war.«

Sie betraten die Cafeteria und Fors kaufte drei Flaschen Mineralwasser. Dann kehrten sie in sein Zimmer zurück. Er öffnete eine Flasche, schenkte sich ein Glas ein, zeigte mit der Flasche auf Carin und zog fragend die Augenbrauen hoch.

»Nein, danke«, sagte Carin. »Wollen wir uns jetzt Holm vornehmen?«

»Jetzt nehmen wir uns Holm vor«, sagte Fors.

Sie stand auf und verließ das Zimmer. Fors leerte die Flasche, holte ein Tonbandgerät aus der Schublade, steckte den Stecker ein und platzierte das Mikrofon mitten auf dem Tisch. Dann stellte er einen Stuhl auf die andere Seite des Schreibtisches, schaltete das Tonbandgerät ein, ging zum Fenster und schaute auf die Straße.

Dort unten spielten zwei Mädchen mit einem Ball. Fors dachte, sie sollten lieber nicht mit dem Ball auf dem Trottoir spielen. Es war gefährlich, wenn der Ball zwischen die Autos rollte. Die beiden waren etwa im Alter der erschossenen Mädchen.

Dann hörte er Carin hereinkommen und die Tür hinter sich schließen.

»Setz dich«, sagte sie und Fors hörte, wie sich jemand setzte. Er hatte immer noch die Mädchen unten auf der Straße im Blick.

»Siehst du das Mikrofon?«, hörte er Carin fragen.

»Ich bin doch nicht blind«, antwortete eine Stimme, die einem jungen Mann oder einem Jugendlichen gehörte.

»Ach nee?«, sagte Carin. »Wieso glaubst du, dass wir denken, du seist blind?« Sie bekam keine Antwort. »Beug dich zum Mikrofon vor«, forderte Carin ihn auf. »Und sag uns, wie du heißt.«

»Ich heiße Erik Holm«, sagte Holm.
»Bitte ein wenig lauter«, bat Carin.
»Ich heiße Erik Holm«, wiederholte Holm mit etwas lauterer Stimme. »Was hat das zu bedeuten? Warum bin ich hier?«
»Erzähl uns, wo du wohnst.«
»Sagen Sie mir erst, warum ich hier bin«, forderte Holm.
»Sag uns bitte, wo du wohnst«, wiederholte Carin.
»Gustavsvägen 18.«
»In welcher Stadt?«
»Was denken Sie denn?«
Es dauerte eine Weile, ehe Carin antwortete. »Wenn du unverschämt sein willst, kannst du in deine Zelle zurückgehen. Ist dir das lieber? Willst du erst mal für dich sein, vielleicht bis morgen?«
»Sie müssen mir sagen, warum Sie mich eingebuchtet haben«, sagte der Junge. »Sie haben kein Recht, mich hier festzuhalten.«
»Ach nee«, sagte Fors und drehte sich um.
Der Junge schnappte nach Luft, als er Fors' Gesicht sah.
»Erkennst du mich vielleicht wieder?«, sagte Fors und machte ein paar Schritte auf den Jungen zu. »Wenn du genau hinguckst?«
»Nein«, sagte Holm.
»O doch.« Fors setzte sich auf den Stuhl hinter seinem Schreibtisch und beugte sich über den Tisch zu Holm vor. »Bist du sicher, dass du mich nicht erkennst?«
»Ich hab Sie noch nie gesehen«, beteuerte Holm.

»O doch, das hast du«, sagte Fors. »Vor ›Lymans Eck‹, neulich abends, oder?«

»Nein.«

»Es kann dir doch nicht entgangen sein, was passiert ist«, sagte Fors. »Nicht mal einem Hohlkopf wie dir kann entgangen sein, dass ein paar Kinder ihr Leben verloren haben. Oder? Du weißt doch, dass Kinder gestorben sind?«

»Ja«, sagte der Junge sehr leise.

»Vielleicht weißt du sogar, wie sie gestorben sind?«

»Ich hab nichts getan«, wimmerte der Junge und sah erst Fors, dann Carin, dann wieder Fors an.

»Das hast du sehr wohl«, sagte Fors. »Die Frage ist nur, was. Weißt du, was du getan hast?«

Der Junge saß mit offenem Mund da.

»Willst du uns nicht erzählen, was du getan hast?«, schlug Fors vor. »Du und deine Kumpel. Was habt ihr getan? Habt ihr mich vielleicht ins Gesicht getreten?«

Der Junge antwortete nicht.

Fors lehnte sich auf dem Stuhl zurück.

»Stell dir vor, wir lassen dich gleich frei. Gleichzeitig verbreitet sich ein Gerücht in der Stadt, dass wir wissen, dass du einen Polizisten überfallen hast, dass du die Dienstwaffe gestohlen hast, dass du sozusagen schuld bist, dass drei Kinder erschossen wurden. Was meinst du, was dann passiert? Glaubst du, sie lassen dich leben, oder fahren sie dich nicht ganz einfach zum Mosee, stecken dich zusammen mit ein paar Steinen in einen Sack und versenken dich drei Meter tief? Werden sie das tun? Es soll ja Leute geben, die finden, dass man kriminelle Jugendliche zu sehr verhätschelt.«

»Wir wissen, dass du mit deinen Kumpeln neulich vor ›Lymans Eck‹ warst«, sagte Carin.

Holm drehte den Kopf.

»Wir wissen, dass Tony dort war. Aber wir wissen nicht, wer von euch die Pistole gestohlen hat. Wir wissen nicht, wer sozusagen der eigentliche Anlass ist, dass in der Vikingaschule Kinder erschossen wurden. Aber vielleicht willst du uns nicht helfen? Vielleicht möchtest du lieber gehen?«

Fors erhob sich, trat ans Fenster und schaute hinaus. Dann drehte er sich zu Holm um. »Komm mal her.«

Holm zögerte, warf Carin einen Blick zu und stand auf. Er stellte sich neben Fors.

»Siehst du die kleinen Mädchen mit dem Ball da unten?«, fragte Fors.

»Ja«, flüsterte Holm.

»Wir wissen, dass du nicht blind bist, aber wir möchten trotzdem, dass du laut sagst, dass du sie siehst.«

»Ich sehe sie«, sagte Holm.

»Gut«, sagte Fors. »Die Mädchen sind ungefähr so alt wie die beiden, die auf dem Schulhof erschossen wurden.«

»Ich habe nichts getan«, wimmerte Holm und sah Fors an.

»Wir wissen, dass du etwas getan hast«, sagte Fors. »Wir wissen, dass du dazu beigetragen hast, dass zwei kleine Mädchen erschossen wurden. Aber wir wissen nicht, was dein genauer Beitrag war. Und das möchten wir gern erfahren. Es könnte ja sein, dass du nicht die eigentliche Schuld trägst. Vielleicht hat Tony meine Waffe genommen oder dein Freund?«

»Der Hohlkopf«, sagte Carin.

»Söder«, sagte Fors, »so heißt dein Freund doch?«

»Sie können mich nicht zwingen, etwas zu sagen«, behauptete Holm.

Fors sah ihn eine Weile schweigend an, bevor er fortfuhr: »Wir sind deine einzigen Freunde. Das wirst du begreifen, wenn du nachdenkst.«

»Erinnerst du dich an die Dame mit dem kleinen Hund?«, fragte Carin. »Einer von euch hat dem Hund eine Zigarette vor die Pfoten geworfen. Wer war das? Warst du das?«

»Nein.« Holm schüttelte heftig den Kopf.

»Wer war es dann?«

»Ich war nicht dort.«

»Wo warst du nicht?«, fragte Fors.

»Vor diesem Laden.«

»Und wann warst du nicht vor diesem Laden?«, fragte Carin.

Der Junge schwieg und sah abwechselnd Fors und Carin an.

»Gestern Abend«, sagte Fors nach einer Weile des Schweigens, »haben ein paar Männer eine Wohnung nicht weit von hier überfallen. Sie glauben, die Leute, die dort wohnten, hätten etwas mit den Schüssen in der Vikingaschule zu tun. Die Männer versuchten fünf Menschen anzuzünden. Wir wissen nicht, was für Kerle das waren, und wir haben kaum eine Hoffnung, sie zu fassen. Die Kerle schleichen dort draußen rum.« Fors zeigte zum Fenster. »Wenn die erfahren, dass du bei dem Pistolendiebstahl dabei warst, was glaubst du, werden sie dann tun? Stehen dann zwei Volvos unten auf der Straße, wenn du entlassen wirst? Diese Art Autos, die fünfzehn Jahre alt sind und voller Rostflecken, mit starken Scheinwerfern auf dem Grill. Werden dich dann vielleicht vier Männer auf den Rücksitz des einen Autos schubsen? Werden sie dich in den Wald fahren und mit Benzin übergießen? Werden sie das tun, wenn wir dich entlassen?«

»Wir sind deine Freunde«, sagte Carin. »Und es wäre schade, wenn du das nicht begreifst, bevor die Streichhölzer angezündet werden.«

»Es gibt eine Würstchenbude gegenüber von dem Laden, wo du nicht warst«, sagte Fors. »An dem Abend, als ich meine Waffe loswurde, haben viele Leute Würstchen gekauft. Was meinst du, wie viele dich gesehen haben?«

»Setz dich wieder, Erik«, sagte Carin. »Es dauert noch eine Weile.«

»Hat Tony das Sagen?«, fragte Fors. »War der Überfall seine Idee?«

Holm setzte sich.

»Wolltet ihr vielleicht den Laden überfallen?«, fragte Carin.

»Und da kam einer mit der Brieftasche in der Hand heraus und dann habt ihr stattdessen ihn überfallen?«

»Ihr habt euch für mich entschieden«, sagte Fors. »Aber ihr wart nicht unsichtbar. Leute haben euch gesehen. Leute werden dich identifizieren. Manche haben vermutlich mit Freunden und Bekannten über das geredet, was sie gesehen haben.«

»In der Stadt hat sich bereits herumgesprochen, wer es war«, sagte Carin.

»Und das bedeutet, du lebst gefährlich«, sagte Fors.

»Die Menschen mögen es nämlich nicht, wenn man ihre Kinder erschießt«, ergänzte Carin.

Fors setzte sich auch wieder. Er lehnte sich auf dem Stuhl zurück.

»Wir wollen dich nicht zwingen«, sagte Carin. »Wir wollen dir nur helfen.«

»Kindermörder haben kein leichtes Leben im Knast«, sagte Fors.

Holm schwieg.

»Also«, sagte Fors. »Wir warten.«

Holm beugte sich über den Tisch und stieß das Mikrofon mit dem Ellenbogen beiseite. »Wollen Sie wissen, wo ich war«, fragte er, »als in der Vikingaschule geschossen wurde?«

»Ja«, sagte Fors.

»Ich war in der Schule.«

»Und du gehst vermutlich aufs Gymnasium«, sagte Fors. »Welcher Zweig?«

Holm schwieg.

»Welcher Zweig?«, wiederholte Fors.

»Sozialer Zweig«, antwortete Holm.

»Sehr gut«, sagte Carin. »Dann verstehst du sicher, dass der Täter von der Vikingaschule sehr auf ein soziales Engagement angewiesen ist, oder?«

»Ich war nicht in der Nähe der Schule, als geschossen wurde«, sagte Holm. »Ich war mit meiner Klasse zu Besuch in einer Kita. Wir waren fünf, und wir waren dort von dem Zeitpunkt an, als geöffnet wurde, bis zwölf. Viele Leute haben mich gesehen.«

»Du magst also Kinder?«, fragte Carin.

»Wollen wir nicht lieber über den Laden reden, der ›Lymans Eck‹ heißt«, sagte Fors, »wollen wir nicht lieber über den reden?«

»Sie können mich nicht dazu zwingen«, behauptete Holm.

»Das ist richtig«, sagte Fors. »Aber wir können dich entlassen. Wenn morgen noch was von dir übrig ist, können wir dich wieder herholen. Ich glaube nicht, dass du den Abend dort draußen überlebst.« Fors zeigte zum Fenster. »Ihr seid von allzu vielen gesehen worden.«

»Du kannst bleiben«, sagte Carin. »Aber dann musst du mit uns zusammenarbeiten. Sonst lassen wir dich nach dem Essen raus, und dann können wir für nichts garantieren.«

»Vielleicht möchtest du in deine Zelle zurück und es dir überlegen?«, schlug Fors vor. »Aber glaub nicht, dass du Larsson und Söder triffst, wenn wir dich entlassen, meine ich. Die wirst du dort draußen nicht treffen.«

»Warum nicht?«, fragte Holm.

Fors und Carin wechselten Blicke. Fors seufzte.

»Willst du nun mit uns zusammenarbeiten oder nicht?«

»Warum werde ich Larsson und Söder nicht treffen?«, fragte Holm.

»Willst du zusammenarbeiten?«, fragte Fors. »Oder willst du zurück in deine Zelle und noch mal nachdenken?«

Carin hob eine Zeitung hoch, die mit den großen Fotos von den toten Kindern. Sie stand auf und legte die

Zeitung vor Holm hin. »Vielleicht möchtest du in der Zelle Zeitung lesen? Vielleicht möchtest du dich informieren, wie die Leute im Ort denken?«

»Ja«, sagte Fors, »es ist wohl das Beste, du gehst zurück und denkst gründlich nach.«

»Aber«, sagte Carin, »über eins musst du dir im Klaren sein. Wenn wir dich entlassen, wirst du Söder und Larsson nicht treffen. Du kriegst nicht die kleinste Chance, mit ihnen zu reden. Für dich wird es so sein, als gäbe es Söder und Larsson nicht mehr, am besten, du kapierst das gleich. Und das bedeutet, dass du keine Freunde hast.«

»Aber du hast uns«, sagte Fors. »Vergiss das nicht. Wir sind anständige Leute. Wir drohen nicht, dir etwas anzutun. Wir wollen dich nicht in einen Sack stecken und verschwinden lassen. Wir wollen nur herausfinden, was bei ›Lymans Eck‹ passiert ist. Dann kümmert sich das Gericht um dich. Vielleicht haben ja deine Kumpel zugetreten? Vielleicht haben Söder und Larsson die Pistole genommen? Was da auch passiert ist, wir wollen herausfinden, wie es passiert ist.«

»Und das werden wir auch«, sagte Carin. »Schlimmstenfalls werden wir nicht begreifen, was passiert ist, ehe sich andere deiner angenommen haben, und dann ist die Gefahr groß, dass deine Mutter eine Todesanzeige in der Zeitung aufgeben muss.«

Alle drei schweigen.

»Es gibt Todesanzeigen mit Teddybären drauf«, fuhr Carin fort. »Ich könnte mir vorstellen, dass die Eltern der erschossenen Kinder so eine Anzeige in Betracht ziehen.«

Wieder schwiegen alle drei. Fors sah Carin an.
»Glaubst du, es gibt ein Gewitter?«
»Bei dieser Hitze nicht ganz auszuschließen«, meinte Carin.
»Ich finde es etwas drückend«, sagte Fors. Dann wandte er sich Holm zu. »Was meinst du?«
Holm antwortete zunächst nicht.
»Was meinst du?«, wiederholte Fors.
»Was soll ich meinen?« Holms Augen huschten unruhig hin und her. Er wirkte verunsichert.
»Was hältst du vom Wetter? Glaubst du, es gibt ein Unwetter?«
»Es liegt ein Gewitter in der Luft«, sagte Carin.
»Ich habe einen Bekannten«, sagte Fors, »der war mit dem Pferd unterwegs, als ein Gewitter kam. Ein Blitz schlug in einen Stiefelsporn ein. Mein Bekannter fiel vom Pferd. Ihm und dem Pferd ist nichts passiert, aber der Sporn war nur noch ein kleiner Metallklumpen.«
Carin wandte sich zu Holm. »Aber du hast vielleicht keine Angst vor Gewittern? Ich meine, wenn wir dich jetzt entlassen, findest du uns dann nicht gemein, weil du dann mitten ins Gewitter kommst?«
»Der Blitz kann in deine Gürtelschnalle einschlagen«, sagte Fors. »Ein kleines Stück Metall kann den Blitz anziehen.«
»Eine Art Entladung wäre jetzt nicht schlecht«, sagte Carin.
»Tony wollte es«, sagte Holm.
»Was?«, fragte Fors.
»Das da bei dem Laden.«
»Fangen wir von Anfang an«, sagte Fors. Er schob

das Mikrofon etwas näher zu Holm. »Rutsch ein bisschen ran.«

Holm bewegte den Stuhl.

Fors sagte, wer im Raum anwesend war, nannte das Datum und sagte, dass es bei dem Verhör um den Überfall und Raub bei »Lymans Eck« vor einigen Tagen gehe. Dann lehnte er sich zurück.

»Sag uns, wie du heißt, Vor- und Nachname, Geburtsdatum, Adresse, Telefonnummer und die Namen deiner Eltern.«

Holm folgte der Aufforderung.

»Du hast deine Mutter und deinen Vater vergessen«, sagte Fors.

»Ich hab keinen Vater«, sagte Holm. »Meine Mutter heißt Berit.«

28

»Gut«, sagte Fors. »Nun wissen wir über dich das, was wir wissen müssen. Willst du uns jetzt erzählen, was Tony meinte, was ihr bei ›Lymans Eck‹ machen solltet?«

Holm dachte eine Weile nach. »Wir waren zu Hause bei Tobbe.«

»Wer ist das?«, fragte Fors.

»Söder. Er heißt Tobias.«

»Was habt ihr bei Tobbe gemacht?«

»Bier getrunken, nicht viel. Wir hatten kein Geld. Tony meinte, wir sollten in die Stadt gehen.«

»Um was zu tun?«

»Einen verprügeln.«
»Macht ihr so was öfter?«
»Ich war einmal dabei.«
»Wann?«
»Als die Sommerferien anfingen.«
»Und jetzt wolltet ihr es wieder machen?«
»Ja, beim Stadtpark.«
»Ihr seid also zum Stadtpark gegangen?«
Holm nickte. »Aber da waren ein Haufen Schwarzköpfe, eine große Clique, bestimmt acht, zehn Leute. Die hatten denselben Plan wie wir und wurden wütend. Sie haben uns weggejagt.«
»Was habt ihr dann gemacht?«
»Tony sagte, wir könnten uns einen Laden vornehmen. Wir hatten uns schon vorher einen ausgesucht, ›Lymans Eck‹. Da arbeiten abends nur Mädchen. Der Ladenbesitzer stellt nur Tussis ein. Er will hübsche Mädchen. Wahrscheinlich bumst er sie im Lager. Wir dachten, es würde lustig werden.«
»Du meinst ›Lymans Eck‹ am Ugglevägen?«
Holm nickte. »Wir gingen hin. Aber im Laden waren Leute, als wir reingehen wollten, also blieben wir draußen stehen.«
»Wie wolltet ihr es machen? Wart ihr bewaffnet?«
»Alle hatten ein Messer. Außerdem hatten wir Strümpfe dabei, die wir uns über den Kopf ziehen wollten.«
»Was für Strümpfe?«
»Nylon.«
»Hattet ihr keine Angst, jemand könnte euch bemerken, als ihr da draußen gestanden habt?«

»Ich fand, wir sollten es abblasen. Es gab Leute, die uns schon gesehen hatten. Und mir gefiel die Würstchenbude nicht. Da waren ständig Leute. Einige kamen auf dem Weg zu ihren Autos an uns vorbei, nachdem sie eingekauft hatten. Die Sache war brenzlig, und ich wollte, dass wir abhauen.«

»Aber das habt ihr nicht getan?«

»Tony wollte Geld. Seine Mutter hatte gesagt, er könne nicht mehr zu Hause wohnen, wenn er nicht zur Miete beitragen und fürs Essen bezahlen würde. Er musste ihr Geld geben und so tun, als hätte er Lohn bekommen.«

»Aber er sollte doch gemeinnützige Arbeit leisten?«

»Da scheißt der drauf. Er geht nur manchmal hin. Meistens arbeitet er bei einem Mann, der eine kleine Fabrik besitzt. Der Alte stellt Hühnerringe her.«

»Was ist das denn?«, fragte Fors. »Hühnerringe?«

»Weiß ich doch nicht«, schnaubte Holm und zuckte die Schultern. »Jedenfalls macht er Hühnerringe.«

»Ein Hühnerring ist ein Ring aus Leichtmetall mit einer Buchstabenkombination, den befestigt man am Fuß eines Huhnes, damit man es identifizieren kann«, sagte Carin.

Fors und Holm nickten.

»Dann wolltet ihr ›Lymans Eck‹ also überfallen, weil Tony Geld brauchte?«

Holm nickte. »Die ganze Zeit waren 'ne Menge Leute im Laden, aber als Sie kamen, war der Laden leer. Tony winkte uns zu, dass wir durchs Fenster gucken sollten. Wir sahen, dass Sie die Brieftasche in der Hand hatten. Tony machte ein paar Schritte auf die Tür zu, und als Sie herauskamen, sprang er hoch und Sie kriegten einen Kick in den Nacken. Er hat früher Taekwondo gemacht, deshalb kann er hoch springen und hat einen guten Kick.«

»Und ich fiel hin.«

Holm nickte. »Uns blieb nichts anderes übrig, als Sie zu treten. Wir haben getreten, so sehr wir konnten, aber nicht so fest.«

»Nicht so fest?«, sagte Fors. »So sehr ihr konntet, aber nicht so fest?«

»Ich jedenfalls nicht«, sagte Holm. »Ich bin ja kein Totschläger. Wir wollten nur Ihre Brieftasche haben.«

»Aber ihr habt noch etwas anderes gefunden.«

»Tobbe hat Sie gefilzt und die Pistole gefunden. Er kriegte sie nicht aus dem Futteral …«

»Dem Holster«, korrigierte Fors.

»Genau. Dem Holster. Tony sagte, er solle das Messer nehmen. Also machte er es und als wir die Pistole losgeschnitten hatten, sind wir weggelaufen. Wir dachten, jemand sei hinter uns her. Aber es kam niemand. Wir gingen zu Tony nach Hause. Er wohnt mit seiner Mutter und seinem Bruder auf dem Weg Richtung Leringe, wir mussten also ziemlich weit gehen. Wir versuchten ein Fahrrad zu klauen, aber es ging nicht. Es war an einem Pfosten festgekettet. Tony hatte die Pistole. Er sagte, wenn jemand käme, würde er den Kerl erschießen. Wenn ein Bulle käme, würde er auch den erschießen, bevor der ihn fassen könnte. Die ganze Zeit war er mit der Pistole zugange, als hätte er ein Spielzeug bekommen, das er sich schon immer gewünscht hatte. Er schnappte fast über. Er hielt sie an

Tobbes Schädel und sagte, jetzt gebe es keinen Zweifel mehr, wer das Sagen hat. Den hatte es allerdings vorher auch nicht gegeben. Tony hat immer alles bestimmt. Er war immer irgendwie genervt und ist einem sofort übers Maul gefahren, wenn man ihm widersprochen hat.«

Holm verstummte und seufzte.

»Und dann?«, fragte Fors. »Was passierte dann?«

»Wir kamen bei Tony an. Seine Mutter arbeitet nicht, sie saß mit seinem Bruder vorm Fernseher. Wir gingen in Tonys Zimmer und er spielte immer noch mit der Pistole rum. Sein Bruder versuchte reinzukommen, aber er schaffte es nicht. Sobald er die Tür öffnete, schrie Tony ihn an, er solle Leine ziehen. Dann nahm er das Magazin aus der Pistole und drückte ohne Munition ab. Er schoss mehrmals und redete davon, dass wir uns jetzt wirklich ›Lymans Eck‹ vornehmen könnten. Jetzt hatten wir, was nötig war, um sich Respekt zu verschaffen. Jetzt würde sich keiner mit uns anlegen. Jetzt würde uns kein Schwarzkopf mehr verjagen, wenn wir zum Stadtpark kämen, um einen niederzuschlagen. Jetzt bestimmten wir. Tony war so verdammt aufgekratzt, weil er die Pistole hatte. Ich hab ihm gesagt, dass es schief gehen würde, denn der, dem die Pistole gehörte, war bestimmt ein Bulle. Da leerte Tony die Brieftasche. Es waren vierhundert Kronen und ein paar Scheckkarten drin. Kein Führerschein und kein Bullenausweis. Er behauptete, wir hätten einen anderen Kerl erwischt. Ein Bulle würde seinen Ausweis in der Brieftasche mit sich rumtragen.«

Fors lehnte sich zurück und zog ein braunes Lederetui aus der Gesäßtasche. Das Etui enthielt zwei Karten: seinen Führerschein und den Dienstausweis. Er zeigte Holm das Etui mit den beiden Karten und steckte es dann wieder in die Hosentasche. »Und dann?«, fragte er. »Was passierte dann?«

»Tobbe und ich kriegten einen Hunderter, den wir uns teilen sollten.«

»Ihr solltet euch einen Hunderter teilen?«

»Ja.«

»Ihr tretet auf einen Menschen ein, der bis an sein Lebensende behindert sein könnte, nur um euch einen Hunderter zu teilen?«

Holm zuckte mit den Schultern. »Was soll man machen?«

»Ja«, seufzte Fors, »was soll man machen?«

Alle drei schwiegen eine Weile.

»Wie lange habt ihr euch in Tonys Zimmer aufgehalten?«, fragte Fors schließlich.

»Ich weiß es nicht, vielleicht eine Stunde. Ich fand es ziemlich unheimlich. Wenn wir nicht einen Bullen überfallen hatten, war es vielleicht noch was Schlimmeres. Ich meine, ihr Bullen befolgt auf jeden Fall mal das Gesetz. Aber wenn es eine Art Gangster war, der bewaffnet rumlief, selbst wenn er nur Milch kaufen ging, dann konnten wir wirklich in der Scheiße landen.«

»Was habt ihr dann gemacht?«

»Tony wollte wieder in die Stadt und die Schwarzköpfe im Stadtpark erschrecken. Er stellte sich vor, wie man sie mit der Pistole verjagen könnte. Die ganze Zeit redete er davon, wie er auf den Anführer zugehen und ihm den Pistolenlauf in den Bauch drücken würde. ›Fahr zur Hölle und bleib dort‹, wollte er sagen. Aber Tobbe wollte nach Hause und ich auch. Wir wollten ja zu dieser Kita, und das wollte ich nicht verpassen. Ich hab ziemlich viel verpasst, aber das war wichtig. Ich sollte einen Aufsatz über Kitas schreiben, Kitas sind sozusagen mein Ding.«

»Kitas sind dein Ding«, wiederholte Fors.

»Wirklich, ich mag kleine Kinder. Sie sind so …«

»Spontan«, schlug Fors vor.

»Genau«, sagte Holm. »Die planen nichts, sie machen, was sie wollen, und dann ist es gut. Das gefällt mir. Ich mag die Art der Kinder.«

»Ihr seid also nicht bei Tony geblieben?«

»Wir sind gegangen, Tobbe und ich. Seitdem hab ich Tony nicht mehr gesehen.« Holm schwieg eine Weile. Dann zeigte er auf eine der Wasserflaschen. »Kann ich bitte ein Glas haben?«

»Natürlich«, sagte Fors, öffnete den Verschluss und reichte Holm die Flasche. »Kannst du aus der Flasche trinken?«

»Kein Problem«, antwortete Holm, setzte die Flasche an und leerte sie halb.

»Du stellst dir also eine Zukunft in einer Kita vor?« Holm nickte. Dann rülpste er.

»Entschuldigung, ich vertrag keine Kohlensäure. Manchmal bekomme ich Schluckauf.«

»Falls du Schluckauf kriegst, erschrecke ich dich«, versprach Fors ihm.

Holm lächelte. »Dann geht der Schluckauf weg.«

»Bestimmt«, sagte Fors. »Was passierte dann?«

»Wir gingen.«
»Du und Tobbe?«
»Ja.«
»Wohin?«
»Nach Hause.«
»Und dann?«
»Wie meinen Sie das?«
»Hast du Tony und Tobbe seitdem gesehen?«
»Nur Tobbe.«
»Du hast Tobbe getroffen?«
»Ja.«
»Und Tony?«
»Nein.«
»Was hat Tobbe gesagt, als ihr euch getroffen habt?«
»Nichts Besonderes.«
»Hat er nicht von der Pistole gesprochen?«
»Nein.«
»Warum nicht? Man kommt doch nicht alle Tage an eine Waffe.«
»Er hatte Angst.«
»Wovor?«
»Er glaubte, wir hätten einen Gangster überfallen.«
»Warum?«
»Weil kein Bullenausweis in der Brieftasche war.«
»Er hatte also Angst?«
»Ja.«
»Und du?«
»Ich hatte auch Schiss.«
Sie schweigen eine Weile. Holm leerte die Flasche.
»Du kriegst einen Schluckauf«, sagte Fors.
Holm lächelte. »Dann erschrecken Sie mich.«

»Ja«, sagte Fors, »dann erschrecke ich dich. Weißt du, wo Tony ist?«

»Vermutlich zu Hause.«

»Und wenn er nicht zu Hause ist?«

»Weiß nicht. Aber da gibt es noch was.«

»Was?«

»Wenn Sie ihn fassen wollen.«

»Wir werden ihn fassen.«

»Er wird die Pistole benutzen.«

»Ach?«

»Das hat er an dem Abend gesagt, als wir nach Hause gingen. Wenn ein Bulle kommt, schieße ich. Das ist wahr, der redet nicht nur so. Er würde es tun.«

»Du meinst also, Tony hat die Pistole immer noch?«

Holm sah erstaunt aus. »Warum sollte er sie nicht mehr haben?« Als niemand antwortete, drehte er den Kopf und sah Carin an, dann Fors und wiederholte seine Frage. »Warum sollte er sie nicht mehr haben?«

»Kennst du Jonny?«, fragte Carin.

Holm drehte sich auf dem Stuhl um und sah Carin an.

»Welchen Jonny?«

»Gibt es mehrere?«, fragte Fors.

Holm dachte eine Weile nach. Dann schüttelte er den Kopf.

»Ich kenne keinen Jonny.«

»Sicher?«

»Sicher«, sagte Holm, »keinen Jonny.«

Fors lehnte sich zurück, verschränkte die Hände im Nacken und gähnte. »Heute Nachmittag wird dich der Haftrichter festnehmen lassen.«

Holm sah erstaunt aus. »Warum das?«

»Er wird dich verhaften lassen wegen des Verdachts der Mithilfe bei Körperverletzung, Überfall, Verstoßes gegen das Waffengesetz und Totschlags.«

»Dann muss ich also hier bleiben?« Holm sah immer noch erstaunt aus.

»Ja«, sagte Fors. »Und wenn du nachdenkst, wird dir klar sein, dass es gar nicht so schlecht ist, bei uns zu bleiben. So bleibt es dir erspart, einem Haufen Eltern zu begegnen, die verrückt vor Angst sind, ihre Kinder könnten auch erschossen werden. Ich finde, du kannst zufrieden sein, dass du in deine Zelle zurückgehen darfst. Wir werden deine Mutter unterrichten, dass du hier bist.«

»Nur eins noch«, sagte Carin, »hast du die Waffe jemals in der Hand gehalten?«

»Die Pistole?«

»Ja, hast du sie gehalten?«

Holm schüttelte den Kopf. »Tony hat sie nicht hergegeben. Er hatte sie die ganze Zeit.«

29

Fors nahm den Fahrstuhl zu Hammarlunds Zimmer hinauf.

»Er wartet auf die Ministerin«, bemerkte die Sekretärin, die genauso aussah wie die schwedische Kronprinzessin und außerdem noch den gleichen Namen hatte. In einem ›Look-alike-Wettbewerb‹ hatte sie im letzten Herbst den ersten Preis gewonnen, eine Reise zu den Kanarischen Inseln für zwei Personen. Die Frau wurde von allen »Vickan« genannt, und es hieß, sie habe eine Art Verhältnis mit Techno-Kalle, aber keiner von beiden hatte je zugegeben, dass das Gerücht stimmte.

»Es dauert nicht lange«, behauptete Fors und öffnete die Tür zu Hammarlunds Büro, nachdem er kurz angeklopft hatte.

Hammarlund stand am Fenster und telefonierte. Er zeigte auf die Couchgruppe und Fors setzte sich.

»Ich bin in fünf Minuten fertig«, sagte Hammarlund ins Telefon. »Bringt sie in mein Zimmer, wenn ihr da seid.«

Dann beendete er das Gespräch und drehte sich zu Fors um.

»Wir haben ein Geständnis von einem Jungen, der Holm heißt«, sagte Fors. »Er hat gestanden, dass er und seine Kameraden Larsson und Söder mich niedergeschlagen, meine Waffe genommen haben und zu Larsson nach Hause gegangen sind. Larsson hat sich nach Aussage des Jungen der Waffe angenommen, und soweit er weiß, hat Larsson sie immer noch. Holm meint, dass Larsson bereit ist, sie zu benutzen, falls er sich bedroht fühlt.«

»Larsson«, sagte Hammarlund. »Wissen wir, wo er sich befindet?«

Fors schüttelte den Kopf.

»Haben wir ein Foto?«

»Ja. Er ist ein gemeiner Typ. Hat eine Tankstelle mit der Axt überfallen.«

»Sorg dafür, dass alle eine Kopie bekommen. Krieg

raus, wo er sich aufzuhalten pflegt. Das Übliche, aber mit besonderer Vorsicht. Wir wollen nicht noch mehr Erschossene haben. Hast du dir eine neue Waffe quittieren lassen?«

Fors schüttelte den Kopf. Hammarlund zog einen dicken Schlüsselbund aus der Hosentasche und schloss eine Schreibtischschublade auf. Er nahm seine Dienstwaffe und ein Holster heraus und reichte beides Fors. Fors stand auf und befestigte das Holster an seinem Gürtel.

»Warum sollte Larsson in der Vikingaschule schießen?«, fragte Fors.

»Hatte wohl eine Rechnung mit jemandem zu begleichen. Hast du die Jungen verhört, die am Tresen gestanden haben?«

»Nur einen.«

»Wie viele waren es?«

»Der Erschossene und noch zwei.«

»Sprich auch mit dem anderen. Was ist mit dem Jungen aus Somalia?«

»Er war in der Bibliothek, als geschossen wurde. In der großen Bibliothek am Marktplatz. Die ganze Klasse war dort bei einer Führung. Zwischen der Vikingaschule und der Bibliothek liegen drei Kilometer.«

»Der ›Neger‹ ist also eine Sackgasse?«

»Vermutlich.«

»Was könnte der Erschossene gesagt haben?«

»Greger? Feger?«

»Oder Feder. Ist Pimmel-Lasse ganz sauber?«

»Wir haben den Termin beim Zahnarzt überprüft. Er hat auf dem Untersuchungsstuhl gesessen. Sie haben die Sirenen gehört und überlegt, was passiert sein könnte.«

»Konnte er denn reden, nachdem seine Zähne bearbeitet wurden?«, fragte Hammarlund misstrauisch.

»Seine Mutter hat geredet. Sie war offenbar dabei.«

Die Tür wurde einen Spalt geöffnet und Viktoria steckte den Kopf herein. »Rita ist am Telefon.«

Hammarlund seufzte. Der Seufzer enthielt die ganze Skepsis, die Polizisten jemandem gegenüber empfinden, der als Jurist in den Polizeiberuf geraten ist. Rita Karlfeldt war Polizeipräsidentin des Landeskriminalamtes. Hammarlund kehrte die Handflächen entschuldigend nach oben, ging zum Schreibtisch und hob das Telefon ab.

»Hallo, Rita … klar … in Vebe? Ja, das ist mein Revier, aber du hast es auf deinem Tisch, wie du es wolltest.« Er schwieg lange und lauschte offenbar einer längeren Erläuterung. »Rita, du bekommst mein Einsatzkommando. Die fünf Jungs und den Bus. Mehr kann ich nicht entbehren.«

Rita Karlfeldt wollte anscheinend noch mehr, denn Hammarlund hörte zu und versuchte sie zweimal zu unterbrechen, jedoch ohne Erfolg.

»Rita«, konnte er endlich einschieben, »Rita, die Ministerin ist auf dem Weg zu mir herauf. Sie steht im Fahrstuhl und kämmt sich. In zwei Minuten ist sie hier. Du kriegst das Einsatzkommando. Ich hab jetzt keine Zeit mehr. Tschüss.« Er legte auf und seufzte tief.

»Die Räuber von der Nögglebank haben sich in einem Sommerhaus auf dem Berg in Vebe verbarrikadiert. Sie haben freies Schussfeld zur Landstraße hinunter. Die

Landstraße ist abgesperrt. Ich geb ihnen das Einsatzkommando.«

»Das ist bestimmt richtig«, sagte Fors. »Dann sind wir zum Glück auch Hjelm los.«

Hammarlund sah bekümmert aus. Er streckte den Rücken durch und stemmte die Hände in die Seiten.

»Mist«, stöhnte er, »mein Hexenschuss kommt wieder.«

»Ich fahr zu Larsson«, sagte Fors und stand auf. »Er wohnt offenbar bei seiner Mutter.«

Die Tür wurde erneut einen Spalt geöffnet und Viktoria steckte den Kopf herein.

»Die Ministerin ist in der Garage.«

Aus irgendeinem unerfindlichen Grund flüsterte sie, als sie ihrem Chef die Mitteilung machte.

30

Katarina Munter hatte ihren Doktor in Verfahrensrecht gemacht. Sie war ungewöhnlich jung, als sie ihre Arbeit vorlegte. Aufgrund ihrer Begabung war ihr eine Dozentenstelle angeboten worden, aber sie war lieber Justizministerin geworden. Als Ministerin hatte sie wenig Glück gehabt.

Ihr Lebensgefährte war wegen eines Steuervergehens angeklagt worden, sechs Monate, nachdem sie ihren Posten angetreten hatte. Der Staatsanwalt hatte ermittelt, inwieweit sie selbst in das Verbrechen verwickelt war oder Kenntnis davon hatte. Eine Weile hatte es ausgesehen, als müsse sie zurücktreten, aber das Thema war vom Tisch gewesen, nachdem sie ihren Lebensgefährten verlassen hatte, ein Entschluss, den sie bereute, seitdem sie ihn gefasst hatte.

Schlimmer war die Sache mit Kurt Winger gewesen.

Kurt Winger war wegen Totschlag und Mord und wiederholter Körperverletzungen zu lebenslänglicher Haft verurteilt worden. Ein Opfer war lebenslang Invalide geblieben. Nachdem Winger zehn Jahre im Gefängnis gesessen hatte, war im Land eine Bewegung gegen das Strafmaß lebenslänglich in Gang gekommen. Forderungen wurden laut, lebenslänglich in eine zeitlich begrenzte Strafe umzuwandeln. Als Härtefall hatte man Kurt Winger angeführt. Während seiner zehn Jahre in Haft hatte er niemanden misshandelt, auch niemanden totgeschlagen. Man war der Überzeugung, dass es unmenschlich war, Winger keine Chance zu geben, sich auf den Tag zu freuen, an dem er in die Freiheit entlassen werden würde.

Der Fernsehjournalist Hasse Gröngrund hatte sich in der Sache engagiert. Als er die Justizministerin um ein Interview in Fragen lebenslänglich im Allgemeinen und Kurt Winger im Besonderen bat, hatte sie zugesagt.

Das sollte ihr später noch Leid tun.

Denn Hasse Gröngrunds journalistische Methode bestand darin, lange Interviews vor der Kamera zu führen. Sie dauerten manchmal ein bis zwei Stunden. Hinterher schnitt Gröngrund neunzig Sekunden heraus, in denen sich das Interviewopfer scheinbar befremdlich äußerte. Die Methode rief Entzücken hervor, da sie geeignet war, verschiedene Vertreter der Obrigkeit in einen Skandal zu verwickeln.

Beim Interview von Katarina Munter hatte Gröngrund Entrüstung darüber geäußert, dass der arme Winger so lange im Gefängnis sitzen musste. Als das Interview gesendet wurde, hörte sich das allerdings ganz anders an. Aus dem zwei Stunden langen Gespräch mit Katarina Munter hatte Gröngrund sechzig Sekunden herausgeschnitten. In diesen sechzig Sekunden stellte Gröngrund die Frage:

»Ist es nicht schrecklich, dass ein Mensch im Gefängnis sitzen muss, ohne zu wissen, wann er entlassen wird? Ist es wirklich human, zum Beispiel Kurt Winger lebenslänglich sitzen zu lassen?«

Die nichts Böses ahnende Ministerin hatte geantwortet: »Natürlich ist es unmenschlich, Menschen Jahr für Jahr im Gefängnis sitzen zu lassen, ohne dass sie wissen, wann sie herauskommen. Das ist eigentlich falsch. Außerdem ganz und gar der Einstellung entgegengesetzt, die wir in der Regierung zu Menschen haben. Selbstverständlich müssen Menschen die Chance bekommen zu beweisen, dass sie keine Bestien sind, nur weil sie einmal Fehler gemacht haben.«

Das Interview wurde im Rahmen eines Programms gezeigt, in dem es um Kurt Wingers Opfer ging. Dort wurde unter anderem ein vier Minuten langer Bericht gezeigt, wie eine Frau, die Winger misshandelt hatte, sich aus dem Bett in den Rollstuhl hievte. Die Frau brauchte dafür genau vier Minuten. Die vier Minuten lange Sequenz, in der eine von Winger misshandelte Frau damit kämpfte, sich in ihren Rollstuhl zu setzen, war mit einem sich wiederholenden Kommentar unterlegt:

»Natürlich ist es unmenschlich, Menschen Jahr für Jahr im Gefängnis sitzen zu lassen, ohne dass sie wissen, wann sie herauskommen. Das ist eigentlich falsch. Außerdem ganz und gar der Einstellung entgegengesetzt, die wir in der Regierung zu Menschen haben. Selbstverständlich müssen Menschen die Chance bekommen zu beweisen, dass sie keine Bestien sind, nur weil sie einmal einen Fehler gemacht haben.«

Zum Schluss hatte der entrüstete Gröngrund geradewegs in die Kamera geschaut und mitgeteilt, dass die Frau im Rollstuhl niemals mehr würde gehen können. Winger hatte sie während einer seiner Freigänge misshandelt, nachdem er eine gewisse Zeit abgesessen hatte.

Am nächsten Tag forderten die Zeitungen den Rücktritt der Ministerin. Katarina Munter trat nicht zurück. Stattdessen fuhr sie zu einer internationalen Juristenkonferenz in Paris. Dort wohnte sie zufällig im selben Hotel wie ihr ehemaliger Lebensgefährte. Einem Journalisten von einer Illustrierten, der sie zusammen bei »Les Deux Magots« sah, gelang es, sie zu fotografieren, als sie sich küssten.

Bei ihrer Heimkehr wurde Katarina Munter zum Staatsminister bestellt. Dieser sah ihr eine halbe Minute lang schweigend in die Augen. Dann sagte er:

»Noch so ein Skandal, und Sie verlassen die Regierung mit sofortiger Wirkung. Sind wir uns darüber einig?«

»Natürlich«, hatte Katarina Munter auf die rhetorische Frage geantwortet. Und da sie selber rhetorische Fragen mochte, hatte sie hinzugefügt: »Denn wir sind uns ja meistens einig, oder?«

Der Staatsminister hatte seine Brille abgenommen und sie in die Jacketttasche gesteckt. Dann hatte er sich vom Sofa erhoben, auf dem sie nebeneinander gesessen hatten, war zum Schreibtisch gegangen, hatte das Telefon abgehoben und mit seinem Pressesprecher gesprochen. Dabei hatte er Katarina Munter den Rücken zugekehrt, die errötet war und den Raum verlassen hatte.

Jetzt stand sie im Fahrstuhl und kämmte sich die langen rötlichen Haare vorm Spiegel. Ihr Sekretär Ludvig Kirsch streckte die Hand aus und wischte vorsichtig ein paar Schuppen vom Revers des dunkelblauen Leinenblazers. Neben ihnen stand der stellvertretende Chef der Schutzpolizei, Ragnar Pärsson. Er war noch nie einem Minister begegnet. Er wusste nicht, was er sagen sollte.

»Dass diese Hitze aber auch gar kein Ende nimmt«, sagte die Ministerin seufzend.

Dann öffneten sich die Fahrstuhltüren in der Etage, wo der Polizeipräsident, der Polizeivizepräsident und die Administration untergebracht waren.

Alle gingen auf Hammarlunds Büro zu. Viktoria stand neben ihrem Schreibtisch und reichte Munter die Hand.

»Sie kommen mir bekannt vor«, sagte Katarina Munter und behielt Viktorias Hand etwas zu lange in ihrer.

»Das sagt jeder.« Viktoria lächelte und zeigte auf die Tür, in der Hammarlund erschien. Er begrüßte die Ministerin auf seine ungekünstelte Art und quetschte Katarina Munters Hand, dass sie sich in die Unterlippe biss und hoffte, er würde bald loslassen. Dann begrüßte Hammarlund Kirsch und die drei betraten sein Büro. Hammarlund schloss die Tür und sie nahmen in der Sofagruppe in der Ecke Platz.

»Kaffee? Mineralwasser?«, fragte Hammarlund.

»Danke, nichts.« Munter strich sich über den Rock, schlug das eine Bein über das andere und zog am Rocksaum. »Wie geht es voran?«

»Tja«, sagte Hammarlund, »wir tun, was wir können. Den, der die Waffe gestohlen hat, meinen wir gefasst zu haben. Aber ob er auch der Täter ist, wissen wir nicht.«

»Wie stellt sich das Bild dar?«, fragte Kirsch und strich sich über die Stirn zum Haaransatz hinauf. Obwohl er noch keine vierzig war, hatte er ziemlich dünnes Haar, und er erwog, das bisschen abzurasieren, das es noch gab. Ganz kahl würde er energischer und konsequenter wirken. Das stellte er sich jedenfalls vor.

»Das Bild«, sagte Hammarlund, »sieht so aus: Einige Kinder sind tot, der Täter ist unbekannt. Bei der Waffe handelte es sich vermutlich um eine Sig Sauer, die einem Polizisten bei einem Raubüberfall in dieser Woche gestohlen wurde. Die unglückselige Äußerung eines vorgesetzten Polizisten hat eine Art ethnischen Streit ausgelöst, den wir uns gern erspart hätten. Man hat versucht, die Wohnung einer somalischen Familie in Brand zu stecken, und wir müssen befürchten, dass es dem Täter schlecht ergeht, falls der Mob ihn vor uns in die Finger kriegt. Wir haben ein verstärktes Krisenteam gebildet, das mit den Betroffenen arbeitet. Morgen kommt weitere Verstärkung hinzu. Es kommen Leute vom Reichskriminalamt und wir – tja, tun unser

Bestes. Die Ermittlungen werden von unserem Kripochef Harald Fors geleitet. Er ist effektiv, erfahren und schnell ... Wir sind guter Hoffnung, dass alles so abläuft, wie wir uns das vorstellen.«

»Aber der Täter ist immer noch irgendwo dort draußen?«, fragte Kirsch. Er zeigte zum Fenster und runzelte die Stirn.

»Zweifelsohne«, antwortete Hammarlund.

»Und er ist mit einer geladenen Pistole bewaffnet?«

»Vermutlich. Wenn er sie nicht weggeworfen hat.«

Katarina Munter zog am Rocksaum. Sie hatte das Gefühl, ihr Rock sei zu kurz. Sie hatte ihn kürzen lassen und es sofort bereut, als sie ihn Montag von der Schneiderei abholte. Sie fand ihre Beine schön, aber gerade in diesem Fall, in dieser Stadt, an diesem Tag waren es nicht die schönen Beine, auf die sie die Aufmerksamkeit lenken wollte.

»Arme Eltern«, sagte sie, die mit ihrem ehemaligen Lebensgefährten eine dreijährige Tochter hatte.

»Ja, es ist entsetzlich«, antwortete Hammarlund und dachte an seine eigenen Kinder. Als er selber noch Kriminalinspektor gewesen war, war sein Sohn auf die Vikingaschule gegangen.

»Wir planen eine Manifestation.« Katarina Munter räusperte sich. »Gegen Gewalt.«

»Ach, und in welcher Form?«

»Wir stellen uns Regierungsmitglieder vor, der Staatsminister, ich natürlich auch, der Familienminister und Sozialminister. Einen Repräsentanten des Königshauses ...« Katarina Munter warf einen Blick in Richtung Tür und lächelte. »Viktoria!«

»Ja«, sagte Hammarlund. »Kommt sie?«

»Nein, ich meine Ihre Sekretärin. Sie sieht der Kronprinzessin ähnlich.«

Hammarlund nickte. »Sie hat einen ›Look-alike-Wettbewerb‹ gewonnen.«

»Das kann ich verstehen. Und jetzt begreife ich, warum ich so ...«

»Verblüfft?«, schlug Kirsch vor.

»Genau, verblüfft war. Aber es ist unbegreiflich, wie sie ... ich meine ...«

Niemand erfuhr, was Katarina Munter eigentlich zu dem Thema hatte sagen wollen, denn sie kehrte zur Demonstration zurück. »Die Kinder werden wahrscheinlich gleichzeitig beigesetzt?«

»Das weiß ich nicht«, sagte Hammarlund. »Aber das darf man vermuten.«

»Wer kümmert sich darum?«

»Um die Beisetzung?«, sagte Hammarlund. »Keine Ahnung.«

»Ein Pfarrer«, sagte Kirsch. »Hat noch niemand Kontakt zu Ihnen aufgenommen?«

»Nein, warum sollte ein Pfarrer zu mir Kontakt aufnehmen?«

Katarina Munter zog wieder an ihrem Rock. »Vielleicht um sich abzustimmen?«

Hammarlund begriff nicht, was gemeint war. Er dachte an die Polizeireviere, die im vergangenen Jahr geschlossen worden waren. Er dachte an die unterbundenen Möglichkeiten der Polizei, vorbeugend mit Jugendlichen zu arbeiten, er dachte daran, dass seine Leute keine Zeit mehr für Schulbesuche hatten.

Er dachte an Streifenwagen, die stillstanden, weil man Benzingeld sparen sollte, und er dachte an das aufgestaute Bedürfnis nach Weiterbildung innerhalb der Polizei. Er dachte – kurz gesagt – an all das, was eigentlich vom Staat geregelt werden müsste, aber nie geschah. Er dachte an Kronen und Öre und Dienststunden. Und dann hörte er die Ministerin wiederholen:

»Vielleicht um sich abzustimmen?«

»Genau«, sagte Kirsch. »In so einem Moment ist es wichtig, dass alle zusammenarbeiten. Wir müssen alle versuchen, das Bestmögliche aus dem zu machen, was passiert ist.«

»Und was sollte das sein?«, fragte Hammarlund.

»Eine Manifestation gegen Gewalt«, sagte Katarina Munter und lehnte sich zurück. »Eine Manifestation, die sich jährlich wiederholt. Ein Tag des Gedenkens.«

»Ein nationaler Gedenktag.« Kirsch nickte. »Wir arbeiten daran.«

»Aha.« Hammarlund versuchte seine Skepsis zu verbergen. Dann schielte er auf seine Armbanduhr. Er sah die Zeiger, aber inzwischen konnte er so schlecht sehen, dass er eigentlich eine Brille hätte aufsetzen müssen, um genau zu erkennen, wie spät es war.

»Ist es so weit?«, fragte Katarina Munter.

»Wir können jetzt hinaufgehen«, antwortete Hammarlund und erhob sich.

»Gibt es eine Toilette?«, fragte Katarina Munter.

»Gleich links«, sagte Hammarlund und zeigte auf die Tür.

Kirsch trat ans Fenster und schaute auf den Bahnhofsplatz.

»Schöne Aussicht. Ich bin in einer Kleinstadt aufgewachsen. Dort hat es so ausgesehen wie hier. Die reinste Idylle.«

»Klar«, sagte Hammarlund, »manchmal jedenfalls.«

31

Sie, die man bald »die Mutter des Täters« nennen würde, öffnete die Haustür und Carin hielt ihr den Ausweis hin.

»Wir möchten mit Tony sprechen«, sagte sie. »Ist er zu Hause?«

Der Frau in der Türöffnung schien die Sonne ins Gesicht, und sie blinzelte, als sie antwortete. »Was hat er denn jetzt wieder gemacht?«

»Dürfen wir hereinkommen?«, fragte Carin.

In der Ferne grollte ein Gewitter.

Carin musterte die schmächtige Frau, die ein weißes Kleid mit einer roten Zierkante am Kragen trug. Das Kleid scheint irgendwie zu groß zu sein, dachte Carin, und die rote Borte am Kragen lässt es wie eine Uniform wirken.

»Bitte«, sagte die Mutter des Täters und trat beiseite. »Hoffentlich ist es nichts Ernstes.«

Sie warf Fors einen scheuen, verstohlenen Blick zu.

»Wissen Sie, wo Tony ist?«, fragte Carin, schob das Jackett zur Seite und legte die Hand auf den Pistolenkolben, während sie sich umsah.

»Irgendwo draußen. Worum geht es?« Die Stimme der schmächtigen Frau klang belegt.

»Harald Fors«, sagte Fors und reichte ihr die Hand.

Die Frau nahm sie, als wollte sie sich auf den Mann mit dem geschwollenen, verfärbten Gesicht stützen.

»Carin Lindblom«, sagte Carin, ohne die Hand vom Pistolenkolben zu nehmen. Sie lächelte ein angespanntes, fast unsichtbares, starres und unnatürliches Lächeln, während sie die Türen musterte, die von der Küche vermutlich ins Wohnzimmer und vielleicht in einen weiteren Vorraum führten. Beide Türen waren geschlossen. Die Mutter des Täters sah den Blick und erklärte:

»Ich lüfte gerade. Die Türen sind wegen des Zuges geschlossen.«

»Darf ich mich umschauen?«, fragte Carin. Und ohne die Antwort abzuwarten, ging sie auf die erste Tür zu, die zum Wohnzimmer führte.

»Vera Larsson«, sagte sie, die als die Mutter des Täters bekannt werden würde. Sie zog die Lippe über die obere Zahnreihe, und ihr Blick flackerte unsicher zwischen Fors und Carins Rücken hin und her.

»Darf ich mich setzen?«, fragte Fors und zeigte auf einen Küchenstuhl.

»Natürlich«, antwortete Vera Larsson. »Dauert es lange? Ich wollte gerade in die Stadt.«

»Es dauert eine Weile«, sagte Fors. »Setzen Sie sich.« Er zeigte auf einen Stuhl auf der anderen Seite des Küchentisches.

Vera Larsson folgte Carin, die das Wohnzimmer betrat, mit dem Blick. Von dort drinnen waren ihre Schritte zu hören. Dann zog Vera Larsson den Küchenstuhl hervor und setzte sich.

»Es ist so heiß«, sagte sie und wischte sich mit der Handfläche über den Hals. »Überm Wald ist wahrscheinlich ein Gewitter.« Sie schaute aus dem Fenster.

»Sie wissen nicht, wo Tony ist?«, fragte Fors.

Sie schüttelte den Kopf und flüsterte: »Was hat er getan?«

Fors musterte die kleine Frau und bemühte sich, seine Stimme entspannt und beiläufig klingen zu lassen, als er antwortete. Er wollte vermeiden, sie zu erschrecken oder zu verletzen.

»Wir wissen nicht, ob er überhaupt etwas getan hat. Aber ich möchte gern mit ihm sprechen.«

Die Frau lehnte sich zurück. »Geht es um etwas Ernstes?«

»Das wissen wir nicht«, sagte Fors. »Wann ist er weggegangen?«

»Er ist immer schwierig gewesen.« Die Frau seufzte. »Schon bevor er in die Schule kam. Er hat sich mit allen angelegt. Wollte dauernd bestimmen. Außerdem fühlte er sich immer ungerecht behandelt. So war das schon, bevor er zur Schule kam. Er fühlte sich ungerecht behandelt, und wenn er nicht bekam, was er wollte, drehte er durch. Solange man ihn noch auf den Schoß nehmen konnte, ging es ja noch, aber als er größer wurde …« Sie beendete den Satz nicht.

»Wann ist er weggegangen?«, wiederholte Fors seine Frage.

»Vor einer halben Stunde.«

»Und Sie wissen nicht, wohin er gegangen ist?«

»Er sagt nie was. Er wollte wohl zur Arbeit.«

»Was für eine Arbeit?«

»Er leistet gemeinnützige Arbeit. Er soll auf dem Friedhof helfen.«

»Sie glauben also, dass er auf dem Friedhof ist?«

Sie zuckte mit den Schultern. »Dort sollte er jedenfalls sein. Wenn er sich an die Abmachung hält.«

»Aber Sie glauben, er hält sich nicht dran?«

Vera Larsson antwortete nicht. Sie sah aus dem Fenster. Weit entfernt grollte das Gewitter. »Es zieht hierher«, sagte sie, »das Unwetter.«

Hinter ihr tauchte Carin auf. Sie hatte die Hand immer noch am Pistolenkolben und zog eine Miene, die Fors zeigte, dass sie sich umgeschaut hatte, ohne das zu finden, wonach sie suchten.

»Haben Sie Angst vor Gewittern?«, fragte Fors.

Die Frau schüttelte den Kopf. »Vor Schlangen hab ich Angst, aber nicht vor Gewittern. Obwohl letzten Sommer ein Blitz eingeschlagen hat, ins Brückengeländer.«

»Das ist ja ein Ding«, sagte Fors und schaute aus dem Fenster. »Kann man die Brücke von hier aus sehen?«

»Nur im Winter, wenn kein Laub an den Bäumen ist.«

Fors nickte und beugte sich weiter vor, als wollte er kontrollieren, ob man die Brücke wirklich nicht sehen konnte. »Wo pflegt Tony zu essen?«, fragte er.

Vera Larsson sah aus, als hätte sie die Frage nicht verstanden.

»Mittags, meine ich, isst er auf dem Friedhof oder kommt er nach Hause?«

»Das ist unterschiedlich«, antwortete sie. »Manchmal kommt er nach Hause.«

»Um wie viel Uhr?«

»Mitten am Tag.«

»Kommt er heute nach Hause?«

Vera Larsson runzelte die Stirn. »Was hat er getan?«

»Wissen Sie, ob er heute nach Hause kommt?«

Vera Larsson sah Fors forschend an. »Was ist mit Ihrem Gesicht passiert?«

»Ein Unfall«, antwortete Fors und strich sich übers Kinn. »Glauben Sie, dass er heute nach Hause kommt?«

»Vielleicht.«

»Ich möchte mit ihm reden.«

Die Frau flüsterte, als ob sie in einem sehr dunklen Raum voller bösartiger Leute ein Geheimnis verriet, das niemand wissen durfte: »Geht es um die Ereignisse in der Schule?«

»Darf ich mir sein Zimmer ansehen?«, fragte Carin, und Vera Larsson drehte den Kopf so hastig, als hätte sie unerwartet einen Tritt gegen das Schienbein bekommen. »Es geht um die Schule, oder? Aber er hat es nicht getan. So was würde er nie tun.«

»Darf ich sein Zimmer sehen?«, wiederholte Carin.

Vera Larsson zeigte zum Vorraum. »Sein Zimmer ist im Keller.«

»Sie sind sicher, dass er im Augenblick nicht dort ist?«, fragte Fors.

»Ja«, flüsterte Vera. Sie sah, wie Carin die Pistole aus dem Holster zog, bevor sie die Kellertür öffnete. »Was hat er getan?«

»Wir wollen nur mit ihm sprechen«, sagte Fors. »Sind Sie sicher, dass er nicht zu Hause ist?«

Vera nickte und Carin verschwand durch die Kellertür. Fors erhob sich und ging zur Tür. Er legte die Hand auf die geliehene Waffe an seinem Gürtel.

»Es ist irgendwas mit der Schule, nicht?«, fragte Vera.

Fors antwortete nicht und die Frau biss sich auf die Unterlippe. Fors zeigte auf ein Foto, das hinter Glas an der Wand hing.

»Sind das beides Ihre Söhne?«

»Ja«, flüsterte Vera. »Das Foto wurde auf Tonys Konfirmation gemacht.«

»Und der jüngere?«, fragte Fors.

»Das ist Emil. Sie sind sich so wenig ähnlich, dass man kaum glauben kann, dass sie miteinander verwandt sind. Emil könnte etwas von dem Bösen, das in Tony ist, brauchen, nur einen Tropfen. Er hat immer solche Angst.«

»Wovor?«, fragte Fors.

»Vor dem, was in der Schule passiert ist.«

»In welche Schule geht er?«

»In die Vikingaschule. Er war dort, als die Schüsse fielen. Er hätte getroffen werden können. Seitdem das passiert ist, ist er total verstört. Man begreift nicht, dass so was passieren kann. Das geht über den Verstand.«

»Wo ist er im Augenblick?«, fragte Fors.

»Die Schule ist heute geschlossen«, sagte Vera. »Er ist früh weggegangen, als ob es ein gewöhnlicher Schultag wäre. Er ist mit dem Fahrrad weggefahren, vielleicht zum Baden.«

Fors betrachtete das Foto von den beiden Jungen genau. »Haben sie denselben Vater?«

Vera Larssons Stimme klang, als fürchtete sie ein Geheimnis zu verraten. »Warum fragen Sie das?«

»Weil Sie sagen, dass sie sich so unähnlich sind.«
Es donnerte.

Carin kam die Kellertreppe herauf. »Da unten ist niemand«, sagte sie. Ihre Waffe hatte sie zurück ins Holster gesteckt. Sie warf einen Blick zum Fenster. »Es wird bald regnen«, sagte sie. »Das spürt man in der Luft. Es ist kühler geworden.«

»Und ich wollte doch einkaufen gehen«, jammerte Vera.

»Haben Sie einen Schirm?«, fragte Carin.

»Bei Gewitter soll man keinen Schirm aufspannen«, behauptete Vera Larsson. »Der Blitz könnte einschlagen.«

»Was man nicht alles bedenken muss«, sagte Fors. »Arbeiten sie auch bei Regen auf dem Friedhof?«

Vera zögerte mit der Antwort. Das Zimmer wurde von einem Blitz erleuchtet.

»Oh«, sagte Carin. »Jetzt ist es genau über uns.«

»Vielleicht, ich weiß es nicht«, sagte Vera. »Es hat ja schon so lange nicht mehr geregnet. Aber die müssen ja irgendwas haben, wo sie sich unterstellen können. Sie können doch nicht bei jedem Wetter draußen sein.«

Dann kam der Knall.

Alle drei schwiegen, während es über ihren Köpfen donnerte und krachte.

»Jetzt ist es da.« Carin schaute aus dem Küchenfenster. Dann setzte sie sich an die Schmalseite des Tisches, nahm die Hand jedoch nicht vom Pistolenkolben.

»Glauben Sie, dass er zum Essen nach Hause kommt?«, fragte Fors.

»Vielleicht«, sagte Vera, »besonders wenn es regnet. Ich glaube nicht, dass sie bei Regen arbeiten. Wahrscheinlich darf er dann nach Hause gehen.«

»Wann könnte er kommen?«, fragte Carin.

»Jeden Moment«, antwortete Vera. »Er kann jetzt jeden Moment kommen.«

»Dann möchten wir gern noch ein Weilchen bleiben«, sagte Fors. »Wir können Sie später in die Stadt fahren.«

»Ich glaube, es ist gut, wenn Sie da sind, wenn er kommt«, sagte Carin.

»Warum?« Vera flüsterte, so dass sie kaum zu verstehen war.

Da wurde die Küche von einem Blitz erhellt und im nächsten Augenblick krachte es. Fors erhob sich halb und sah aus dem Fenster. »Am Fluss hat es eingeschlagen«, sagte er.

»Dann war es wieder das Brückengeländer«, sagte Vera.

»Der Blitz schlägt doch nie zweimal an derselben Stelle ein«, meinte Carin.

Sie schwiegen und Fors setzte sich wieder.

»Er kommt bestimmt bald«, sagte Vera. »Bei dem Gewitter.«

32

Als der Regen kam, schloss ein Reporter der Ortszeitung das Fenster hinter ihm. Durch das Fenster daneben fielen große, schwere Tropfen auf den Tisch, bevor auch das von einer kleinen Frau mit rasiertem Kopf geschlossen wurde.

Die Kantine war voller Leute, und ganz vorn standen vier Fernsehteams, die Kameras auf dreibeinigen Stativen. Irma verkaufte Mineralwasser und jemand beklagte sich, dass Rauchen verboten war, ein anderer darüber, dass es auf der Toilette kein Papier gab.

Munter und Hammarlund betraten den Raum und durchquerten ihn so schnell wie möglich. Die Journalisten machten nur widerwillig Platz. Katarina Munter hängte ihren Blazer über die Stuhllehne, und die beiden setzten sich hinter ihre Namensschilder an den Tisch. Hammarlund klopfte gegen das Mikrofon.

»Willkommen zur Pressekonferenz. Ich werde Sie über den Stand der Ermittlungen informieren, und dann können Sie mir Fragen stellen. Danach übergebe ich das Wort an Katarina Munter, und wenn sie gesprochen hat, können Sie auch ihr Fragen stellen.«

Hammarlund räusperte sich. Munter begegnete dem Blick einer Frau in hellgrauem Kostüm. Munter stellte es sich bei der Hitze sehr warm in der Kostümjacke vor. Aber die Frau im Kostüm sah ungerührt aus und sie begegnete dem Blick der Ministerin ohne Lächeln.

»Die Fahndung nach dem Täter, der in der Vikingaschule drei Kinder erschossen hat, verlief bisher ohne Ergebnis«, log Hammarlund und hielt damit die Festnahme von Holm geheim. »Wir haben jedoch gewisse Aussagen, denen wir nachgehen, und wir sind guter Hoffnung, dass wir bald eine oder mehrere Festnahmen durchführen können. Viel deutet darauf hin, dass es sich bei der Tatwaffe um eine Polizeiwaffe handelt, womöglich die Waffe, die einem unserer Polizisten bei einem Raubüberfall gestohlen wurde.«

Hammarlund schaute in die Runde der versammelten Journalisten.

»Fragen?«

»Könnte es sich bei dem Täter um ein Kind handeln?«, fragte die Frau im Kostüm.

»Ja«, antwortete Hammarlund.

»Haben Sie Spuren vom Täter?«, rief die Frau, die sich die Haare abrasiert hatte.

»Nein«, antwortete Hammarlund. »Wir haben keine Spuren, aber uns liegen Aussagen vor, die uns in eine bestimmte Richtung führen.«

»Welche Richtung?«, rief ein Mann und hielt Hammarlund ein Mikrofon unter die Nase.

»Das möchte ich im Augenblick nicht kommentieren.«

»Wann werden Sie den Täter fassen?«, rief ein großer Mann mit langem Bart.

»Ziemlich bald«, antwortete Hammarlund.

»Was heißt ›ziemlich bald‹?«, hakte der Bärtige nach.

»Ziemlich bald«, wiederholte Hammarlund.

»Wem ist bei einem Raubüberfall die Waffe abhanden gekommen, von dem Sie sprachen?«

»Dem Chef der Kripoabteilung, Harald Fors«, antwortete Hammarlund.

»Wo ist er?«, wurde von mehreren Seiten gerufen. Manche schauten zur Tür, als erwarteten sie, Fors würde plötzlich auftauchen.

»Er ist mit der Ermittlung beschäftigt«, antwortete Hammarlund.

»Ist das angebracht?«, fragte die Kostümfrau. »Wenn seine Waffe für die Tat benutzt wurde?«

»Warum glauben Sie, dass eine Polizeiwaffe benutzt wurde?«, fragte eine Frau mit schonischem Dialekt.

»Weil wir bei der Polizei eine besondere Weichmantel-Munition benutzen. Sie heißt Sicherheitsmunition und ist nicht im freien Handel erhältlich. Am Tatort wurden einige Hülsen dieser Munition gefunden.«

»Ist es wirklich angebracht, dass sich derjenige an den Ermittlungen beteiligt, dessen Waffe gestohlen wurde?«, fragte jemand von ganz hinten, und Hammarlund versuchte zu erkennen, wer es war.

»Harald Fors ist der Beste, den wir haben. Wir haben keinen Besseren«, antwortete Hammarlund. »Jetzt übergebe ich das Wort an Justizministerin Katarina Munter.«

Dann lehnte er sich zurück und beobachtete Katarina Munter von der Seite. Er sah, dass sie schwitzte und unter den Armen nass war. Sie ist nervös, dachte er.

»Zunächst«, sagte Katarina Munter, »zunächst möchte ich mein großes Entsetzen ausdrücken. Ich habe tiefes Mitgefühl mit den Eltern, die ihre Kinder verloren haben. Uns in der Regierung haben die Ereignisse zutiefst betroffen gemacht. Was nicht vorauszusehen war, was keinesfalls hätte passieren dürfen, ist eingetreten, und wir in der Regierung werden alles tun, was wir können, um zu verhindern, dass Derartiges sich wiederholen wird. Deswegen werden wir manifestieren, dass Gewalt in unserer Gesellschaft keinen Platz hat, wir werden uns allen Kräften anschließen, die gegen Gewalt kämpfen, Gewalt unter Kindern und anderen. Wir wollen – in der Hoffnung, dass es uns gelingt, etwas von Bedeutung zu schaffen –, das Schreckliche, was geschehen ist, zum Ausgangspunkt für eine nationale Vereinigung gegen Gewalt unter Kindern und Jugendlichen benutzen.«

Katarina Munter öffnete eine Flasche Mineralwasser, goss sich ein halbes Glas voll, führte es zum Mund und trank.

»Bitte sehr«, sagte sie. »Fragen?«

»Im vergangenen Jahr wurden mehrere Polizeireviere in dieser Provinz geschlossen. Können Sie erklären, wie die Schließungen zu der Kampagne gegen Gewalt unter Kindern und Jugendlichen passen?«, rief eine Frau, die weit hinten stand und ziemlich klein war, so dass Katarina Munter sie nicht sehen konnte.

»Die Polizeichefs dieses Distrikts arbeiten im Rahmen ihrer entsprechenden Mittel«, antwortete Katarina Munter und seufzte innerlich über diese Frage, die sie keinesfalls gleich zum Auftakt hatte hören wollen.

»Aber Sie als Ministerin können doch wohl darüber entscheiden, welche Mittel den Polizeidistrikten zur Verfügung gestellt werden?«, fragte der Mann mit dem langen Bart.

»Innerhalb gewisser Grenzen«, antwortete Katarina Munter. »Die Distrikte haben ein großes Maß an eigenem Handlungsspielraum. Ein Polizeirevier kann zum Beispiel deshalb geschlossen werden, um neue Möglichkeiten zu schaffen, dass das Polizeipersonal Schulen besucht.«

Die Frau an der hintersten Wand – immer noch unsichtbar – erhob wieder ihre Stimme. »Die Vikingaschule hat berichtet, dass früher häufig uniformierte Polizisten in die Schule kamen und mit den Kindern über den Verkehr und mit den Jugendlichen über Drogen und Kriminalität gesprochen haben. Derartige Besuche haben in der Vikingaschule seit drei Jahren nicht mehr stattgefunden.«

»Die einzelnen Prioritäten in den verschiedenen Polizeidistrikten kann ich nicht kommentieren«, sagte Katarina Munter und wandte sich an Hammarlund. »Vielleicht möchten Sie etwas dazu sagen?«

Hammarlund fing den Blick des Bärtigen auf und suchte dann Augenkontakt mit der unsichtbaren Frau ganz hinten im Raum.

»Was die Schulbesuche angeht, so ist es, wie Sie sagen. Wir haben keine Mittel mehr, um Leute hinzuschicken. Es kostet zu viel, und wir schätzen, dass die Besuche zu wenig bringen.«

Die Frau im Kostüm erhob ihre Stimme.

»In einer Untersuchung, die ich gerade gelesen habe, sagen Jugendliche, dass sie häufig verschiedener Art Kriminalität ausgesetzt sind. Jeder fünfte Jugendliche gibt an, schon einmal mit irgendeiner Form des Verbrechens in Berührung gekommen zu sein. Gleichzeitig sehen wir, dass sich Jugendliche und sogar Kinder bewaffnen. Was meinen Sie, was man dagegen unternehmen soll?«

»Mehr Erwachsene in der Schule«, antwortete Katarina Munter. »Mehr Lehrer, mehr Jugendpfleger, mehr Freizeitheime, mehr Sozialarbeiter, mehr Kontakt zwischen Jüngeren und Älteren. Alles, was dazu gehört, um ein Sicherheitsnetz zu knüpfen.«

»Die Eltern der Kinder in der Vikingaschule fordern ein Sicherheitsnetz«, rief der Bärtige. »Sie fordern schusssichere Fensterscheiben und vergitterte Eingänge, Ausweiskontrollen und uniformierte Wachen. Was sagen Sie zu den Forderungen?«

Katarina Munter schüttelte den Kopf. »Ich glaube nicht, dass das ein gangbarer Weg ist.«

Der Bärtige fuhr fort: »Die Eltern fordern weiter, dass aggressive Kinder und Jugendliche, die Mitschüler oder das Schulpersonal angreifen, in besondere Schulen versetzt werden. Was sagen Sie dazu?«

Wieder schüttelte Katarina Munter den Kopf. »Ich glaube nicht, dass es so geht. Im Raum sind sicher einige anwesend, die sich in ihrer Jugend schlecht benommen haben, vielleicht sogar in Prügeleien verwickelt waren. Man kann Kinder nicht wie potenzielle Gewalttäter behandeln, nur weil sie in der Schule auffällig werden.«

Der Bärtige gab nicht auf. »Die Direktorin der Vikingaschule sagt, Messer in der Schule seien nichts Ungewöhnliches. Was meinen Sie? Was sollte man tun, wenn man Jugendliche mit Messern in der Schule erwischt?«

»Man soll ihnen das Messer abnehmen«, antwortete Katarina Munter.

»Und wenn sie es nicht hergeben wollen?«

»Dann muss man die Polizei rufen.«

»Bei der Vikingaschule ist das ja möglich, es sind nur drei Kilometer bis zum Polizeipräsidium. Aber es gibt Orte im Land, da braucht eine Polizeistreife eine Stunde, ehe sie ankommt. Was soll das Schulpersonal machen, so lange man auf die Polizei wartet?«

»Vielleicht sollte man mit dem Jugendlichen reden«, schlug Katarina Munter vor. »Es lösen sich ja nicht alle Probleme dadurch auf, dass die Polizei erscheint.«

Die Frau mit dem kahl rasierten Kopf ergriff das Wort. »Vor zweieinhalb Jahren wurde ein Junge in dieser Stadt erschossen. Was denken Sie darüber, dass es Jugendlichen so leicht gemacht wird, an Waffen zu kommen?«

»Wir werden die Waffengesetze noch einmal überprüfen«, antwortete Katarina Munter. »Es ist tatsächlich schon eine Weile her, seit wir sie überprüft und die Strafe für Waffenvergehen verschärft haben. Aber wir werden die Sache in Angriff nehmen.«

»Ist es nicht so, dass Schusswaffen ins Land gelangen, weil der Zoll keine Mittel hat?«, rief ein Mann am Fenster.

»Der Zoll leistet gute Arbeit«, sagte Katarina Munter. »Und er wird im nächsten Jahr mehr Mittel bekommen.«

»Können Sie ein bisschen von dieser Aktion gegen Gewalt unter Kindern und Jugendlichen erzählen?«, fragte die Frau im grauen Kostüm.

Katarina Munter nahm wieder einen Schluck Wasser und stellte das Glas ab. Aus Versehen landete es auf der Mikrofonleitung, kippte um und das Wasser ergoss sich über den Tisch und tropfte auf ihren Rock. Sie rutschte hastig zurück und wischte den Rock mit der Hand ab. Dann beugte sie sich zum Mikrofon vor.

»Wir haben uns das so vorgestellt, dass Teile unserer Regierung, des Königshauses und Repräsentanten aller großen Kinder- und Jugendorganisationen an der Beerdigung der Kinder teilnehmen sollten«, sagte sie. »Es wäre ein würdevoller Akt, der zum Nachdenken anregt. Danach sollten Mittel für Kinder- und Jugendorganisationen zur Verfügung gestellt werden, und man sollte langfristig daran arbeiten, vorbeugende Maßnahmen einzuleiten. Außerdem könnte man einen Preis stiften zur Erinnerung an die Kinder.«

»Wissen Sie, wie die toten Kinder heißen?«, rief die unsichtbare Frau, die ganz hinten an der Wand stand.

Katarina Munter verlor den Faden und merkte, dass sie rot wurde. Sie hatte die Namen der Kinder gehört, konnte sich jedoch nicht daran erinnern.

»Wissen Sie, wie die toten Kinder heißen?«, wiederholte die Frau etwas lauter.

»Nein«, antwortete Katarina Munter. »Daran kann ich mich im Moment nicht erinnern.«

Im Raum wurde es still, der Regen peitschte gegen die Scheiben und fern grollte das Gewitter. Die Frau im Kostüm ergriff das Wort.

»Es stimmt doch, dass einem Polizisten, der beim Verlassen eines Ladens überfallen wurde, die Waffe gestohlen wurde?«

»Ja«, antwortete Hammarlund.

Die Kostümfrau wandte sich an Katarina Munter und zeigte mit dem Notizblock auf sie. »Dann möchte ich Sie fragen, was man gegen die Ladenüberfälle unternehmen kann, die immer häufiger werden?«

»Ich bin nicht sicher, ob sie im Augenblick immer häufiger werden«, antwortete Katarina Munter.

»Meine Zeitung hat eine Statistik über Ladenüberfälle in Stockholm gebracht«, sagte die Kostümfrau.

»Laut dieser Statistik gibt es einen Überfall pro Tag. Knapp dreißig Prozent der Täter werden gefasst. Viele sind polizeibekannte Jugendliche. Was werden Sie dagegen unternehmen?«

»Wir arbeiten mit dem Handelsverband zusammen«, antwortete Katarina Munter, »und hoffen, dass wir die Sicherheit in den Läden verbessern können. Vielleicht gelingt es uns, dass in den Läden, die abends geöffnet haben, das Personal verstärkt wird.«

»Die Angestellten in den Läden, die überfallen wurden, bekommen häufig schwere psychische Probleme«, fuhr die Kostümfrau fort. »Was sagen Sie dazu?«

»Dass wir die Hilfe für Verbrechensopfer ausbauen müssen.«

»Finden Sie es angemessen, dass Jugendliche, die mehrere Überfälle begangen haben, die Chance bekommen, weitere Verbrechen zu begehen?«, fragte die Kostümfrau.

»Eine generelle Antwort gibt es darauf nicht«, sagte Katarina Munter. »Es ist eine komplizierte Frage, die eine genaue Kenntnis des individuellen Falles erfordert. Manchmal ist die Prognose gut, manchmal weniger gut. Man muss es von Fall zu Fall beurteilen.«

»Erinnern Sie sich, wie die Kinder hießen, die gestorben sind?«, rief die unsichtbare Frau aus dem hinteren Teil des Raums, und viele drehten den Kopf, um sie zu sehen.

Katarina Munter hob verlegen das leere Glas an die Lippen und tat so, als würde sie trinken.

Hammarlund rettete die Ministerin, indem er die Namen der Kinder nannte. Danach erklärte er die Pressekonferenz für beendet, erhob sich und folgte Katarina Munter, die den Raum sehr schnell verließ und auf die Fahrstuhltüren zueilte.

33

»Ist Jonny zu Hause?«, fragte Stjernkvist und hielt der Frau in der Türöffnung seinen Ausweis hin.

»Ja, um was geht es?«

Die Frau trug ein dunkelblaues Seemannskostüm mit plissiertem Rock und eine Bluse mit einem großen viereckigen Kragen, auf dem ein Anker war. Sie musste um die vierzig sein. Stjernkvist sah die Falten um ihre Augen.

»Es geht um das, was im Speisesaal passiert ist«, sagte Stjernkvist. »Ich würde gern mit Jonny sprechen.«

»Natürlich«, sagte die Frau. Und ohne Stjernkvist zum Eintreten aufzufordern, kehrte sie ihm in ihren weißen Kniestrümpfen und schwarzen Pumps den Rücken zu und ging durch die Diele. Sie hinterließ einen milden Parfümduft.

»Was ist los?«, ertönte eine Männerstimme aus dem Hausinnern.

Ein Blitz erhellte den Himmel hinter Stjernkvist, und er stellte sich unter das Dach, das über die Treppe ragte. Die Tür stand offen. Ein kleiner weißer Hund kam angelaufen und betrachtete Stjernkvist.

»Na, wie heißt du denn?«, fragte Stjernkvist und der Hund winselte. Als der Donner widerhallte, begann der Hund zu jaulen und lief ins Haus.

»Hierher, Mufti!«, rief der Mann, der sich irgendwo drinnen aufhielt. Und Stjernkvist war nicht ganz sicher, dass der Mann nach dem Hund rief.

Dann kam die Frau zurück. »Bitte sehr.«

Sie machte eine Geste, die wohl einladend wirken sollte, aber eher aussah, als wollte sie ein halbes Dutzend Fliegen verscheuchen.

Stjernkvist betrat das Haus und schloss die Tür hinter sich. Der Hund begann zu bellen, so laut er konnte.

Die Diele war geräumig, es gab Platz für zwei Korbstühle und einen Tisch mit Steinplatte. An der Wand hing ein Steinschlossgewehr mit Bajonetten. Unter den Waffen hing ein Gemälde, das eine Seelandschaft darstellte.

»Könnten Sie bitte Ihre Schuhe ausziehen?«, sagte die Frau im Seemannskostüm. »Unsere Putzhilfe war gerade hier und sie kommt nur einmal in der Woche.«

»Selbstverständlich.« Stjernkvist bückte sich und schnürte seine Schuhe auf. Er war froh, dass seine Strümpfe neu waren. Er hatte sie in der letzten Woche gekauft. Darin würden noch keine Löcher sein, weder an den Fersen noch an den Zehen.

»Sie können sich in die Bibliothek setzen«, schlug die Frau vor.

Stjernkvist nickte und dachte, er hätte sich auch in die Garage setzen können. Die war vermutlich sauber wie ein Operationssaal, die beiden großen englischen Autos würden blitzen und schwach nach Leder duften, und auf dem Boden würde vermutlich nichts herumliegen außer einem einsamen vergessenen Golfball.

»Hier entlang, bitte«, sagte die Frau, und Stjernkvist folgte ihr an einer breiten Treppe vorbei, die zum Obergeschoss führte. Er warf im Vorbeigehen einen Blick in die Küche, in der seine ganze Zweizimmerwohnung Platz gehabt hätte.

»Bitte setzen Sie sich.« Die Frau zeigte auf eine Sitzgruppe von vier niedrigen Sesseln um einen runden Tisch mit Glasplatte. Auf dem Tisch lag eine amerikanische Fachzeitschrift. Sie war dick wie ein Roman, und auf dem Deckblatt war ein Segelboot aus Holz abgebildet, eins der Art, das mindestens fünf Mann Besatzung erforderte und außer Weinkühlern und Tiefkühlbox sicher auch eine separate Toilette für jede Kajüte enthielt.

»Mein Mann kommt gleich.«

»Ich möchte gern mit Jonny sprechen.«

»Mein Mann möchte gern ein paar Worte mit Ihnen wechseln, bevor Sie mit unserem Sohn sprechen«, sagte die Frau und Stjernkvist fiel auf, dass sie sich ihm nicht vorgestellt hatte.

»Natürlich«, sagte er. Die Frau verließ den Raum, und er sah sich um.

Es gab einen offenen Kamin, in dem vier Birkenkloben gegen die schwärzliche Ziegelwand lehnten. Hinter den Kloben ragte die Ecke einer Tageszeitung hervor. Das Innere des Kamins wirkte ordentlich aufgeräumt, so, als sei es nicht nur gebürstet, sondern auch gescheuert worden. Es duftete schwach nach einem Reinigungsmittel. Stjernkvist drehte sich zu dem Bücherregal um, das eine ganze Schmalwand bedeckte. Es bestand aus drei Segmenten, die vom Boden bis zur

Decke reichten. Vor dem Regal stand eine kleine Leiter aus Walnussholz. Sie hatte eine Art Geländer, sodass man bis auf die oberste Stufe steigen konnte, ohne befürchten zu müssen, herunterzufallen.

Das Regal enthielt viele Bücher über Segeln und Segelschiffe, viele auf Englisch. Stjernkvist registrierte, dass die Art Bücher – Taschenbücher –, die es in seinem ziemlich anspruchslosen Bücherregal gab, hier überhaupt nicht zu finden waren.

Dann hörte er Schritte auf der Treppe, und gleich darauf tauchte eine gut gebaute, leicht rundliche männliche Person auf. Der Mann kam mit großen Schritten auf Stjernkvist zu und streckte die Hand aus. Stjernkvist nahm sie und sie begrüßten einander hastig. Der Mann hatte einen warmen, festen Händedruck, und er sah Stjernkvist in die Augen, als er seinen Namen nannte.

»Johan-Axel Örtengren.«

»Stjernkvist.«

»Kann ich Ihren Ausweis sehen?«

Stjernkvist nahm ihn hervor und Örtengren angelte eine Brille aus der Brusttasche seines weißen Hemdes. Dann prüfte er den Ausweis, als habe er den Verdacht, er sei gefälscht.

»Und Sie möchten?« Örtengren sah Stjernkvist an und gab ihm den Ausweis zurück. Das weiße Hemd hatte gestärkte Manschetten und auf den goldenen Manschettenknöpfen war ein Anker über einem Kreuz.

»Mit Jonny sprechen.«

Örtengren hatte ein breites Gesicht, etwas aufgedunsen und sehr braun. Die Haare waren grau und zurückgekämmt. Um den Hals trug er einen gelben Schal mit weißen Punkten, so groß wie Reiskörner, der vermutlich aus Seide war.

»Worüber?«

»Jonny stand am Tresen, als geschossen wurde. Möglicherweise hat er etwas gesehen, das ihm vielleicht nicht bemerkenswert erscheint, das im Gesamtbild aber wichtig sein könnte.«

»Und wie sieht das Gesamtbild aus?« Örtengren runzelte die Stirn.

»Darauf möchte ich im Augenblick nicht eingehen«, antwortete Stjernkvist. »Ist Jonny zu Hause?«

»Er heißt Johan«, klärte Örtengren ihn barsch auf.

»Das wusste ich nicht«, entschuldigte sich Stjernkvist. »Ich habe nur gehört, dass er Jonny heißt.«

Örtengren sog Luft ein, und es zischte, als er antwortete: »Das hat er sich selbst ausgedacht. Der Junge ist die dritte Generation Johan Örtengren.«

»Ich verstehe«, sagte Stjernkvist und versuchte zu kapieren, was der Mann damit meinte. »Kann ich bitte mit Johan sprechen?«

»Ich muss nachsehen, ob er frei ist«, antwortete Örtengren. »Ich glaube, er hat in einer halben Stunde Tennisunterricht.«

Dann verließ er das Zimmer mit knallenden Absätzen, und als er zur Treppe kam, war zu hören, dass er immer zwei Stufen auf einmal nahm.

Stjernkvist ging zu dem großen französischen Fenster und schaute hinaus. Der Rasen war ordentlich gemäht, der Swimmingpool hatte die Form einer Niere. Durch die regenbedeckten Scheiben sah er eine junge

Frau im schwarzen Bikini. Sie ging langsam durchs Gras, als würde sie den heftigen Regen genießen, das lange, dunkle Haar klebte an ihren Schultern. Als sie den Pool erreichte, hob sie die Arme und tauchte ein. Stjernkvist sah ihren Kopf am anderen Ende des Pools wieder auftauchen, dann schwamm sie auf dem Rücken weiter.

Örtengrens harte Absätze klapperten auf der Treppe, und als er in die Bibliothek zurückkehrte, war er in Begleitung eines Jungen von etwa fünfzehn Jahren.

»Das ist Johan«, sagte Örtengren und zeigte mit der Hand auf einen der Sessel. Stjernkvist bedankte und setzte sich. Er nahm einen Block und Kugelschreiber hervor, und während Örtengren und Sohn Platz nahmen, notierte Stjernkvist das Datum, warf einen raschen Blick auf die Uhr und notierte auch die Zeit. Dann wandte er sich Johan zu.

»Wie du sicher weißt, geht es um die Ereignisse in der Schule.«

Der Junge, der Johan hieß, aber Jonny genannt werden wollte, nickte.

»Kannst du mir erzählen, wie es ablief?«

Johan zuckte mit den Schultern. »Es hat eben geknallt. Fünfmal, glaube ich. Ich hab mich auf den Fußboden geworfen.«

»Sonst hast du keine Angst vor Schüssen«, sagte Örtengren und musterte seinen Sohn. Dann sah er Stjernkvist an. »Johan ist nämlich gut im Tontaubenschießen und jetzt ist ja Entenjagd.«

Stjernkvist versuchte auszusehen, als wisse er Johans sportliche Leistungen zu schätzen.

»Wo am Tresen hast du gestanden, als es knallte?«
»Ganz vorn.«
»Und hinter dir?«
»Daniel.«
»Und dann?«
»Richard.«
»Was hast du gesehen?«
Johan zuckte mit den Schultern. »Ich stand ja mit dem Rücken zu den beiden. Ich hab in die andere Richtung geguckt. Als es knallte, hab ich mich auf den Boden geworfen.«
»Hast du Daniel und Richard gesehen?«
»In dem Augenblick nicht. Ich glaube, ich hab gedacht, da schießt irgendein Idiot, und hab mir die Hände über den Kopf gehalten. So.« Und er zeigte, wie er seinen Kopf geschützt hatte.
»Du hast also nichts gesehen?«
»Es ist nicht leicht, etwas zu sehen, wenn man sich die Augen zuhält«, sagte Örtengren etwas provokant.
Johan war offenbar unangenehm berührt von der Bemerkung seines Vaters, er sagte jedoch nichts.
»Du hättest ja auch den Kopf drehen können, dann wüssten wir jetzt, wer geschossen hat«, fügte Örtengren hinzu.
Johan antwortete nicht.
Örtengren seufzte. »Es ist nicht leicht. Wir müssen froh sein, dass du heil davongekommen bist.«
Stjernkvist wollte einen Konflikt mit dem Vater vermeiden, wagte aber dennoch vorzuschlagen: »Ich glaube, es wäre gut, wenn Johan und ich dieses Gespräch allein führen könnten.«

Örtengren wurde rot. »Was meinen Sie, wer das Sagen in diesem Haus hat? Wollen Sie mich aus dem Zimmer schicken, während Sie auf einem Stuhl meines Heimes sitzen?«

Stjernkvist bemühte sich, die Fassung zu bewahren. »Keineswegs. Es ist nur so, dass man ein solches Gespräch besser unter vier Augen führt, wie man so schön sagt.«

»Wie man so schön sagt!«, schnaubte Örtengren. »Wie man so schön sagt! Ich möchte wissen, wie sich das Gespräch entwickelt. In dieser Familie haben wir nicht gerade die besten Erfahrungen mit dem Staat.«

»Ach?«, sagte Stjernkvist.

Örtengren schien zu überlegen, ehe er fortfuhr. Dann warf er einen Blick auf seinen Sohn und sah wieder Stjernkvist an. »Da war doch die Sache mit dem Indianer.«

»Dem Indianer?« Stjernkvist war aufrichtig erstaunt.

»Ja, der Junge, der Johan wegen Mobbing angeklagt hat. Wissen Sie nichts davon?«

»Nein, was war da los?«

»Ach, irgend so ein Blödsinn. Ich dachte, so was erfahren Sie. Die Polizei führt doch über alles Buch, oder etwa nicht?«

»Was hätten wir erfahren sollen?« Stjernkvist sah vom Vater zum Sohn und dann wieder zum Vater.

Örtengren schüttelte den Kopf und zupfte sein Halstuch zurecht.

»Wenn Sie nichts davon wissen, ist es vermutlich irrelevant für Ihren heutigen Besuch. Ich will aber trotzdem dabei sein, wenn Sie mit Johan sprechen. Das

Recht ist in dieser Hinsicht auf meiner Seite, glaube ich, oder?«

»Absolut, wenn Sie es so wollen. Die Erfahrung hat nur gezeigt, dass diese Art Gespräche ...«

»Dann ist die Frage also ausdiskutiert«, unterbrach Örtengren ihn.

»Der Neger«, sagte Johan.

»Was?«, fragte Örtengren.

»Nicht der Indianer.«

Örtengren runzelte seine buschigen Augenbrauen und starrte seinen Sohn an. »Wovon redest du?«

»Er wurde Neger genannt, nicht Indianer.«

»Wer?« Stjernkvist spürte, dass er einen trockenen Mund bekam.

»Emil«, sagte Johan.

»Ja, ja«, schnaubte Örtengren wieder. »Aber das ist doch ganz was anderes und außerdem erledigt, oder? Jetzt geht es um die Schüsse. Es ist wirklich eine entsetzliche und erstaunliche Entwicklung. Oder soll man das Abwicklung nennen? In unseren Schulen wird mit Pistolen geschossen.«

»Welcher Emil?« Stjernkvist beugte sich zu Johan vor.

»Emil Larsson.«

»In welche Klasse geht er?«

»8 A.«

»Und er wird Neger genannt?«

»Ja«, sagte Johan.

»Stammt er aus Afrika?«

Örtengren lachte. »Er sieht aus, wie sein Name klingt, Emil, ein echter schwedischer Flachskopf.«

»Warum wird er dann Neger genannt?«, fragte Stjernkvist, ohne Johan aus den Augen zu lassen.

»Er hat dicke Lippen«, sagte Johan.

Stjernkvists Mund wurde noch trockener und sein Herz schlug schneller. »Was hast du gesagt, wie er heißt?«

»Emil«, wiederholte Johan. »Er heißt Emil Larsson und geht in die 8 A.«

Stjernkvist erhob sich, steckte Stift und Block in die Innentasche seines Jacketts, streckte die Hand aus und verabschiedete sich von den beiden Johan Örtengrens.

»Vielen Dank für die Hilfe. Vielen Dank.«

»War das alles?«, fragte Johan Örtengren, der Ältere. Es klang fast enttäuscht.

»Im Augenblick ja«, antwortete Stjernkvist und dann durchquerte er mit schnellen Schritten die Diele. Als er an der Treppe zum Obergeschoss vorbeikam, begegnete er einer jungen Frau in schwarzem Bikini. Die Haare klebten an ihren Wangen. Sie trug ein Handtuch über den Schultern und lächelte.

»Kann ich Ihnen helfen?«, fragte sie und legte eine Hand auf eine handballgroße Kugel aus Messing, die den Pfosten am unteren Ende des Treppengeländers zierte.

»Heute nicht«, sagte Stjernkvist und zog seine Schuhe an.

Dann war er draußen und lief durch den Regen zum Auto. Nachdem er die Autotür hinter sich geschlossen hatte, nahm er das Handy aus der Tasche und wählte Carins Nummer.

34

Sie, die die Mutter des Täters war, schaute hinaus in den Regen. Sie erhob sich und machte ein paar Schritte aufs Fenster zu. Dort drehte sie einen Pflanzentopf auf seinem Teller um und knipste ein paar Geranienblätter ab. Sie rollte die Blätter zu einer kleinen Kugel, ging zur Spüle und warf die Kugel in den Abfalleimer.

»Es ist kalt geworden durch den Regen«, sagte sie. »Ich glaube, ich hol mir eine Jacke.«

Sie ging ins Wohnzimmer und war gleich darauf mit einer weinroten Jacke zurück, die sie sich über die Schultern gelegt hatte. »Kann ich Ihnen Kaffee anbieten?«

»Danke, gern«, antwortete Fors.

»Der täte jetzt sicher gut«, sagte Carin.

Frau Larsson ging zum Herd und stellte einen Topf mit Wasser auf die Platte. Dann bereitete sie Kaffee und Filter vor, stellte drei Tassen auf ein blaues Tablett aus Blech und legte drei Vanillekekse dazu. Sie stellte das Tablett auf den Küchentisch, und dann warteten alle drei schweigend auf das Kochen des Wassers. Als sie es über den Kaffee goss, verbreitete sich Kaffeeduft in der Küche und Frau Larsson drehte sich zu Carin um.

»Haben Sie Kinder?«

»Ja.«

Frau Larsson seufzte. »Dass man sich ständig Sorgen machen muss. Wenn man das vorher gewusst hätte … Kinder bringen viele Sorgen mit sich.«

»Stimmt«, sagte Carin. »Das gehört wohl dazu. Meine Mutter war immer besorgt, wenn ich bei Kälte ohne Mütze nach draußen gegangen bin. Und sie sagt es mir immer noch, wenn sie an Weihnachten zu Besuch kommt. ›Setzt du auch eine Mütze auf?‹«

Die beiden Frauen lächelten sich etwas angestrengt an.

»Es ist jedenfalls schön, dass das Gewitter weitergezogen ist«, sagte Frau Larsson und stellte die Kaffeekanne auf den Tisch. »Möchte jemand Milch oder Zucker?«

»Gerne Milch«, sagte Fors, der es mit seinem Kaffee sehr genau nahm und befürchtete, dass dieser Kaffee nur wie Kaffee aussah, aber nicht so schmeckte.

»Danke«, sagte Carin, »für mich auch bitte Milch.«

Frau Larsson holte eine Packung Milch und stellte sie auf den Tisch. Dabei warf sie einen Blick aus dem Fenster.

»Jetzt kommt Tony«, sagte sie. Aus den Augenwinkeln registrierte sie, dass Carin wieder die Hand auf den Pistolenkolben legte, und beim Kaffee-Einschenken zitterte Frau Larssons Hand. Während sie die Kaffeekanne zwischen den drei Tassen hin und her bewegte, erhob sich Carin und stellte sich an die Wohnzimmertür.

Dann kam Tony Larsson in die Küche, vollkommen durchnässt, und blieb stehen. Wasser tropfte an ihm herab, als wäre er dem Fluss entstiegen.

»Ich wusste, dass Sie hier sind«, sagte er und wischte sich mit der Handfläche übers Gesicht. »Ich hab das Auto gesehen und wusste, dass die Bullen auf mich warten. Aber was soll man machen bei dem Wetter?«

Dann ließ er sich auf einen Schemel an der Wand sinken.

»Wo ist die Pistole, Tony?«, fragte Fors.

Tony sah ihn an, sein geschwollenes, blaugrünes Gesicht.

»Welche Pistole?«

»Die du mir weggenommen hast. Die Pistole, die benutzt wurde, um drei Kinder zu erschießen. Wo ist sie?«

Tony sah von Fors zu Carin und dann zu seiner Mutter.

»Ich weiß nicht, wo sie ist. Die hat jemand geklaut.«

»Wer?«, fragte Fors.

Tony zuckte mit den Schultern. »Wahrscheinlich mein Bruder.«

»Warum sollte er sie klauen?«, fragte Fors.

»Um mit Jonny abzurechnen.«

»Was haben die miteinander abzurechnen?«, fragte Carin.

Tony lehnte sich zurück. »Ich bin klatschnass. Ich muss mich umziehen.« Er machte Anstalten aufzustehen. Carin ging rasch auf ihn zu und legte ihm die Hand auf die Schulter.

»Du sitzt ganz gut hier. Wenn du versuchst aufzustehen, landest du auf dem Fußboden. Wir fesseln dir die Hände auf dem Rücken.«

»Was haben die beiden miteinander abzurechnen?«, fragte Fors. »Jonny und dein Bruder.«

»Eine Menge Scheiß«, antwortete Tony.

Carins Handy klingelte. Sie meldete sich und lauschte, ohne Tony aus den Augen zu lassen.

»Danke«, sagte sie nach einer Weile. Und dann wählte sie die Nummer der Leitzentrale und bat, ein Auto herzuschicken, um Tony Larsson abzuholen.

»Was glaubst du, wo Emil ist?«, fragte Carin.

Tony zuckte mit den Schultern. »Woher soll ich das wissen?«

»Wir haben gefragt, was du glaubst«, sagte Fors. »Uns ist schon klar, dass du es nicht weißt. Aber was glaubst du? Wo ist er?«

»Er kommt jedenfalls nicht hierher«, sagte Tony.

»Warum nicht?«, fragte Fors.

»Weil er weiß, dass ich ihn grün und blau schlage.«

Von Frau Larsson kam ein Wimmern. Sie war kreidebleich. »Ich versteh das alles nicht«, sagte sie tonlos. »Ich verstehe nicht, wovon ihr redet.«

Tony sah seine Mutter an. »Es war Emil, ist doch klar.«

»Was?«, wimmerte Frau Larsson. Ihr Oberkörper begann zu zittern.

»Es war Emil«, wiederholte Tony, »der die Kinder in der Schule erschossen hat. Dieser verdammte Negeridiot hat drei Kinder mit der Pistole von dem Bullen erschossen.«

Und dann streckte Tony einen Arm aus, eine Hand und ein Finger zeigten auf Fors. »Mit seiner Pistole! Drei Kinder. Der Negeridiot hat den letzten Rest von seinem bisschen Verstand verloren. Jetzt ist er völlig durchgeknallt.«

35

Das Foto, das ans Polizeipersonal verteilt wurde, war ein halbes Jahr alt. Es war ein Schulfoto, vergrößert und kopiert, und trotz der schlechten Qualität trat das runde Gesicht eines Jungen hervor. Er hatte kurz geschnittene Haare, zwei ziemlich große Schneidezähne, ernste Augen und ein unnatürliches Lächeln.

Der Grund für den Spitznamen des Jungen war schwer nachzuvollziehen. Auf die Frage, warum Emil »Neger« genannt wurde, antwortete der ältere Bruder, dass es »früher häufiger« vorgekommen war. Tony Larsson hielt Emils Lippen jetzt nicht mehr für so auffallend dick. Sie sahen aus wie ganz normale Lippen. Aber, stellte Tony fest, hat man erst mal einen Spitznamen, dann wird man ihn schwer wieder los.

Hammarlund zog einen Kinder- und Jugendpsychologen des Krankenhauses hinzu. Das anwesende Polizeipersonal musste sich einen halbstündigen Vortrag über Depressionen und aggressive Überreaktionen anhören. Nach dem Ende des Vortrags stellte eine schwangere Polizeiassistentin eine Frage: »Wird er eher auf andere schießen – also auf uns – oder wird er sich selbst erschießen?«

Lars Ahlin, der Psychologe, meinte, das könne man nicht vorhersagen, es sei wichtig, nicht erschreckend oder provozierend aufzutreten.

Hammarlund dankte für den Vortrag und befahl zehn der extra einberufenen Schutzpolizisten, zivile Trainingskleidung anzuziehen und unter den Kapuzenjacken oder eventuell nötigen Regenjacken Schutzwesten, Pistole, Funkgerät und möglichst auch ein Handy zu tragen. Die zivil gekleidete Schutzpolizei wurde beauftragt, sich per Fahrrad und Auto, immer einer allein, in den Gebieten zu bewegen, die sich nach kurzer Befragung einiger von Emils Bekannten als die vermutlichen Aufenthaltsorte des wahrscheinlich bewaffneten, deprimierten, tief schockierten und verwirrten fünfzehnjährigen Emil Larsson herauskristallisiert hatten.

Das Kriminalpersonal bekam die Aufgabe, Personen aufzusuchen, die möglicherweise mehr darüber wussten, wo Emil – in dem Zustand, in dem er sich jetzt befand – hingehen würde. Stjernkvist fiel die Aufgabe zu, die Frau zu besuchen, die drei Jahre lang Emils Lehrerin gewesen war. Sie hieß Lisa Björkman und war Nachbarin von Forsgrens in Hylte.

Als Stjernkvist den Waldweg nach Hylte hinauffuhr, regnete es immer noch heftig. Hier und da hatten sich tiefe Pfützen auf dem schlecht gepflegten Schotterweg gebildet. Kurz vor Hylte begegnete Stjernkvist einem Elch. Er kam zwischen ein paar Tannen hervor, seine langen Beine bewegten sich im gleichen schnellen Takt wie die Scheibenwischer.

Dann war das Tier verschwunden.

Lisa Björkman lud ihn zum Kaffee ein, und genau wie Frau Månsson hatte sie gerade gebacken, keine Hefewecken, sondern Teekuchen mit Rosinen. Sie kamen direkt aus der Backröhre und waren noch warm, als Lisa Björkman vier auf einem Porzellanteller mit dunkelblauen Vögeln platzierte. Sie trug den Kuchen zum Küchentisch und stellte ihn vor Stjernkvist ab.

Dann setzte sie sich ihm gegenüber. Zwei Katzen waren in der Küche, beide grau gestreift. Die eine miaute und rieb sich an Stjernkvists Bein.

Lisa Björkman goss Kaffee ein und Stjernkvist nahm Block und Kugelschreiber hervor. Die Frau auf der anderen Seite des Tisches hatte kurz geschnittene helle Haare. Sie blinzelte so sehr, dass Stjernkvist meinte, sie brauche eine Brille. Sie trug einen Ehering, Jeans, ein grün kariertes Flanellhemd und war barfuß. Sie mag um die fünfzig sein, dachte Stjernkvist, sieht nett aus, sie könnte meine Mutter sein.

»Es geht also um Emil«, sagte Stjernkvist. »Er ist verschwunden, und wir haben erfahren, dass er einen guten Kontakt zu Ihnen hatte, als er in die fünfte und sechste Klasse ging.«

»Ja«, sagte Lisa. »Er war oft bei mir, aber nicht, weil wir so einen guten Kontakt hatten, sondern weil er kaum jemanden hatte, mit dem er Zeit verbringen konnte.«

»Hatte er keine Freunde?«

»Eigentlich nicht.«

»Können Sie mir etwas über Emil erzählen?«

Lisa Björkman schwieg eine Weile und die Katze miaute wieder. »Er war wohl sehr einsam«, sagte sie schließlich. »Er hatte es nicht leicht mit den anderen. Er ist ziemlich still, jedenfalls war er es damals, fiel nicht auf, hielt sich abseits. Ich nehme an, er ist heute noch genauso.«

»Warum hatte er keine Freunde?«

Lisa Björkman sah zum Fenster. Der Regen peitschte gegen die Scheibe und floss in Strömen daran herunter.

»Es wollte wohl niemand mit ihm zusammen sein. Ihn umgab eine Art, ich weiß nicht, wie ich das ausdrücken soll, eine Aura der Einsamkeit. Die Mitschüler schienen sich abgestoßen zu fühlen. Und dann gab es einige, die waren gemein zu ihm, sogar sehr gemein.«

»Inwiefern?«

Lisa Björkman schob den Kuchenteller näher an Stjernkvist heran und lehnte sich auf dem Stuhl zurück.

»Es begann in der Fünften. Emil hatte dicke Lippen, eigentlich nichts Besonderes, aber es reichte, dass die anderen sich darüber lustig machten. Seine Lippen scheinen sich ja verwachsen zu haben, ich hab ihn letzte Woche gesehen. Heute würde bestimmt niemand mehr behaupten, dass seine Lippen dicker sind als normal. Aber in der Fünften wirkte es so. Als hätte er dicke Lippen. Da kriegte er einen Spitznamen.«

»Welchen?«

»Der Neger.«

»Wer hat sich besonders an den Hänseleien beteiligt?«, fragte Stjernkvist.

Lisa Björkman hob ihre Tasse an, führte sie zum Mund und nahm vorsichtig einen Schluck, als fürchtete sie nicht nur, die Flüssigkeit könnte heiß, sondern etwas ganz anderes als Kaffee sein, vielleicht etwas Untrinkbares und Ungenießbares. Sie stellte die Tasse wieder ab.

»Haben Sie keine Zeit, Ihren Kaffee zu trinken?«, fragte sie und zeigte auf Stjernkvists Tasse.

»Doch, natürlich«, antwortete dieser und nahm einen Schluck.

»Es fällt mir schwer«, sagte Björkman, »Kinder anzuschwärzen. Kinder können ja furchtbar grausam sein. Das wird manchmal vergessen. Oder es scheint so, als ob die Leute das nicht sehen wollten. Einer, der Emil wirklich in all den Jahren gequält hat, das war Jonny Örtengren. Eigentlich heißt er Johan, aber im Unterricht hat er nie geantwortet, wenn man ihn nicht Jonny nannte. Er ist ein Jahr älter als Emil und hat ihn schon in der Ersten entdeckt. Jonny hat den Spitznamen erfunden. Ich weiß es, denn ich war dabei, als wir das erste Mal mit Jonny zu reden versuchten, nur ein paar Wochen, nachdem die Erstklässler eingeschult worden waren. Jonny, der in die Zweite ging, war dauernd hinter ihm her, und Emil wollte nicht mehr zur Schule gehen. Wir haben mit Jonny und seinen Eltern gesprochen, aber es half nichts. Jonnys Vater war der Ansicht, Jungs sind eben Jungs, und ein bisschen muss man schon vertragen können. Ich glaube, als Emil in die Siebte ging, hat seine Mutter Örtengren angezeigt. Ich bin nicht ganz sicher, aber ich glaube, sie hat es getan. Dabei ist allerdings nichts herausgekommen. Man kann froh sein, dass Jonny nicht noch schlimmer geworden ist – bei dem Vater. Örtengren ist ein schrecklicher Kerl. Ich weiß es, weil meine Nichte in einem seiner Häuser gewohnt hat, und als die in Eigentum umgewandelt werden sollten, ist es fast kriminell zugegangen. Da wurde eine Raffgier an den Tag gelegt, die den Leuten die Sprache verschlug. Örtengren wollte seine Immobilie als Eigentum verkaufen und trotzdem eine große Anzahl Wohnungen im Haus selbst weiter vermieten, und zwar unter der Hand. Unglaublich, dass es Menschen gibt, die sich einbilden, man könnte den Kuchen aufessen und ihn trotzdem behalten, das geschieht nicht nur in Märchen, das soll es auch in Wirklichkeit geben. Und sein Sohn will Jonny genannt werden. Das ist vermutlich eine Art jämmerlicher Protestversuch.« Lisa seufzte. »Örtengren hat allen Ernstes versucht, den Lehrern zu verbieten, seinen Sohn Jonny zu nennen. Der Junge heißt doch Johan, und so soll er auch genannt werden, meinte der Vater. Aber es funktionierte nicht. Johan antwortete nur, wenn er als Jonny angesprochen wurde.«

»Waren noch andere außer ihm gemein?«, fragte Stjernkvist.

»Ja«, antwortete Lisa Björkman, »es waren viele. Oder es sind viele. Sie ziehen ihn ja immer noch auf.«

»Aber Sie meinen, Jonny ist am schlimmsten?«

»Absolut.«

Stjernkvist nahm einen Teekuchen und biss hinein. Die Katze strich erneut um seine Beine und miaute.

»Was ist mit ihm passiert?«, fragte Lisa Björkman. »Mit Emil.«

Stjernkvist kaute und nahm einen Schluck Kaffee. »Wir wissen es nicht genau. Haben Sie eine Idee, wohin Emil geht, wenn er allein sein will?«

Lisa Björkman schüttelte den Kopf. »Eigentlich nicht, aber wahrscheinlich nicht nach Hause. Sein großer Bruder Tony ist nicht sonderlich nett.«

»Emil hat also nie von einem Ort erzählt, wohin er sich zurückzieht?«

Erneut schüttelte Lisa Björkman den Kopf. »Nicht soweit ich mich erinnere.«

»Hat er Aufsätze geschrieben?«
»Na klar.«
»Aber nie über eine Höhle im Wald oder so was?«
»Nein.«
»Worüber hat er geschrieben?«
»Krieg, immer über Krieg. Er hat sich Bücher über Waffen ausgeliehen.« Dann verstummte sie mit offenem Mund. »Sie glauben doch nicht …?«
Sie führte den Satz nicht zu Ende.
»Im Augenblick glauben wir gar nichts«, antwortete Stjernkvist. »Wir ermitteln. Und wir möchten gern mit Emil sprechen. Sie haben also keine Ahnung, wo er sich aufhalten könnte?«
»Herr im Himmel«, sagte Lisa Björkman. »Jonny hat am Tresen gestanden, als geschossen wurde. Hat jemand versucht, ihn zu erschießen?«
»Wir ermitteln noch, wie gesagt. Und ich lege großen Wert darauf, dass Sie unser Gespräch für sich behalten. Wir möchten nicht, dass sich Gerüchte verbreiten.«
»Natürlich«, flüsterte Lisa Björkman. »Nein, Herr im Himmel, Emil, das ist unmöglich. Sollte er …?« Dann füllten sich ihre Augen mit Tränen. »Malin hat ja gleich nebenan gewohnt. Ich hab sie Sonntag noch reiten gesehen. Sie war hier und hat ein Glas Saft bekommen.«
Und dann begann Lisa Björkman zu weinen.

36

Auf dem Rückweg sah Stjernkvist den Elch noch einmal. Diesmal stand er in einem Birkenhain und fraß an den Ästen. Stjernkvist hatte ein säuerliches Gefühl im Magen, weil er zu viel Kaffee getrunken und zu wenig gegessen hatte.

Der Regen hatte fast aufgehört, es tropfte nur noch ein wenig, und als er an »Grekens Wurre« vorbeikam, kehrte er um, parkte das Auto und ging hinein.

Er sah den Jungen sofort. Es bestand kein Zweifel, wer er war. Er saß ganz hinten im Lokal mit einer Dose Limo in der Hand. Auf dem Tisch vor ihm lag ein blauer Rucksack, der offen war, und eine Hand des Jungen steckte darin.

»Hunger?«, rief Seferis.

»Großen Hunger«, antwortete Stjernkvist und hoffte, dass Seferis nichts sagen würde, das auf Stjernkvists Beruf oder seinen Chef, Kriminalkommissar Fors, hinwies. Stjernkvist beobachtete den Jungen. Hinter ihm war eine Tür mit einem Herz darauf.

»Wo ist die Toilette?«, rief Stjernkvist.

»Ganz hinten«, rief Seferis aus der Küche.

Stjernkvist machte einige Schritte auf die Toilettentür zu, öffnete sie, doch anstatt hineinzugehen, drehte er sich zu dem Jungen um und legte eine Hand auf den Rucksack. Die andere Hand legte er auf Emils Schulter. Er konnte die Pistole im Rucksack fühlen, und er fühlte auch die Hand des Jungen um den Kolben.

»Hallo, Emil«, sagte Stjernkvist mit trockenem Mund. »Wir reden über das, was passiert ist, oder?

Willst du nicht die Hand aus dem Rucksack nehmen, dann kümmere ich mich um die Pistole. Ich bin Polizist.«

Der Junge ließ die Pistole im Rucksack los, zog die Hand heraus, Stjernkvist nahm den Rucksack und warf ihn sich über die Schulter. Er spürte das Gewicht der schweren Waffe gegen seinen Rücken schlagen. Ohne die Hand von der Schulter des Jungen zu nehmen, zog Stjernkvist einen Stuhl heran und setzte sich.

»Du musst sehr müde sein, Emil.«

Und der Junge, der Emil hieß, nickte langsam wie in Trance. Sein Gesicht war aschgrau und die Augen waren sehr dunkel.

»Ich sag jetzt Bescheid, damit jemand herkommt und wir darüber sprechen können, was passiert ist«, sagte Stjernkvist.

Da öffnete er, der später der Täter genannt werden sollte, seinen Mund, und die Lippen, die als dick beschrieben worden waren, waren farblos.

»Das hab ich nicht gewollt«, flüsterte Emil. Er weinte fast lautlos.

»Ich verstehe, dass du es nicht gewollt hast«, sagte Stjernkvist.

Dann nahm er das Handy aus der Tasche und rief Fors an.

37

Justizministerin Katarina Munter saß in dem gemieteten Volvo und wartete auf Pastorin Aina Stare. Der Sekretär saß hinterm Steuer und kaute an einem Zahnstocher. Die Scheiben waren heruntergelassen. Auf der Friedhofsmauer huschte ein Eichhörnchen herum.

»Ist die Kirche abgebrannt?«, fragte Katarina Munter.

»Sieht so aus. Die Baracke ist wohl die neue Kirche.«

Sie musterten das Gebäude. An der Längswand hing ein weißes Kreuz.

»Sind Sie gläubig?«, fragte Munter.

»Kaum«, antwortete Kirsch. »Was soll man von einem Gott halten, der zulässt, dass kleine Kinder erschossen werden? Entweder ist er allmächtig, und dann hätte er es verhindern müssen, oder er ist machtlos, und dann ist er nicht Gott. Und was seine Güte angeht – wäre er gütig gewesen gegen die Kinder und Eltern und den, der geschossen hat, dann hätte er es nicht geschehen lassen. Gott ist nicht nur gütig. Nein, mein Tempel ist die Natur. Wenn ich auf einem Bergkamm in Jämtland stehe und weit nach Norwegen hineinschaue, dann werde ich fromm. Aber ich glaube nicht an Gott, sondern an die Freude des Menschen, an Schönheit.«

»Als ich klein war, hab ich vorm Einschlafen gebetet«, sagte Munter. »Mein Großvater war Pfarrer. Als ich später zu zweifeln begann, hat er mich ermuntert. Er sagte, der Zweifel ist nichts anderes als die andere

Seite des Glaubens, und manchmal, sagte er, manchmal ist der Zweifel die bessere Seite.«

»Erstaunliche Behauptung«, sagte Kirsch, »vor allen Dingen von einem Pfarrer.«

»Das erste Gebot der Kreuzfahrer war zu zweifeln, hat mein Großvater immer gesagt. Aber Kreuzfahrer muss man bleiben, trotz des Zweifels.«

»Jetzt kommt sie«, sagte Kirsch und warf einen Blick in den Rückspiegel.

Hinter ihnen fuhr ein weißer Opel auf den Hof der Pfarrei. Er hielt mit einem Ruck und Pastorin Aina Stare stieg mit einer Einkaufstüte vom Supermarkt in der Hand aus. Sie winkte Kirsch und Munter zu, die ebenfalls ausstiegen und auf sie zugingen, um sie zu begrüßen.

»Schönes Anwesen«, sagte Munter, als Aina Stare die Tür des Hauses aus dem achtzehnten Jahrhundert öffnete.

»Kulturerbe«, sagte Stare. »Möchten Sie eine Tasse Tee?«

»Ja, gern«, antworteten die beiden Gäste und folgten ihr durch die große Diele, deren Boden mit Legoteilen bedeckt war.

»Die Enkel«, sagte Stare seufzend. »Passen Sie auf, man kann sich den Fuß verknacksen, wenn man aus Versehen drauftritt.«

Munter und Kirsch schlängelten sich zwischen den Legoteilen hindurch und gelangten in ein großes, helles Zimmer. In einer Ecke war ein Kachelofen. Alle drei Fenster standen offen, man schaute auf die niedergebrannte Kirche und die Baracke. Stare zeigte auf einige

Stühle aus dem Bauernrokoko, die um einen ausklappbaren Tisch an einer Wand standen. Dann verschwand sie mit ihrer Tüte in die Küche, und Munter und Kirsch hörten, wie sie Wasser in einen Kessel laufen ließ. Nach einer Weile kam sie mit einem Metalltablett zurück, auf dem drei Becher standen. Sie waren unterschiedlich gefärbt, ihre Henkel waren geformt wie Engelflügel.

»Originelle Becher«, bemerkte Munter.

»Geschenk von einem früheren Konfirmanden«, sagte Stare und setzte sich. »Ist es nicht wunderbar, dass es regnet?«

»Wirklich«, bestätigte Kirsch, »sehr, sehr schön.«

Stare wandte sich Munter zu. »Es ist sicher nicht leicht«, sagte sie, »Justizministerin zu sein, wenn so etwas passiert.«

»Es ist furchtbar«, sagte Munter. »Man fühlt sich machtlos, obwohl man mehr Macht haben sollte als jemand anders, um so etwas zu verhindern.«

»Die Macht«, sagte Stare, »sie ist wohl oft eine Utopie?«

»Allzu oft«, antwortete Munter. »Aber nun ist es, wie es ist, und es kommt darauf an, das Bestmögliche aus der entsetzlichen Situation zu machen.«

»Und was könnte das sein?«, fragte Stare.

Munter warf Kirsch einen raschen Blick zu, sie fühlte sich einsam und müde und hätte sich am liebsten nur zurückgelehnt, still ihren Tee getrunken und nichts gesagt. In ihrer Jugend hatte sie Jane Austen gelesen, und sie hatte das Gefühl, in einer anderen Zeit gelandet zu sein, einer Zeit, in der alle Gewalt an einen Ort weit weg von zu Hause gezogen war.

»Wir planen eine Demonstration«, sagte Munter. »Gegen Gewalt unter Kindern und Jugendlichen. Wir stellen uns vor, dass Teile der Regierung daran mitwirken, Repräsentanten des Königshauses und von Kinder- und Jugendorganisationen. Wir stellen uns weiter vor, dass man Stipendien oder einen Preis stiften könnte, um Jugendliche zu belohnen, die gute Vorschläge haben, wie man Gewalt bekämpfen kann.«

»Das klingt ausgezeichnet«, sagte Stare. »Ich kenne viele Jugendliche, die gern bei so etwas mitwirken würden.«

»Sehr gut.« Munter lächelte. »Sehr gut. Es ist natürlich wichtig, dass die Bewegung – wir sehen es wie eine Bewegung – von diesem Ort ausgeht, dass die Kraft sozusagen aus der Tragödie entsteht, die diesen Ort getroffen hat.«

»Das ist sicher richtig«, sagte Stare.

»Und die Beisetzung ist natürlich besonders wichtig«, fuhr Munter fort.

Stare runzelte die Stirn. »Inwiefern?«

Munter fuhr sich mit der Zunge über die Lippen. »Drei Särge werden einen starken Eindruck machen. Jeder weiß, dass Kinder darin liegen. Alle werden tief ergriffen sein. Das Ganze wird natürlich landesweit im Fernsehen ausgestrahlt. Und mit einer Rede des Staatsministers und vielleicht eingeladenen ausländischen Gästen ...«

»Entschuldigung«, unterbrach Stare sie, »die Familien der Kinder haben den Wunsch zum Ausdruck gebracht, ihre Kinder in aller Stille und jede Familie für sich begraben zu wollen.«

»Aha.« Munter warf Kirsch einen Hilfe suchenden Blick zu.

»Dafür haben wir volles Verständnis«, sagte Kirsch, »wirklich. Aber die Kinder sind nun einmal tot. ›Lasst die Toten ihre Toten begraben‹, steht es nicht so in der Bibel?«

Stare antwortete nicht auf die eingeworfene Frage.

»Wir wollen die Familien natürlich nicht in ihrer Trauer stören«, sagte Munter. »Aber vielleicht kann man ihnen ausrichten, dass wir in der Regierung mit ihnen fühlen und ihnen helfen wollen, den Tod der Kinder – wie schrecklich es auch ist – in etwas Positives umzuwandeln?«

Jetzt war Aina Stare sehr ernst.

»Ich fürchte«, sagte sie mit milder Stimme, »ich fürchte, dass nichts auf dieser Welt den Tod der Kinder in den Augen der Eltern in etwas Positives verwandeln kann. Wie sehr man es auch wünscht – das ist wahrscheinlich unmöglich.«

»Könnten Sie es nicht wenigstens versuchen?«, schlug Munter vor. »Ich meine nicht, dass Sie die Familien beeinflussen sollen, nur mit ihnen sprechen und ihnen sagen, dass es ein Vorschlag der Regierung ist.«

»Die Kronprinzessin würde vermutlich auch anwesend sein«, warf Kirsch ein.

»Und die andere Prinzessin auch.« Munter fuchtelte mit der Linken, ein Zeichen, das Kirsch bedeutete, dass der Ministerin gerade ein Name entfallen war.

»Madeleine«, sagte Kirsch.

»Genau«, sagte Munter. »Madeleine. Es würde sehr ergreifend werden.«

Aina Stare sah Katarina Munter ernst an, und es dauerte eine Weile, ehe sie sagte: »Der Verlust, der diese Eltern getroffen hat, ist ungeheuer. Das Ausmaß überschreitet unser aller Vorstellungsvermögen. Die Trauer ist so tief, dass es keine Worte dafür gibt. Für uns ist sie unfassbar. Und wir müssen in einer Art Demut begreifen, dass wir nicht erfassen können, wie es ist, so schwer und so tief getroffen zu werden. Wir müssen akzeptieren, dass wir diesen Eltern und Geschwistern nur peripher helfen können. Die Trauer gehört ihnen, und sie ist so groß, dass sie vermutlich niemals darüber hinwegkommen werden, solange sie leben. Wir, die wir nicht genauso betroffen sind, müssen helfen, so gut wir können. Wir können sie nicht trösten. Bei so einer Trauer gibt es keinen Trost. Wir können uns nicht herausreden. Es gibt keine Erklärungen. Und wir können ihnen keine Hoffnung geben, denn die toten Kinder werden nie wiederkommen.«

Aina Stare machte eine Pause und sah Munter und Kirsch an, als wollte sie die Dinge und Begriffe, von denen sie sprach, beweisen. Dann fuhr sie fort: »Es ist vollkommen unvorstellbar, diesen Eltern vorzuschlagen, den Beerdigungsakt in eine nationale Feierlichkeit zu verwandeln, mag es auch noch so bewegend sein. Allenfalls wäre es möglich, später, vielleicht eine Woche danach, eine Form von Demonstration durchzuführen.«

»Aber dann sind ja keine Särge da.« Munter hörte selber, wie das klang, und wurde rot.

»Nein, Särge gibt es nicht«, sagte Stare. »Aber es kann trotzdem ergreifend und sinnstiftend sein. Vielleicht sogar besser. Eine Beerdigung mit drei Särgen, in denen Kinder liegen, ist unerhört schwer. Unerhört schwer. Ich bin nicht sicher, ob es gut wäre, selbst wenn die Eltern es glaubten. Es ist so schwer, dass man keine Kraft hat zu begreifen, um was es geht – dass drei Kinder durch die Gewalt eines Mitmenschen gestorben sind.«

Munter seufzte und sah Kirsch an.

»Sie halten es also nicht für eine gute Idee?«

»Grundsätzlich ist es eine gute Idee«, sagte Aina Stare. »Die Idee mit der Demonstration gegen Gewalt unter Jugendlichen ist ausgezeichnet. Aber es ist nicht möglich, die Demonstration mit der Beerdigung zu verbinden, ganz einfach, weil die Eltern der Kinder den Wunsch ausgedrückt haben, ihre Kinder in aller Stille zu beerdigen.«

Munter seufzte wieder. »Ich glaube, ich verstehe es.«

»Gut«, sagte Stare. »Ich glaube auch, dass Sie es verstehen. Wenngleich das, was geschehen ist, vollkommen unbegreiflich ist.«

Aina Stare verstummte und sah vor ihrem inneren Auge, wie sie auf der Wiese in Hylte gestanden und Malins Mama das Stemmeisen in den Boden gerammt hatte und dann mit großen Stiefelschritten auf sie zugekommen war. Große Stiefelschritte auf ein Leben zu, das der Rest eines Lebens ohne Malin werden würde.

Und dort, wo es Malin hätte geben sollen, wo Malin einen Raum hätte ausfüllen sollen, dort gab es nur noch eine große, schwere, unendliche, unendliche, unendliche Trauer.

Aina Stare erhob sich und ging in die Küche.

»Vielleicht sollten wir morgen noch mal darüber sprechen«, flüsterte Munter Kirsch zu.

Er schüttelte den Kopf. »Es geht nicht. Ich bin nicht mal sicher, ob es eine gute Idee war. Eine Demonstration eine Woche später ist wohl das Beste. Für den Staatsminister ist es auch einfacher, dann kollidiert der Termin nicht mit dem Gipfeltreffen in Madrid.«

»Madrid.« Munters Stimme klang erleichtert. »Das entscheidet alles. Madrid löst unsere Probleme. Örjan ist bestimmt nicht sauer, wenn er in diesem Fall davor bewahrt wird, im schwedischen Fernsehen aufzutreten.«

38

Das Einsatzkommando hatte den ganzen Tag in der Wärme gesessen und auf den Befehl zuzugreifen gewartet. Ihre schweren Waffen, Helme und Tränengasgranaten waren in Bereitschaft. In unmittelbarer Nachbarschaft warteten zwei Hundepatrouillen, die Hunde hechelten mit lang heraushängenden Zungen. Und Hjelm hatte sich darüber beklagt, dass seine vier Leute etwas zu trinken brauchten. Erst am späten Nachmittag hatte ein Streifenwagen Mineralwasser gebracht.

Gegen Abend hatten die Bankräuber von Nöbbele aufgegeben und bei Einbruch der Dunkelheit war das Einsatzkommando auf dem Heimweg.

Alles war wie eine Antiklimax, Hjelm saß neben dem Fahrer. Im Radio sangen ABBA ›Dancing Queen‹. Auf dem Rücksitz fragte Lindmaker, welcher Unterschied zwischen einer Fotze und einem Sperrballon bestehe. Bevor jemand antworten konnte, zeigte Hjelm aus dem Fenster.

»Schmierer! Anhalten!«

Hjelm hatte zwei Jungen bemerkt, die sich hinter dem zwei Meter hohen, von Stacheldraht gekrönten Zaun um das Depot der Busse der Verkehrsgesellschaft befanden. Die Jungen sprayten mit Dosen »kill« auf die Seite eines Busses. Ein anderer Bus war bereits besprayt. An der rechten Längsseite stand viermal »kill«.

Der eine Junge, der sich in diesem Moment vor dem Bus befand, sah das Einsatzkommando, als der Polizeibus bremste. Er warf die Farbdose weg, ließ seinen Rucksack fallen und begann zu rennen. Er war langbeinig und schnell und verschwand hinter der Halle. Er würde entkommen, aber nur vorübergehend.

Schlechter würde es dem Jungen ergehen, der an der Längsseite des Busses stand. Er hatte den Polizeibus erst bemerkt, als die Polizisten schon dabei waren, unter dem Zaun hindurchzukriechen. Er ließ seine beiden Farbdosen fallen, warf den Rucksack weg und begann ebenfalls zu rennen.

Hinter sich hörte er Hjelm Lindmarker zurufen:

»Pass auf! Er könnte eine Pistole haben!«

Der Junge war ein guter Läufer. In der Mittelstufe war er Klassenbester im Sechzig-Meter-Lauf gewesen. Er war eins fünfundsiebzig groß und wog neunundsechzig Kilo. Er hieß Max Lisander und ging das erste Jahr aufs Gymnasium.

Jetzt lief er auf die Halle zu und verschwand aus

Lindmarkers Blickfeld, der sich eben aufgerichtet hatte und auch lossprintete. Lisander lief zum Zaun auf der Rückseite des Depots, wo er seinen Freund schon klettern sah. Aus den Augenwinkeln sah Lisander, wie sich der Polizeibus wieder in Bewegung setzte und in einen staubigen Schotterweg einbog, der an der Schmalseite des Depots entlangführte. Lisander erkannte, dass sein Weg abgeschnitten wurde, warf sich gegen den Zaun, zog sich hoch und landete im selben Moment auf der anderen Seite, als Lindmarker den Zaun erreichte. Lisander hatte sich die Hand am Stacheldraht aufgerissen, und jetzt sah er zwei Polizisten aus dem Bus steigen und auf ihn zulaufen.

»Bleib stehen, Mensch!«, rief der eine Polizist, der auf der anderen Seite des Maschendrahtes stand.

Aber Lisander blieb nicht stehen. Er lief, so schnell er konnte, am Zaun entlang, weg von den Verfolgern, die hinter ihm herstürmten.

Einer der verfolgenden Polizisten, Fredrik Holgersson, war vor drei Wochen beim Triathlonlauf in Säter Zwölfter geworden. Die Teilnehmer waren erst siebenhundertfünfzig Meter geschwommen, danach waren sie zwanzig Kilometer geradelt. Zum Schluss waren sie fünf Kilometer gelaufen, alles ohne Ruhepause. Holgersson hatte es in dreiundfünfzig Minuten geschafft, und jetzt war ihm nicht mal das Blut ins Gesicht gestiegen, als er Lisander nach dreiminütiger Jagd ein Bein stellte. Lisander fiel hin und schlug mit der Stirn gegen einen Stein. Über dem rechten Auge begann er zu bluten. Holgersson legte ihm Handschellen an und leerte seine Taschen. In dem Augenblick, als er ein Butterflymesser in der Gesäßtasche des Jungen fand, kam Hjelm bei ihnen an. Er schlug dem Jungen mit der Faust ins Gesicht.

»Wen wolltest du damit erstechen?«, keuchte er.

Lisander antwortete nicht, und Hjelm hätte ihn noch einmal geschlagen, wenn Holgersson nicht dazwischengegangen wäre.

»Wie heißt dein Kumpel?«, fragte Hjelm und fuchtelte dem erschrockenen, blutenden Lisander mit dem Messer vor der Nase herum.

Lisander antwortete auch jetzt nicht. Hjelm war hochrot. Die Frustration, dass sie den ganzen Tag umsonst auf den Befehl, die Bankräubergang zu stürmen, gewartet hatten, ließ ihn zittern.

»Jetzt beruhig dich mal«, sagte Holgersson. »Wir haben den Jungen ja.«

»Gewaltsamer Widerstand!«, keuchte Hjelm. »Er hat gewaltsamen Widerstand geleistet.« Hjelm ballte die Fäuste. Holgersson hob beide Handflächen und ging auf seinen Chef zu.

»Beruhige dich, wir haben den Jungen, beruhige dich.«

»Wen wolltest du mit dem Messer umbringen, du kleines Miststück? Mich vielleicht?«, brüllte Hjelm. »Und wo ist die Pistole?«

»Beruhige dich«, sagte Holgersson.

»Wo ist die Pistole?«, brüllte Hjelm.

»Beruhige dich«, ermahnte ihn Holgersson.

Hjelm legte eine Hand auf sein Gesicht und wandte sich ab. »Halt mir den Kerl vom Leib«, brüllte er und ging mit raschen, langen Schritten auf den Bus zu.

»Wenn ich einen einzigen Laut von ihm höre, kriegt er meine Faust in die Fresse und ich reiß ihm die Zunge samt Wurzel raus!«, brüllte er.

Holgersson wandte sich Lisander zu, dessen Gesicht ganz blutig war. »Jetzt gehen wir zum Bus«, sagte Holgersson. »Und du hältst den Mund, bis wir zum Revier kommen, sonst kann ich für nichts garantieren.«

Dann gingen sie auf den Polizeibus zu und Lisander versuchte sich zu erinnern, was er gesagt und ob er den Namen seines Kameraden genannt hatte.

Aber wie weit Lisander gequatscht hatte oder nicht, wurde zu einer rein akademischen Frage, denn in dem Rucksack, den der andere Junge weggeworfen hatte, fand man eine Brieftasche, die außer sechzig Kronen auch seinen Ausweis enthielt.

39

Emil Larsson fiel zurück in das Stadium eines kleinen Kindes. Er wurde in die Abteilung für Kinder- und Jugendpsychiatrie des Regionalkrankenhauses eingeliefert. Er machte in die Hose und nässte nachts ins Bett. Er konnte sich nicht an mehr als drei Namen von seinen Klassenkameraden erinnern und nicht die Wochentage in der richtigen Reihenfolge aufzählen, was er schon mit fünf Jahren gelernt hatte.

Obwohl man ihn eigentlich für zu alt hielt, versuchte man es mit einer Spieltherapie. Es gab zwei Sandkästen, einen mit trockenem Sand, der andere mit nassem Sand. In der zweiten Therapiestunde begann Emil in dem nassen Sand zu bauen. Er baute eine zehn Zentimeter hohe halbrunde Mauer aus Sand. Mitten in den Kreis stellte er einen fünf Zentimeter großen Indianerhäuptling.

Er wollte nicht kommentieren, was der Bau darstellen sollte, den er innerhalb der ersten zehn Minuten der zweiten Therapiestunde errichtet hatte. Als die Stunde sich ihrem Ende näherte, sprang Emil auf, packte die etwa einen Quadratmeter große Kiste mit dem nassen Sand, kippte sie um und lief zur Tür und versuchte hinauszugelangen. Seine Augen waren tiefschwarz vor Schreck.

Erst zwei Wochen nach der Tragödie in der Vikingaschule fand das erste Polizeiverhör statt. Verhört wurde er in einem Therapieraum des Regionalkrankenhauses mit einer verspiegelten Scheibe. Hinter dem Spiegel saßen ein Kinderpsychiater, zwei Psychologen sowie der Polizeichef Hammarlund. Das Verhör wurde von einer Videokamera aufgenommen. Verhörsleiter war Harald Fors, Verhörszeugin war Carin Lindblom. Im Raum befanden sich drei Sessel, die mit grünem Wollstoff bezogen waren. Die Stühle waren im Dreieck aufgestellt, nur so weit voneinander entfernt, dass man mit dem Fuß einen der anderen berühren konnte.

Das Verhör begann an einem Donnerstagvormittag um zehn. Fors hatte keine blauen Flecken mehr im Gesicht. Es war ein bewölkter, windiger Tag, und viele sagten, man merke schon, dass der Herbst nahe.

Als Emil Larsson zusammen mit einer Krankenschwester den Raum betrat, trug er einen hellblauen

Trainingsoverall mit Jacke. Unter der Jacke trug er ein graues T-Shirt. Er hatte weiße Strümpfe an, aber keine Schuhe.

Die Krankenschwester brachte ihn zu den drei Stühlen, Fors und Carin erhoben sich und gaben dem Jungen die Hand. Emil verbeugte sich. Die Krankenschwester sagte: »Ich warte draußen, Emil.«

Sie wuschelte ihm durch die Haare und Emil schien sie anzulächeln.

»Dann setzen wir uns«, sagte Fors.

Und alle drei setzten sich, Fors Emil gegenüber, Carin den beiden gegenüber.

»Wie gefällt es dir hier?«, fragte Fors.

Emil leckte sich über die Lippen. »Gut.« Seine Stimme klang tonlos, fast flüsternd.

»Die Frau, die dich gebracht hat …«

»Magda …«

»Genau, Magda, sie scheint nett zu sein, oder?«

»Ja.«

»Ich weiß, dass du es schwer gehabt hast, Emil.«

Emil sog die Luft ein und gab ein Geräusch von sich, das wie ein Ja klingen sollte.

»Und ich verstehe, dass es schwer ist, über das zu sprechen, was passiert ist …«

Emil gab noch einen zischenden bejahenden Laut von sich.

»Wie du sicher weißt, müssen Frau Lindblom und ich herausfinden, wie das alles passiert ist. Und du bist der Einzige, der wirklich weiß, wie es war, deswegen bitten wir dich, uns alles zu erzählen, von Anfang an. Kannst du das?«

Wieder machte Emil ein zischendes, zustimmendes Geräusch.

»Gut«, sagte Fors. »Wenn du müde wirst und nicht mehr kannst, sag Bescheid. Dann machen wir eine Pause oder an einem anderen Tag weiter. Das entscheidest du, Emil. Frau Lindblom und ich sind hier, um dir zuzuhören und Fragen zu stellen.«

Emil seufzte und sah Carin an. Sie lächelte, ein ziemlich trauriges Lächeln, aber es war immerhin ein Lächeln.

»Wir wissen, dass du es schwer hast, Emil«, sagte sie. »Wir möchten nur wissen, wie das alles geschehen ist.«

Wieder zischte Emil beim Luftholen.

»Könntest du mit der Pistole anfangen?«, bat Fors.

Emil sah von Fors zu Carin und dann wieder zu Fors.

»Tony hatte sie.« Dann schwieg er.

»Wann hast du die Pistole das erste Mal gesehen?«, fragte Fors nach einer Weile.

Emil starrte zu Boden.

»Wer hatte sie, als du sie zum ersten Mal gesehen hast?«, fragte Fors.

»Tony«, antwortete Emil.

»Wo genau hatte er sie?«, fragte Fors. »Hielt er sie in der Hand oder hatte er sie irgendwo hingelegt?«

»In der Hand.«

»Tony hielt die Pistole in der Hand?«

»Ja.«

»Wie?«

Emil formte mit zwei Fingern einen Pistolenlauf und hielt sie sich an den Kopf.

»Er hielt sich die Pistole an den Kopf?«

»Nein«, sagte Emil. »Gegen Tobbes Kopf.«
»Er hielt die Pistole gegen Tobbes Kopf?«
Emil nickte.
»Wo war das?«
»Im Zimmer.«
»In welchem Zimmer?«
»Zu Hause, in Tonys Zimmer.«
»Warst du auch in dem Zimmer?«
Emil schüttelte den Kopf.
»Du warst nicht im Zimmer?«
»Nein.«
»Wo warst du?«
»Davor.«
»War die Tür nicht geschlossen?«
»Ich hab sie aufgemacht.«
»Hat Tony das nicht gesehen?«
Wieder schüttelte Emil wortlos den Kopf.
»Tony hat nicht gesehen, dass du die Tür geöffnet hast?«
»Ich hab durch den Spalt geguckt.«
»Was hast du gesehen?«, fragte Fors.
»Tony und Tobbe.«
»Nichts weiter?«
»Nein.«
»Bist du sicher?«
Emil nickte.
»Du hast Tony und Tobbe gesehen. Was hast du sonst noch gesehen?«
»Die Pistole.«
»Wer hatte sie?«
»Tony.«

»Was hat er damit gemacht?«

Emil formte seine Hand wieder zu einer Pistole und drückte die Finger gegen seinen Kopf.

»Was hat Tobbe gemacht?«, fragte Fors.

»Geschrien.«

»Was meinst du, warum er geschrien hat?«

»Weil er dachte, Tony würde ihn erschießen.«

»Tony hat die Pistole also auf Tobbe gerichtet?«

Emil nickte.

»Kannst du die Pistole gegen meinen Kopf halten, wie Tony sie gegen Tobbes Kopf gehalten hat?«, bat Fors.

»Stell dich hinter ihn«, schlug Carin vor und Emil erhob sich zögernd, sah Carin an und richtete seinen Blick auf Fors. Dann schüttelte er den Kopf.

»Ich kann nicht«, flüsterte Emil. Dann schwieg er und Tränen flossen über seine Wangen.

»Vielleicht sollten wir morgen weitermachen?«, sagte Carin. »Möchtest du das?«

Emil nickte. Magda kam ins Zimmer. Sie hatte einen Bademantel aus gelb-weiß gestreifter Baumwolle dabei. Als Emil aufstand und Magda ihm den Mantel über die Schultern legte, sah Fors, dass der Junge in die Hose gemacht hatte.

»Heute ist es warm«, sagte Fors.

Emil trug rote Shorts und ein graues Shirt mit einem braunen Igel drauf. Er war barfuß.

»Du hast sehr gut erzählt, wie du die Pistole das erste Mal gesehen hast«, sagte Carin, »gestern. Erinnerst du dich?« Emil nickte.

»Du hast gesagt, Tony hatte sie, oder?«, fuhr sie fort.
»Tony hatte sie.«
»Was hat er getan?«
Emil legte wieder seine Finger als Pistolenlauf an seinen Kopf.
»Kannst du an Frau Lindblom zeigen, wie er es gemacht hat?«, sagte Fors. »Stell dir vor, sie ist Tobbe.«
Emil stand auf und stellte sich hinter Carin. Er legte ihr einen Arm um den Hals, und dann drückte er die ausgestreckten Finger gegen Carins Schläfe.
»Und Tobbe hat geschrien?«, fragte Fors.
Emil setzte sich wieder. »Tobbe hat geschrien, sehr.«
»Und du hast alles durch den Türspalt gesehen?«, fragte Carin.
»Ja.«
»Und dann?«, fragte Carin. »Was ist dann passiert?«
»Sie sind gegangen.«
»Wer?«
»Tobbe und noch einer.«
»Es war also noch jemand im Zimmer?«
Emil nickte.
»Hast du gesehen, wer es war?«
»Nein.«
»Aber du hast sie weggehen sehen?«
Emil nickte.
»Wer war noch im Zimmer, als Tobbe und der andere gegangen waren?«, fragte Carin.
»Tony«, sagte Emil. »Aber er ist auch gegangen.«
»Wann?«, fragte Carin.
»Nach einer Weile. Da hab ich mir die Pistole geholt.«

»Hat Tony sie nicht mitgenommen, als er ging?«, fragte Carin.

Emil schüttelte den Kopf und zog die Füße hoch. »Er hat sie im Bett versteckt.«

»Wo?«, fragte Carin.

»Da drunter. Da sind Bretter, darüber sind Spannfedern. Er hat sie auf einem Brett versteckt, über dem Federn sind.«

»Ist das sein Versteck?«, fragte Carin.

Emil bejahte es wieder mit diesem pfeifenden Geräusch, das beim Einatmen entstand.

»Und du wusstest, dass er dort sein Versteck hat?«, fragte Carin.

»Ja.«

»Was hast du also getan, nachdem Tony gegangen war?«

»Ich hab sie mir angeguckt.«

»Die Pistole?«, fragte Carin.

»Ja.«

»Wie hast du das gemacht?«

»Ich bin unters Bett gekrochen und hab sie geholt.«

»Und dann?«

»Ich hab gemerkt, dass sie echt ist.«

»Woran hast du das gemerkt?«

»Sie war schwer. Und ich hab gehört, was für eine Angst Tobbe hatte. Ich wusste, dass sie echt ist.«

»Was hast du dann getan?«

»Ich hab sie zurückgelegt.«

»Und dann?«

»Bin ich in mein Zimmer gegangen.«

»Und dann?«, fragte Carin.

»Hab ich geschlafen.«

»Und wo war die Pistole, während du geschlafen hast?«

»Unter Tonys Bett.«

Fors beugte sich zu Emil vor. »Was ist passiert, als du aufgewacht bist?«

»Ich hab beschlossen, Jonny zu erschrecken.«

»Warum?«

Emil schoss Röte in die Wangen und in seine Augen stiegen Tränen. »Weil er so verdammt gemein ist.«

»Dir gegenüber?«

»Was denken Sie denn?«

Emil stand rasch auf, ging zum Fenster und schlug mit den Fäusten gegen die Scheiben. Als er sich umdrehte, flossen ihm die Tränen in Strömen übers Gesicht.

»Es ist seine Schuld. Er ist an allem schuld!«

Dann fiel Emil vornüber auf den Fußboden und weinte haltlos. Carin stand auf, setzte sich neben ihn und legte ihm eine Hand in den Nacken. Sie streichelte ihm behutsam den Rücken. Der ganze Junge bebte.

Carin streckte sich neben ihm aus und zog ihn an sich. »Du Armer«, flüsterte sie, »du Armer.«

Es regnete.

Emil hatte neue Jeans an und trug dazu weiße Sneakers. Sein Hemd war weißblau kariert und seine Haaren waren frisch geschnitten. Jetzt sah man, dass er abstehende Ohren hatte. In der Hand hielt er eine Tüte mit Himbeergeleebonbons. Er öffnete die Tüte und hielt sie Fors hin. Der nahm sich ein Bonbon. Dann reichte Emil Carin die Tüte, die sich auch eins nahm. Schließlich nahm er sich eine Hand voll und stopfte sich die Bonbons in den Mund.

»Wollen wir über Jonny reden?«, fragte Fors.

Emil sah aus, als hätte er es nicht gehört.

»Du magst Jonny nicht«, sagte Carin.

Emil begann zu lachen. Er lachte mit offenem Mund und man sah den roten Brei aus zerkauten Geleebonbons.

»Wann hast du Jonny kennen gelernt?«, fragte Fors.

»In der ersten Klasse«, murmelte Emil durch den zerkauten Brei.

»War er damals schon gemein zu dir?«, fragte Fors.
Emil nickte.

»Was hat er getan?«

»Gemeine Sachen gesagt.«

»Was?«

»Neger.«

»Warum hat er das gesagt?«

Emil stiegen Tränen in die Augen. »Weil er gemerkt hat, dass ich dann traurig wurde.«

»Jonny wollte dir wehtun?«

»Er wollte mich traurig machen!«, schrie Emil. »Er wollte, dass ich weine. Er hat gelacht, wenn ich geweint hab.« Dann stopfte er sich wieder Geleebonbons in den Mund.

»Was hat er sonst noch getan?«

»Hat Sachen gesagt, die nicht wahr waren.«

»Was hat er gesagt?«

»Dass ich ein Mädchen bin.«

»Was hat er noch gesagt?«

»Dass ich schwul bin.«
»Was hat er noch gesagt?«
»Dass ich eine Hure bin.«
»Was hat er noch gesagt?«
»Dass mich keiner mag, weil ich schlecht rieche.«
»Wann hat er all das gesagt?«
»Als ich in die Erste ging.«
»Und da ging Jonny in die Zweite?«
»Ja.«
»Hast du es deiner Lehrerin erzählt?«
»Ja.«
»Was hat sie getan?«
»Nichts.«
»Deine Lehrerin hat also nichts getan?«, fragte Fors.
»Niemand hat etwas getan«, antwortete Emil.
»Und da warst du in der Ersten?«
»Ja.«
»Wie ging es dann weiter?«

Emil sah ihn verständnislos an, als ob die Antwort selbstverständlich wäre. »Genauso.«

»Es hat sich nie geändert?«

Emil warf Fors einen Blick zu, als wäre dieser minderbemittelt. Er reichte ihm die Tüte mit den Geleebonbons. Zwei waren noch darin.

Fors schüttelte den Kopf.

»Möchten Sie nicht?«

»Sie gehören dir«, sagte Fors.

Emil reichte Carin die Tüte. Sie nahm das eine Bonbon und Emil das andere. Als die Tüte leer war, begann er sie hastig zu zerreißen, Stück für Stück. Die Plastikfetzen und Krümel sammelte er in seinem Schoß.

»Wo hat Jonny gestanden«, fragte Fors, »als du geschossen hast?«

Emil fingerte an den Tütenresten. »Ich wollte ihn nur erschrecken«, sagte er ohne aufzuschauen.

»Du wolltest ihn nur erschrecken«, wiederholte Fors.

Emil nickte.

»Wie hast du das gemacht, als du geschossen hast?«, fragte Fors.

Emil sah ihn an. »Ich hab gezielt und abgedrückt. Es war schwer. Die Pistole war schwer und das Abdrücken war auch schwer. Ich hab gedacht, mit ihr stimmt was nicht.«

»Sie ist so konstruiert«, sagte Fors. »Das Abdrücken muss schwer gehen.«

»Wie spät ist es?«, fragte Emil und Carin antwortete ihm.

»Auf die hab ich gezielt«, fuhr Emil fort, »auf die Uhr.«

»Welche Uhr?«, fragte Fors.

»Die an der Wand über der Essensausgabe hängt. Jonny stand darunter. Ich hab auf die Uhr gezielt, sie aber nicht getroffen.«

»Du hast auf die Uhr gezielt«, wiederholte Fors. »Fünfmal?«

»Ich wollte ihn nur erschrecken.«

»Aber«, sagte Fors, »wie hätte Jonny wissen sollen, dass du es warst, der die Uhr zerschossen hat? Wie sollte er begreifen, dass er nicht mehr gemein zu dir sein sollte?«

»Ich wollte es ihm sagen. Ich wollte ein Loch in die

Uhr schießen und irgendwann später wollte ich ihm sagen, dass ich ihn erschießen werde, wenn er noch mal gemein zu mir ist.«

»Hatte er etwas Bestimmtes getan, so dass du besonders böse auf ihn warst, als du ihn mit der Pistole erschrecken wolltest?«, fragte Carin.

»Ja.«

»Was?«, fragte Carin.

Da fing Emil an zu weinen.

Am nächsten Tag war Emil fröhlich. Er hatte eine Fernsehsendung über Geparden gesehen. Er hatte gesehen, wie der Gepard eine Antilope jagte und tötete. Er erzählte, dass viele Antilopen entkommen seien.

»Der Gepard hat eine schlechte Kondition«, erklärte Emil. »Er kann nur ein kurzes Stück schnell laufen.«

»Schaust du dir gern Naturfilme an?«, fragte Carin.

Emil zog wieder Luft ein.

»Kannst du uns jetzt erzählen, wie das war, als du die Pistole mit in die Schule genommen hast?«, bat Fors.

Emil zuckte mit den Schultern. »Ich hab sie einfach mitgenommen.«

»War Tony nicht zu Hause?«

»Er sollte auf dem Friedhof arbeiten.«

»Du hast also die Pistole genommen?«

»Ja.«

»Wo war sie noch, hast du gesagt?«

»Unter seiner Matratze, zwischen den Spannfedern.«

»Was hast du mit ihr gemacht, nachdem du sie hervorgenommen hast?«

»Sie in den Rucksack gesteckt.«

»Und dann?«
»Bin ich in die Schule gegangen.«
»Wann bist du dort angekommen?«
»Kurz nach elf.«
»Wann bist du zu Hause weggegangen?«
»Mama dachte, meine Stunde fängt um neun an. Da bin ich kurz vorher losgegangen.«
»Wo warst du die ganze Zeit?«
»Unten am Teich.«
»Was hast du dort gemacht?«
»An Jonny gedacht.«
»Was hast du gedacht?«
»Dass ich ihn erschießen sollte.«
»Warum?«
»Wegen dem, was er gesagt hat.«
»Was hat er gesagt?«
»Ich hab mich in die Toilette gestellt«, sagte Emil, »hinter den Pflanzen.«
»Was ist aus den Hülsen geworden?«, fragte Fors.
Emil lächelte. »Ich hab sie aufgehoben.«
»Warum?«, fragte Fors.
»Damit niemand rauskriegt, wo ich stand, als ich geschossen habe.«
Carin beugte sich zu Emil vor und legte ihm eine Hand aufs Knie. »Hat Jonny dich so wütend gemacht, dass du ihn mit der Pistole erschrecken wolltest?«
Emil seufzte, stand auf und ging zum Fenster. Dort blieb er eine Weile stehen und schaute hinaus.
»Komme ich ins Gefängnis?«
»Ich weiß es nicht«, antwortete Fors. »Ich weiß nicht, wie man einem Jungen wie dir helfen kann, Emil.

Das entscheidet das Gericht. Aber es will bestimmt auch, dass es dir auf die eine oder andere Art gut geht. Drei Kinder sind tot. Sie können nicht wieder lebendig werden. Jetzt ist es wichtig, dass dein Leben nicht zerstört wird, auch wenn es furchtbar ist, dass du die Kinder erschossen hast. Es ist entsetzlich. Aber es wird nicht dadurch besser, wenn man nun auch dein Leben zerstört. Ich glaube, das Gericht wird sich etwas einfallen lassen, dass es so gut wie möglich für dich ausgeht.«

»Was?«, fragte Emil.

»Das weiß ich wirklich nicht.«

»Werde ich rausgehen können?«

»Anfangs vermutlich nicht, vielleicht später.«

»Ich wollte ihn nur erschrecken.«

Alle drei schwiegen und Emil klopfte mit den Fingernägeln gegen die Fensterscheibe. »Da draußen ist ein Eichhörnchen!«, rief er.

Fors stand auf und stellte sich neben ihn. Sie beobachteten beide das Eichhörnchen.

»Ich mag Eichhörnchen«, sagte Emil.

»Ich auch«, sagte Fors. »Weißt du, dass sie ihren Schwanz über die Schnauze legen, wenn es kalt ist?«

»Wär toll, wenn wir das auch könnten«, sagte Emil, »uns einfach den Schwanz über den Mund legen.«

»Besonders wenn es kalt ist«, sagte Fors. »Wenn man einen wärmenden Schwanz hätte.«

Dann sahen sie dem Eichhörnchen zu, wie es die fünf Meter entfernte Kiefer hinunter und über den Rasen zur nächsten Kiefer lief, dann war es verschwunden.

Emil seufzte tief. »Er hat was gesagt.«

»Jonny?«
»Ja.«
»Was hat er gesagt?«
»Er hat es zu Liljan gesagt.«
»Wer ist das?«
»Ein Mädchen.«
»Geht sie in deine Klasse?«
»Ja.«
»Was hat Jonny zu Liljan gesagt?«
»Er hat sie was gefragt.«
»Was?«
»Wie es ist, einen Neger zu küssen.«
»Und was hat Liljan darauf gesagt?«
»Schluss gemacht.«
»Mit wem?«
»Mit mir.«

Das Verhör zog sich hin. Häufig hielt Emil es nur eine kleine Weile aus, dann begann er zu weinen und wollte den Raum verlassen, und das Verhör musste am nächsten Tag fortgesetzt werden.

Im Oktober wurde Tony Larsson zur Unterbringung in einer stationären Einrichtung der Jugendhilfe verurteilt. Der Rechtsanwalt legte zwar Widerspruch ein, hatte jedoch wenig Hoffnung, dass das Urteil gemildert werden würde. Tonys Kameraden gestanden ihren Anteil an dem Überfall auf Fors und beide wurden zu gemeinnütziger Arbeit verurteilt.

Über dieses Urteil wurde viel in den Zeitungen geschrieben. Die Schmierer, die »kill« an die Wände der

Vikingaschule und des Gymnasiums sowie an einige Busse der Verkehrsgesellschaft gesprayt hatten, wurden ebenfalls zu gemeinnütziger Arbeit und darüber hinaus zu einer hohen Summe Schadenersatz verurteilt.

Manche waren der Meinung, die Strafe der Schmierer sei härter ausgefallen als die für Tony Larssons Kameraden. Den ganzen Oktober über ging eine Flut von Protestbriefen gegen das Gerichtsurteil ein. Die Lokalzeitung interviewte auch einige bekannte Juristen zu dieser Frage, und Ende Oktober kam ein Staatssekretär des Justizministeriums, um sich an einer Diskussion über das Kriminalwesen zu beteiligen.

Emil wurde im November zu geschlossenem Jugendvollzug verurteilt. Damit hatte man allerdings noch nicht die Frage gelöst, was mit Emil passieren sollte. Bisher hatte er nicht die geringsten kriminellen Tendenzen gezeigt, sondern wurde eher als angepasst eingestuft. Wie konnte man so für den Jungen sorgen, dass sich seine Chancen verbesserten und er – vielleicht unter einem anderen Namen – eines Tages ein einigermaßen normales Leben führen könnte?

Das Problem mit Emil wurde dadurch nicht kleiner, dass es Menschen gab, die Hassbriefe schrieben, dass solche wie Emil es nicht verdienten zu leben. Kreaturen wie Emil sollte man ertränken wie Katzenjunge. Mehrere Leute boten sich an, das gratis zu übernehmen.

Man hielt Emil für bedroht. Schließlich bekam er einen Platz in einer geschlossenen Anstalt in einem anderen Landesteil. Nach einem halben Jahr hatte er zum ersten Mal Ausgang. Er ging ins Kino und sah sich einen Harry-Potter-Film an. Darüber schrieb er einen Brief an Fors.

Fors antwortete und der Briefwechsel wurde fortgeführt, bis Emil die Anstalt verlassen durfte und sich in Malmö niederließ, wo ein entfernter Verwandter von ihm lebte.

Tony Larsson haute bei seinem ersten Freigang ab. Er stahl ein Auto und kam mit überhöhter Geschwindigkeit von der Straße ab. Er erlitt schwere Gesichtsverletzungen und war teilweise gelähmt. Manche meinten, dass es in diesem Fall doch eine Art höhere Gerechtigkeit gegeben habe. Wenigstens »der Mistkerl hat bekommen, was er verdient hat«.

40

Zu Allerheiligen hatte Stjernkvist Annika Eriksson zum Essen eingeladen. Er hatte nach einem Rezept von Fors ein Pastagericht zubereitet und einen für sein Gehalt teuren italienischen Wein gekauft.

Annika hatte sich die Haare schneiden und neu tönen lassen und ein neues Top gekauft. Nach dem Essen fragte er sie, ob sie den ›Weißen Hai‹ sehen wollte, und das wollte sie. Sie würde nur an diesem Feiertag zu Hause sein und wollte am nächsten Tag nach Stockholm zurückkehren. Das hatte sie jedenfalls gesagt, als sie kam.

Es sollte sich zeigen, dass sie erst Dienstag nach Stockholm zurückkehrte, Stjernkvist brachte sie im

Auto hin, und sie verabredeten sich für das nächste Wochenende. Kurz bevor sie Midsommarkransen erreichten, wo Annika ein Zimmer gemietet hatte, sagte Stjernkvist: »Heute kriegt Fors Besuch.«

»Ach?« Annika drehte ihm den Kopf zu.

»Er hat eine Lebensgefährtin, die ein halbes Jahr in Sydney verbracht hat. Weißt du, wie sie heißt?«

»Wie soll ich das wissen?«

»Annika.«

Annika Eriksson lachte. »Jetzt weiß ich, warum du mit mir zusammen sein willst! Du wolltest eine Freundin, die denselben Namen hat wie die Freundin von deinem bewunderten Chef.«

»Genau«, sagte Stjernkvist und lachte auch. »Genau so ist es.«

Als die Scheinwerfer der Lok in der Kurve auftauchten, warf Fors einen raschen Blick auf seine Armbanduhr. Der Zug hatte zehn Minuten Verspätung, und eben hatte es angefangen zu schneien. Die Flocken waren groß und nass und fielen in weiten Abständen. Wenn sie auf den Boden trafen, schmolzen sie sofort.

Annika Båge hatte zwei große Koffer und einen Rucksack. Fors nahm ihr Gepäck entgegen und umarmte sie. Dann gingen sie zu dem grünen Golf. Der eine Koffer wurde auf dem Rücksitz verstaut, der andere kam in den Kofferraum. Sie stiegen ein und Fors setzte die Scheibenwischer in Gang. Annika Båge legte eine Hand auf seinen Oberschenkel und Fors spürte die Wärme durch den Stoff.

»Es ist ein komisches Gefühl«, sagte Annika nach einer Weile. »Aber vielleicht kommt das von meiner Müdigkeit.«

»Ich hab neue Bettwäsche gekauft«, sagte Fors.

»Ich bin sehr müde«, sagte Annika.

Sie schloss die Augen und lehnte den Kopf gegen die Nackenstütze. Als sie am Friedhof vorbeifuhren, sah Fors die Lichter auf den Gräbern flackern. Er dachte an das kleine Mädchen, das man sterbend auf ihrer Freundin gefunden hatte, und er dachte, dass ihr vielleicht klar gewesen war, dass der Tod kommen würde, und ihm fiel ein, was jemand – wer, wusste er nicht mehr – einmal zu ihm gesagt hatte: »Wenn kleine Kinder wissen, dass sie sterben müssen, haben sie keine Angst vor dem Tod, denn sie können ihn sich nicht vorstellen. Kleine Kinder, die wissen, dass sie sterben müssen, haben Angst, allein gelassen zu werden.«

Er dachte an die Eltern der drei Kinder und wie sie heute zu den Gräbern gegangen waren, um Lichter anzuzünden, und wie sie versucht hatten, die Erinnerung auszuhalten.

Und er dachte: Noch haben sie ihre inneren Bilder, ganz deutlich, deutliche Bilder von den Kindern, als sie noch lebten.

Aber die Jahre würden vergehen und die Bilder würden verblassen, und ein Tag würde kommen, an dem sich niemand mehr daran erinnerte, was passiert war. Niemand würde sich erinnern, weder an die Kinder noch an die Eltern oder die Vikingaschule. Und das ist vielleicht genau das Problem, dachte Fors.

Denn wenn wir es nicht ertragen, uns an die Toten zu

erinnern und warum sie gestorben sind, werden sich die Toten aus ihren Gräbern erheben, um wieder und wieder zu sterben, um uns endlich zu zwingen, dass wir nicht vergessen, nicht vergessen, damit nie wieder geschieht, was wir nicht vergessen dürfen.

Fors warf Annika einen Blick zu, die auf dem Beifahrersitz mit offenem Mund eingeschlafen war.

Und der Schnee fiel und fiel, aber er blieb nicht liegen, er schmolz, als ob es ihn nie gegeben hätte.

Alle schauen weg. Keiner hört zu. Da dreht Tom durch.

Aus dem Schwedischen von Angelika Kutsch. Ca. 240 Seiten
Klappenbroschur. Ab 13 Jahren. Erscheint am 7. Februar 2011

In Toms Familie geht jeder seiner eigenen Wege. Die Mutter hält es nie lange an einem Ort, und die beiden Halbgeschwister Morgan und Annie sind für Tom beinahe Fremde. Ob der Umzug ins Haus der Großmutter endlich etwas Geborgenheit bringt? Toms Hoffnungen werden bitter enttäuscht. Immer noch muss er ständig mit den Gemeinheiten und Angriffen seines Halbbruders Morgan rechnen. Außerdem unternimmt der neue Freund von Toms Mutter schmierige Annäherungsversuche bei Annie. Zur Sprache kommen die Probleme nicht – bis die Situation eskaliert.

www.hanser-literaturverlage.de
HANSER